Esther Verhoef

De nachtdienst

2021 Prometheus Amsterdam

Eerste druk juli 2021
Tweede druk juli 2021
Derde druk juli 2021

Omslagontwerp Roald Triebels
Foto omslag The hypnotist of the night/Ferdinando Valverde
Foto auteur Mark Uyl
www.uitgeverijprometheus.nl
ISBN 978 90 446 4358 9

Ik ben altijd bang geweest dat me iets vreselijks zou overkomen. Het zou niet meer dan rechtvaardig zijn, want terwijl er zo veel mensen zijn die in hun leven met allerlei tegenslagen te maken krijgen, is het mijne me tot nu toe relatief makkelijk afgegaan. Vroeg of laat gaat er iets wezenlijks stuk, was mijn gedachte. En die ene, afschuwelijke gebeurtenis zou alles in balans brengen, omdat nou eenmaal geen mens ongeschonden de eindstreep bereikt.

Uiteindelijk gebeurde het dan ook. Op een moment waarop ik er het minste op was bedacht.

Denken dat je de controle hebt over je leven is een utopie.

1

Ik woon hier nog te kort om alle nachtelijke geluiden in en rond de kliniek te kunnen plaatsen, maar dit herken ik meteen. Geknerp van grind. Een auto rijdt vanaf de doorgaande weg de oprit op. Langzaam, stapvoets bijna. Vanuit mijn donkere slaapkamer kan ik zo'n beetje elke kiezel onderscheiden die met een tik tegen het chassis onder de banden vandaan schiet.

Ik grijp naar mijn werktelefoon. Kwart voor twee. Geen gemiste oproepen; niemand heeft het spoednummer gebeld. Ik glip uit bed en haast me naar het raam.

Schijnsel van koplampen zwiept als een zoeklicht tussen de grillige berkenstammen en bestrijkt even de wand achter me, die ik afgelopen zomer zachtgroen heb gesausd. Je ruikt de verf nog een beetje.

Sinds Vegas en ik in dit appartement wonen heb ik twee keer een stelletje betrapt. Beslagen ruiten, verschrikte gezichten. Maar mensen die op zoek zijn naar een rustig plekje zetten de auto halverwege de oprit al stil, in de beschutte, natuurlijke parkeerhaven die is ontstaan na het omvallen van een oude boom. En vrijwel iedereen die op de praktijk moet zijn, parkeert bij de hoofdingang. Deze auto rijdt in hetzelfde trage tempo door, langs de volgroeide rododendrons, in de richting van de zijingang die de leveranciers en wijzelf gebruiken. De bewegingsmelder activeert de buitenverlichting.

Ik gooi mijn witte jas over mijn shirt en joggingbroek en schiet in de Zweedse klompen die ik al sinds mijn afstuderen draag. In de badkamer doe ik mijn donkere haar in een rommelige knot en veeg restjes mascara onder mijn ogen vandaan.

Ik loop de gang op, de enige ruimte die ik nog onder handen moet nemen. Een peertje aan het plafond verspreidt een zwak licht. Vegas' kamerdeur staat op een kier. Ik kijk naar binnen. Mijn dochter ligt te slapen in haar twijfelaar onder de dakkapel met haar telefoon naast zich op het kussen. Anubis zit aan haar voeteneind, zijn irissen lichten op.

Vegas' slaapkamer – de grootste, om de verhuizing naar 'de bush' te compenseren – lijkt nog het meest op een plaats delict. Over het laminaat verspreid liggen bergen kleding, schoolboeken en schriften. En chipszakken, verpakkingen noedelsoep, lege energydrankblikjes.

Energydrank? Dat kind heeft energie voor tien.

Het geluid van de bel snerpt door het pand.

Ik ren met twee treden tegelijk de trap af, trek de deur naar het zijhalletje open en stap de kliniek in. Knip de lichten aan. Hierbeneden is alles licht en strak: het systeemplafond, de deuren van matglas, de glanzend witte balie. Het moet Deon een fortuin hebben gekost om dit jarendertigpand zo rigoureus te renoveren en het te laten uitbouwen.

Gebonk op de deur.

'Ik kom eraan!'

Door het getrommelde glas zie ik de contouren van een man. Hij heeft zo te zien geen dier bij zich, maar dat zegt niets. Bij grote spoed ligt de patiënt meestal nog in de auto. Soms heeft de bestuurder een dier aangereden en komt hij hulp halen.

Ik tik de code van het alarm in en ontgrendel de deur. Herfstblad dat zich in het zijportaal heeft verzameld dwarrelt over de grijze plavuizen naar binnen, gevolgd door een windvlaag als er van buitenaf met brute kracht tegen de deur wordt getrapt. Het hardhout schampt mijn gezicht en raakt vol mijn schouder. Ik val achterover. Gedesoriënteerd zak ik langs de lambrisering naar de vloer.

'De dierenarts!' Een kerel torent boven me uit. Zwarte Vans, de onderkant van zijn jeans is rafelig.

Ik probeer op te krabbelen, maar krijg de kans niet.

Hij trekt me ruw omhoog. Mijn haar raakt los en glijdt als een waaier over mijn gezicht. Het volgende moment wordt mijn arm op mijn rug gedraaid.

'Waar is hij?'

Een stekende pijn schiet door mijn schouder. 'Au!' Ik buig voorover, mijn haar veegt over de grond. 'Niet doen!'

'Nou?'

'D-dat ben ik.' Mijn stem klinkt schor. 'Ik ben de dierenarts.'

De man zwijgt even. Ademt zwaar.

'Ben je alleen?' Om zijn vraag kracht bij te zetten geeft hij een rukje aan mijn pols.

Ik stoot een schreeuw uit, maar bij de gedachte aan Vegas die boven ligt te slapen, verbijt ik de pijn. 'Ja, er is verder niemand! Laat me los.'

Er komt nog iemand naar binnen. Haastige voetstappen op de tegels. 'Wie is dat?' klinkt het achter me. Zware stem, een accent dat ik niet kan thuisbrengen.

'De dierenarts,' sist de man die me in bedwang houdt.

Een seconde is het stil.

'Fuck.'

Weer een stilte.

'Ga kijken,' hoor ik mijn belager zeggen.

De tweede man draaft langs ons heen de kliniek in. Vuile Adidas-sneakers, jeans.

Op een of andere manier krijg ik het voor elkaar om mijn ademhaling onder controle te brengen. Het is mijn tweede natuur: in mijn vak moet je je hoofd koel houden in stressvolle en soms ronduit gevaarlijke situaties. Een bange, flink van zich af bijtende hond fixeren, naalden steken in levende wezens, ze pijn moeten doen omdat het de enige manier is om ze te kunnen helpen; je moet de knop om kunnen zetten.

De dreiging van een overval was altijd al reëel. Onze apotheek met de voorraad aan medicijnen is de natte droom van menig inbreker. Ik kan het beste meewerken en ze de hele rimram aan morfine en ketamine overhandigen, of wat het ook is waarop ze hun zinnen hebben gezet, zodat ze zo snel mogelijk weer verdwijnen naar het rovershol waar ze uit zijn komen kruipen.

Ik hoor de andere man door de kliniek lopen. Snelle passen langs de balie, de eerste gang met de spreekkamers in en nog verder naar achteren, naar het nieuwe gedeelte, waar de operatiekamer en de recoveryruimte zijn. Hij doet overal de lichten aan, ik hoor de schuifdeuren. Zijn schoenzolen piepen op de plavuizen.

'Wat zoeken jullie?' vraag ik.

Geen reactie.

Mijn belager houdt me nog steeds vast in een ijzeren greep. Zijn ademhaling is snel, gejaagd en hij ruikt naar vers zweet. Ik vang ook een andere geur op, shampoo of eau de toilette. Wie is deze man? Wat wil hij?

De tweede man komt terug. Ik kan nog net zien dat hij een bivakmuts draagt en zwarte leren handschoenen voordat mijn hoofd weer naar beneden wordt geduwd.

'Niks,' hoor ik hem zeggen.

Een geladen stilte volgt.

Mijn hart klopt hoog in mijn keel.
'Dus jij bent dierenarts,' klinkt het boven me.
'Ja.'
'Dan hebben we een klus voor je.'
Nu pas zie ik de bloedspatten op zijn jeans.

2

Mijn belager – 'noem me maar Mike' – drijft me voor zich uit de ok in. Een vierkante, hoge ruimte in de aanbouw, zachtgrijs, helder verlicht, de operatietafel in het midden. De tweede man – 'mijn naam doet er niet toe' – volgt ons op de voet.

'Ben je gewond, Mike?' Mijn stem trilt en ik heb een vreemde, doffe pijn in mijn gezicht en in mijn schouder.

'Nee.'

De tweede man ritst zijn donsjack open en haalt kabelbinders tevoorschijn. Hij maakt een ongeduldige beweging met zijn kin. 'Polsen tegen elkaar.'

Mike geeft me een zet tussen mijn schouderbladen. 'Opschieten.'

Ik wil me naar hem omdraaien, maar de ander grijpt mijn kin vast. Hij heeft kleine, dicht bij elkaar staande bruine ogen, lange wimpers. Zijn bivakmuts is een beetje verschoven zodat ik de bovenste helft van zijn neus kan zien; er zit een v-vormig littekentje op de neusrug, een winkelhaakje. Als hij me ernaar ziet staren, trekt hij zijn bivakmuts recht. Daarna bindt hij mijn polsen aan elkaar en zet me vast aan de operatietafel. 'We zijn zo terug, pop.'

Mike glipt achter hem aan.

Met opeengeperste lippen luister ik naar hun geluiden. Het gefluister op de gang, gepiep van hun schoenzolen dat zich snel van me verwijdert. Dan hoor ik de deur van de zijingang opengaan.

Een klus.

Een gewonde vechthond of vechthaan, illegaal geïmporteerde papegaaien of reptielen die er slecht aan toe zijn? Deon, mijn werkgever, is in exotische dieren gespecialiseerd, ik niet. Ik trek aan mijn boeien, maar hoe harder ik probeer mijn polsen van elkaar te krijgen, des te scherper snijdt het plastic in mijn vel. Ik kijk om me heen. De scalpels en scharen liggen buiten mijn bereik in de lades, en de oogmoer waaraan mijn boeien zijn vastgezet is glad afgewerkt, zonder braampjes. Ik breng mijn mond bij de boeien en zet mijn tanden in het plastic. Het materiaal geeft nauwelijks mee. Ik zet meer kracht, bijt erin, negeer de pijn die door mijn tandwortels trekt. Het materiaal lijkt iets weker te worden en begint mee te geven.

Voetstappen. Gehijg.

Er wordt iets zwaars over de vloer gesleept.

Ik geef met mijn polsen een flinke ruk aan het plastic, nog eens, zo hard mogelijk. Tranen schieten in mijn ogen.

De mannen komen de operatiekamer in geschuifeld. Tussen hen in bungelt het lichaam van een derde man. Ook hij draagt een bivakmuts. Bloed – zijn bloed – druppelt op de plavuizen.

De twee tillen het lichaam op de operatietafel.

Mike snijdt me los. Als hij al opmerkt dat ik bezig ben geweest mijn boeien door te bijten, laat hij daar niets van blijken.

Ik wrijf over mijn polsen, blijf staan, staar naar de man op de operatietafel. Er zit een gat in zijn zwarte jack. De stof eromheen glanst van het vocht. *Schotwond, steekwond?* Hij ligt met zijn gezicht naar mij toe gekeerd. De zichtbare huid is grauw, de ogen zijn gesloten. Hij is waarschijnlijk in een shock. Onderkoeld.

'Nou, waar wacht je op?' snauwt Mike.

'Ik ben dierenarts.'

'Doe maar of het een hond is,' zegt de ander.

'Dat kan niet. Ik ben geen chirurg. Jullie kunnen –'

'Het moet,' zegt Mike.

'Nee. Ik kan dit niet.'

'Probeer het toch maar,' hoor ik de andere man zachtjes zeggen. Als ik opkijk zie ik dat hij een pistool op me gericht heeft.

3

Ik zag haar heus wel, maar ik heb gedaan of ik sliep. Mama heeft het gewoon te erg gemaakt, met alles. Ze geeft meer om dieren dan om mensen.

Daarom zijn we naar dit boerengat verhuisd, honderdduizend kilometer bij opa en oma en bij school vandaan. Mijn vrienden chillen 's avonds bij het speeltuintje en ik zit daar dan op Snap naar te kijken, want ik moet na school meteen naar huis. 'Neem je vriendinnen gerust een keertje mee,' zei mama laatst. 'Dan mag je ze de kliniek laten zien.' Maar ze kijken wel uit, dan moeten ze dat hele eind ook nog eens terugfietsen.

Boeit mama niet. 'Doe niet zo dramatisch over die paar kilometers, we wonen in een bós, hoe cool is dat? En ik weet zeker dat niemand van je vrienden zo'n grote kamer heeft.' Ze blijft steeds tegen me aan kletsen, maar ze heeft geen flauw idee. Als ik het dakraam openkiep, zie ik alleen bomen. Uitzicht uit de dakkapel aan de achterkant: nog meer bomen.

Stammen. Geritsel. Takken, blaadjes. Wind.

Wie hééft dat nou?

Ze kan beter vragen: wie wíl dat nou?

Ik vang geluid op uit de kliniek beneden. Mama heeft nachtdienst, dus ze zal wel een of ander ziek dier aan het redden zijn. Beesten zijn zieliger dan mensen, vindt ze, want mensen maken grotendeels zelf hun keuzes, terwijl huisdieren helemaal geen inspraak hebben in waar ze terechtkomen en wat ze te eten krijgen. Toen ik zei dat dat net zo goed voor mij gold, noemde ze me verwend, want 'we hebben het zo goed samen'.

Wat ze eigenlijk bedoelt te zeggen is: *ik* heb het zo goed.

En nou heeft ze ook al een crush op een van die dierenartsen. Ze doet alsof er niets aan de hand is, maar ik ben niet achterlijk. Deon Niekerk heet hij, hij is de baas hier, en ik mag hopen dat hij haar vriend niet wordt, want dan zit ik opgescheept met twee mensen die alleen maar over dieren kunnen praten.

4

Ik heb ooit een tv-serie gezien waarin een dierenarts gedwongen werd om een levensreddende operatie uit te voeren op een crimineel. Bob had hem ook gezien. Hij, Deon, Rosalie, een stagiaire en ik zaten te lunchen in het keukentje.

De stagiaire, die er steeds zwijgend bij had gezeten, vroeg voorzichtig: 'Waarom zou je naar een dierenarts gaan om een mens te laten opereren?'

Rosalie antwoordde: 'Omdat een huisarts niet kan opereren. En een chirurg heeft thuis geen ok.'

'Stel je voor dat iemand van ons dat zou overkomen,' zei Bob. Hij keek er nogal verheugd bij, zijn ogen glinsterden achter zijn brillenglazen.

'Het lijkt wel of je erop zit te wachten,' zei ik.

Hij grinnikte en krabde aan zijn borst – wat bij Bob een vreemd gezicht is, omdat hij een middelvinger mist. 'Dat nou ook weer niet.'

'Zou jíj het doen?' Deon keek mij aan, zijn blik scherp als die van een havik.

'Natuurlijk niet. Jij wel dan?'

'Het lijkt me op zijn minst interessant.'

Bobs hang naar *thrill seeking* verbaasde me, maar van Deon had ik zo'n uitspraak wel verwacht. De energie die om mijn werkgever heen hangt is even mysterieus als de dieren die hij behandelt. Ik werkte alweer een paar weken in Dierenkliniek De Bosrand en nog steeds was ik niet gewend aan de indringende manier waarop hij naar je kon kijken. En ook niet aan zijn plaagstootjes en zijn voorliefde voor felle discussies. Deon komt uit Kaapstad. Voordat hij zich in Nederland settelde heeft hij in allerlei dierentuinen en wildparken gewerkt.

Hij kneep zijn ogen tot spleetjes. 'Zeg, Emma, ga je me nou vertellen dat je er nooit over hebt nagedacht hoe het zou zijn om een mens te opereren?'

'Vergelijkbaar met een varken?' probeerde ik. Elke arts weet dat de structuur van het vlees en vetweefsel van varkens vrijwel gelijk is aan die van mensen, net als hun spijsvertering en de anatomie.

Rosalie, die zich de hele tijd afzijdig had gehouden, keek op van haar telefoon. 'Eens met Emma, een flinke big komt aardig in de buurt.'

Bob tikte tegen zijn slaap. 'Hierboven zullen wel wat andere mechanismes aan het werk moeten als je een méns op de tafel hebt liggen, hè? Maar ik sluit me aan bij Deon, zo'n sensatiezoeker ben ik diep vanbinnen dan wel.'

'Dus je zou ervoor gaan?' vroeg ik.

'Ach...' Bob wreef over zijn schedel, die glansde in het tl-licht – een gebaar waarin iets vertederends lag, alsof hij zich verontschuldigde voor zijn kaalheid – en hij leunde weer naar achteren. Zijn stoel kraakte vervaarlijk. 'Hypothetisch, want het gaat natuurlijk nooit gebeuren. Daarvoor moet je in de Randstad zijn.'

Ik keek van de een naar de ander. 'Hebben jullie wel eens gehoord dat een collega zoiets is overkomen?'

'Nee,' zei Bob, en hij nam een hap van zijn broodje. 'Maar dat zegt weinig, natuurlijk. Ik zou zoiets niet aan de grote klok hangen.'

'Wishful thinking, Bobbemans.' Deon grinnikte. 'Al zou ik er wat voor over hebben om jou in zo'n situatie aan het werk te zien.'

'Lul.' Bob gooide een stukje brood naar Deon.

Deon weerde het af. 'Zeg, beetje meer respect voor je baas, hè?'

We lachten er hartelijk om.

Ik schat hem begin twintig, de man met het grauwe gezicht die nu met gesloten ogen voor me ligt. Hij heeft kort blond haar, donzige beharing op zijn kin en wangen en een paar moedervlekken. Mooie, volle lippen en een regelmatig gebit – als kind gebeugeld waarschijnlijk. In allebei zijn oren draagt hij een glinsterend vierkant knopje. Ik denk dat hij één meter vijfentachtig is, iets langer misschien. Zijn lijf past niet in zijn geheel op de tafel. We hebben zijn onderbenen op de rugleuning van een bureaustoel getild om ervoor te zorgen dat het bloed dat hij nog heeft in de vitale delen blijft circuleren. Zijn bovenlijf heb ik toegedekt met groen operatiedoek, en het wondgebied, dat ik zo goed en zo kwaad als het ging heb ontsmet, wordt fel aangelicht door de operatielamp.

Hij ademt, zijn borst gaat onregelmatig op en neer.

Maar hoelang nog?

De kleur van de slijmvliezen is veel te bleek.

'Nou, waar wacht je op?' snauwt de man met het litteken.

'Ik kan niet nadenken zolang je een pistool op me gericht houdt.'

'Wen er maar –' Hij stopt abrupt met praten.

Als ik opkijk zie ik dat Mike een blik van verstandhouding met hem wisselt. De man vergrendelt zijn pistool en stopt het weg achter zijn broekband.

'Ga je gang,' zegt Mike.

'Eh... ik doe ingewikkelde operaties altijd met een assistent.'

'Ik ben je assistent.'

Met trillende vingers schuif ik mijn mondmasker op zijn plaats. Dit is gekkenwerk, ik heb geen idee wat ik daarbinnen zal aantreffen.

Bij dit soort trauma – vrijwel zeker is dit een schotwond – waarbij de patiënt zo veel bloed verliest dat elke seconde telt, moet de buik meteen helemaal open, van het borstbeen tot het schaambeen. Alleen zo krijg je snel overzicht en kun je, als je geluk hebt, de hevigste bloedingen signaleren en die als eerste stoppen. Maar ik durf er niet eens aan te beginnen. Zo'n ingreep ziet er voor een buitenstaander weerzinwekkend uit, alsof je een dier aan het uitbenen bent. Laat staan als het gaat om een mens, om iemand die je kent, om wie je geeft. Als ik doe wat ik moet doen, en de patiënt overlijdt alsnog, dan breng ik mezelf ermee in gevaar. Ik kan niet voorspellen hoe die twee gaan reageren en tijd om hun vertrouwen te winnen en het uit te leggen, is er niet.

'Ik ben gespecialiseerd in kleine huisdieren. Katten, konijnen. Jullie vriend moet naar een ziekenhuis.' Ik maak een hulpeloos gebaar. 'Ik weet niet of de sedatie voldoende is, of te veel.'

'Hij kan wel wat hebben.'

'Je vergist je. De kans dat hij het niet redt is –'

'Jij gaat ervoor zorgen dat hij het wél redt,' snauwt de man met het litteken. 'En nou dichtmaken die wond.'

Dichtmaken?

Lieve god, was het maar zo eenvoudig.

5

Dat de dieren die in de kliniek overnachten nooit hun kop houden, daar ben ik aan gewend. Maar dit lijkt niet op een beest. Anubis is rechtop gaan zitten en staart naar de deur. Ik luister ingespannen.

Die rotbomen buiten ruisen zo hard dat het klinkt als een regenbui. De heen en weer zwiepende takken maken creepy schaduwen op de muur.

Het is een fokking spookhuis, dit. Een spookhuis in nergensland.

Toen we hier net woonden deed ik geen oog dicht door die geluiden. Anubis liep steeds op hoge poten rond, zo schrikachtig dat ik er ook bang van werd. Hij zit nu aan zijn staart te likken, dus wat het ook was, het is er nu niet meer. Ik pak mijn telefoon om te kijken of er iemand wakker is. Lara heeft om elf uur nog wat gepost, verder niemand. Ik ga weer liggen, sluit mijn ogen.

Weer een schreeuw. Ik heb het me dus niet verbeeld. Is het een kat? Katten kunnen zo hard miauwen dat je zou zweren dat je een baby hoort huilen.

Maar dit klinkt niet als een baby.

Dit klinkt als een mannenstem.

Ik stap uit bed en loop de gang op. Het tapijt ruikt muf en prikt onder m'n blote voeten. De spaarlamp aan het plafond wiebelt mee bij elke stap. Ik woon in een horrorfilm.

'Mam?'

Stilte.

Ik ga naar haar slaapkamer, die aan de voorkant ligt. Haar bed is opengeslagen, mama is er niet. In de woonkamer ligt een fleecedeken verfrommeld op de bank. De badkamer is leeg. Er is niemand op het toilet.

Opnieuw een schreeuw. Hij komt uit de kliniek.

Ik blijf staan, mijn vuisten gebald.

Zijn er inbrekers beneden? Moet ik de politie bellen?

Anubis duwt zijn kopje tegen me aan en miauwt zachtjes. Hij draaft met opgeheven staart in de richting van de keuken. Katten zijn de grootste egoïsten op de planeet.

Ik ga terug naar mijn kamer om mijn telefoon te pakken. Mijn vingers blijven boven het schermpje zweven. Stel dat mama gewoon aan het werk is. Dat er door mijn schuld straks politie naar binnen stormt terwijl ze iemand staat te troosten van wie ze net de kat of hond heeft moeten laten inslapen.

Ik kan beter eerst gaan kijken.

6

De patiënt kreunt.

'Hou vol,' fluister ik, en ik leg een knoop in een hechting. Toen ik begon met het herstellen van de schade in dit dieper gelegen weefsel, stootte hij een kreet uit en begon te bewegen. Ik was bang dat hij de kracht zou vinden om zijn infuus en de beademing los te trekken. Dat gebeurde niet, hij zakte meteen weer weg.

Maar er is geen twijfel over mogelijk dat de patiënt het een en ander meekrijgt, dat hij voelt wat ik doe. Ik kan dat niet verhelpen. De hoeveelheid verdoving die ik een dier kan toedienen is afhankelijk van het gewicht, maar ook soortspecifiek. Wat een reguliere dosis is voor de ene soort, kan voor een andere dodelijk zijn. In welke categorie een mens valt heb ik niet geleerd, dus blijf ik aan de veilige kant en verkies ik zijn ongemak boven een overdosis.

Aan een standaard naast de patiënt hangt een infuus; de zoutoplossing verdwijnt in een rap tempo in zijn ader. Ik hoop dat het genoeg is, maar ik zie het somber in.

Hoe langer ik bezig ben simpelweg te redden wat er te redden valt, hoe meer ik vergeet dat gewapende kerels me op de vingers staan te kijken. Dit deel van mijn vak heb ik altijd het interessantst gevonden. Het lichaam dat zich voor me opent na een paar geroutineerde sneden, al die bewegende organen, vetweefsel, vliezen – onderdelen van een levend wezen die normaal gesproken aan het oog onttrokken zijn. De werkelijkheid is een stuk minder duidelijk en afgebakend dan de plaatjes in biologieboeken doen vermoeden; het is daarbinnen een chaos aan wit, roze, blauwig, paars en geel weefsel, en er is weinig zo fascinerend als in die driedimensionale puzzel op zoek te gaan naar het probleem dat het hele dier ziek maakt. Zodra een patiënt op de tafel ligt, gaat er een knop om en ben ik niet meer emotioneel betrokken.

Het verbaast me dat ik zelfs onder deze krankzinnige omstandigheden kan vertrouwen op mijn vaardigheden en af en toe in *the zone* terechtkom – een hoedanigheid waarin ik niet meer hoef na te denken en gewoonweg weet wat ik moet doen. Handen die zelfstandig lijken te bewegen, commando's die als vanzelf over mijn lippen komen en waarmee ik Mike betrek bij het redden van zijn vriend, of wat ze ook van elkaar zijn, en tijd win; hij knipt de hechtdraden door zodra ik er een knoop in heb gelegd.

Net als ik draagt hij een operatieschort, handschoentjes en een mondmasker – bij hem zit het over zijn bivakmuts heen. Het kan beter, sterieler, maar ik heb geen keus. Omdat Mike zijn leren handschoenen heeft moeten uittrekken, heb ik zijn handen kunnen bekijken. Ze zijn groot, met stompe vingers en afgekloven nagels en de haartjes op zijn polsen zijn blond. De ogen die mijn bewegingen koortsachtig volgen zijn amandelvormig en grijsgroen, het oogwit bloeddoorlopen. Mikes energie voelt anders dan die van zijn handlanger. Verstandiger, minder agressief. Maar als hij om het leven van de patiënt geeft, waarom is hij dan hierheen gekomen? Ik kan er met mijn verstand niet bij dat je een vriend in nood naar een *dieren*arts brengt. Hebben deze mannen dezelfde misdaadserie gekeken als ik?

Ik vraag Mike een nieuwe verpakking hechtdraad voor me te openen zodat ik de steriele naald eruit kan pakken zonder het verpakkingsmateriaal aan te hoeven raken. Hij reageert vlot en begrijpt mijn aanwijzingen vrijwel meteen.

'Mam...?'

Geschrokken kijk ik op. Mijn vingers blijven als bevroren boven de patiënt hangen.

'Mama?'

De man met het litteken gaat met zijn rug tegen de muur staan, naast de gesloten schuifdeur, zijn pistool in de aanslag.

'Nee!' Ik laat mijn instrumenten vallen. 'Niet doen!'

Met gestrekte arm zwaait hij zijn pistool naar me toe. 'Daar blijven!'

Ik hef mijn handen.

'Eh, mam?'

Ze is halverwege de gang, ik hoor haar aarzelende voetstappen.

'Wie de fuck is dat?' fluistert Mike.

'Mijn dochter.'

Ik voel Mikes gejaagde ademhaling langs mijn slaap gaan. Zijn vriend staat te luisteren met zijn donkere ogen opengesperd, het pistool onbeweeglijk in zijn vuist.

'Ze is pas veertien,' breng ik uit.

'Halló?'

Als iemand de operatiekamer in gebruik heeft, brandt de rode lamp. Iedereen weet dat, Vegas ook, maar ik heb hem niet aangeknipt. En er zit geen slot op de schuifdeur.

Mike geeft me een zetje in mijn rug en duwt me voor zich uit. 'Zeg dat ze oprot.'

De andere man wisselt een blik van verstandhouding met hem. 'Als ze ons ziet, hebben we geen keus meer, hè.'

'Vegas, ga weg!' schreeuw ik.

Mike trekt me hardhandig tegen zich aan. 'Hé, rustig, rustig!'

Zijn vriend heft agressief zijn pistool, gevolgd door een kort hoofdknikje in de richting van de gang, alsof hij wil zeggen: nou, waar wachten we op?

'Mám?'

Onder mijn klompen worden de tegels vloeibaar.

Mike geeft een por in mijn rug.

'Laat die deur dicht!' Ik sluit mijn ogen. 'Als je het wáágt om hier binnen te komen, heb je huisarrest voor de rest van het jaar, hoor je me?'

'Sorry dat ik –'

'Weg, wég!' Mijn stem slaat over. 'Ik ben aan het werk, ben je besodemieterd! Rot op naar je kamer!'

7

Mama is met een man, ik hoorde hem de hele tijd fluisteren.

Het spoor van bloeddruppels dat door de hele kliniek ligt tot aan de operatiekamer is vast van een gewond beest dat is binnengebracht, maar op een of andere manier geloof ik niet dat dat nu nog op de operatietafel ligt. Want nou is mama daarbinnen iets aan het doen dat niets met werk te maken heeft. Hysterisch deed ze, met haar huisarrest, belachelijk.

Ik ben zó klaar met haar.

Met dit huis.

Al die stomme beesten.

Ik smijt de deur achter me dicht – zo hard dat ze het beneden wel moeten horen – en veeg de nattigheid van mijn wangen. Haal mijn neus op, snuif diep.

Het kan natuurlijk maar één man zijn: mijn moeders baas, die Deon Niekerk.

Ik spring op bed en open het raam van de dakkapel. Het geruis van de bomen klinkt harder dan ooit. Het stormt bijna. Ik moet de hendel van het raam goed vasthouden om te voorkomen dat het uit mijn handen wordt gerukt. Aan de zijkant van de kliniek staat een auto bij de struiken. Het is te donker om goed te kunnen zien of het de jeep van Deon is.

Maar wat kan mij dat eigenlijk schelen?

Ik sluit de ramen en ga languit op bed liggen. Staar naar het plafond.

Anubis komt bij me. Hij balanceert met vier poten op mijn borst en miauwt met zijn allerliefste stemmetje.

Ik duw mijn neus in zijn vacht en snuif zijn kattengeur op. Katten zijn helemaal niet geïnteresseerd in jouw problemen, ze willen alleen maar eten en aandacht. Toch lijkt het alsof hij me begrijpt.

8

Ik heb gedaan wat ik kon. De wonden zijn gehecht, het bloeden is gestopt en ik heb de patiënt een antibiotica-injectie en pijnstillers gegeven. Hij krijgt nog steeds extra zuurstof toegediend met een kapje dat ik provisorisch over zijn neus en lippen heb bevestigd. Maar het gaat niet goed. Zijn hart klopt veel te snel.

Ik trek mijn handschoentjes uit. 'Laat me alsjeblieft een ambulance bellen.'

'Kan niet,' snauwt de man met het litteken.

'Jullie vriend heeft bloed nodig. Donorbloed.'

'Een bloedtransfusie, bedoel je?' vraagt Mike.

Ik knik. 'Anders gaat hij het niet redden. Welke bloedgroep heeft hij?'

Ze geven geen antwoord.

'En jullie, wat is jullie bloedgroep?'

Ze staren met opeengeklemde kaken naar hun vriend, alsof ze nu pas beseffen dat ze een fout hebben gemaakt door hiernaartoe te komen. Niemand zegt iets.

'Dat weet je niet?' vraag ik.

'Ik heb A-positief,' hoor ik Mike aarzelend zeggen. 'Jij?'

De andere man trekt zijn schouders op. 'Hoe moet ik dat nou weten?'

Ik leg mijn hand op de gespierde bovenarm van mijn patiënt. Hij moet in topconditie zijn geweest voordat hij gewond raakte. En hij hecht waarde aan zijn uiterlijk: zijn blonde haar is keurig opgeschoren. Zijn huid is, afgezien van wat puistjes, mooi gaaf. Op zijn borst prijkt een tatoeage. Een soort logo in de vorm van een rode M met een stip erboven, eronder in een grijzige tint twee kleine M's, een streepje en twee kruisjes. Maar opvallender is de enorme, bijna levensechte leeuw op zijn ribben.

Ik zou willen dat mijn hechting, die van zijn middenrif naar zijn zij loopt, op een mooie dag in de toekomst een litteken zal zijn; een tastbare herinnering aan een periode waarin de verkeerde keuzes die hij maakte hem bijna het leven hebben gekost. Ik probeer me voor te stellen dat deze man lacht en praat. Dat hij kleur op zijn gezicht heeft. Dat hij *leeft*. Want wat hij ook op zijn kerfstok heeft, hier ligt een mens. Iemands broer of vriend.

Iemands kind.

En ik wil geen patiënt verliezen.

'Ik heb nul-negatief,' fluister ik, en ik loop naar het ladeblok. Ik stroop mijn mouw hoog op en pak een band om mijn bovenarm af te binden. In een andere la zoek ik gehaast naar de juiste naalden.

'Wat doe je?' Mike staat vlak bij me.

'Tijdrekken.' Ik staak mijn bewegingen en zoek oogcontact. Op een of andere manier heb ik het gevoel dat hij meer betrokken is bij de patiënt dan zijn vriend. 'Nul-negatief gaat met alle bloedgroepen. Met een beetje geluk houdt hij het lang genoeg vol om overgedragen te kunnen worden aan artsen in een ziekenhuis.'

Mike slaat zijn ogen neer. Er gaat al een stuk minder agressiviteit en dreiging van hem uit. Ik geloof dat het nu pas tot hem is doorgedrongen dat zijn vriend het wel eens niet zou kunnen redden.

‘We kunnen niet naar een ziekenhuis,’ zegt hij zacht. ‘Je moet hem helpen. Het moet.’

9

Adrenaline is een krachtig hormoon: het is me wonderwel gelukt om bloed bij mezelf af te nemen zonder duizelig te worden. Het levensverlengende vocht druppelt nu het vatenstelsel van de patiënt in. Hij is rustig. Zijn onsamenhangende gebrabbel heeft plaatsgemaakt voor een zuchtende, onregelmatige ademhaling. Ik heb er weinig hoop op, maar ik heb alles gedaan wat binnen mijn macht ligt. Ik stroop mijn handschoentjes af en werp ze in de emmer die aan de verrijdbare werktafel hangt.

Mike heeft zich van me afgewend en staat met zijn hand in zijn nek naar de patiënt te kijken. De man met het litteken staat naast hem, ogenschijnlijk in gedachten verzonken.

Mijn blik schiet naar de schuifdeur. Ik zou het kunnen redden naar de balie, waar ik 112 kan bellen. Voor mezelf en voor Vegas, maar ook voor de patiënt. En als ik het niet red, kan ik mezelf altijd nog opsluiten in de medicatiekluis.

Ik bal mijn vuisten. Staar naar de deur.

Hoelang zou de politie nodig hebben om hier te komen? Een kwartier op zijn minst. Kostbare minuten waarin van alles mis kan gaan. Vegas kan weer naar beneden komen – of die twee criminelen gaan naar boven. Mochten ze ervoor kiezen om ervandoor te gaan, dan is de kans groot dat ze de patiënt meenemen. In zijn toestand wordt dat zijn dood.

Ik kan het beter onder ogen zien: ik kan geen kant op. Het heeft geen zin om te vluchten. De mannen weten waar ik werk. Ze weten ook dat mijn dochter hier in het holst van de nacht door de kliniek loopt, en dus zullen ze snappen dat we hier wonen.

Ik kan geen kant op.

'Ik wil nu graag een ambulance bellen,' zeg ik stellig. 'Er is geen enkele garantie dat hij –'

Vanaf de operatietafel stijgt een langgerekte zucht op.

Het klinkt niet goed.

Helemaal niet goed.

De mannen draaien hun hoofd met een ruk naar mij om. Mike zegt iets, maar ik hoor het niet meer.

Ik ben al bij de patiënt met mijn vingers gespreid boven zijn torso, alsof ik hem op deze manier nieuwe energie kan instralen, of wacht op een goddelijke ingeving. Dit gaat fout. Ik herken dit zuchten, dat van diep uit het lichaam komt.

Ik vloek binnensmonds.

'Wat is er?' roept Mike.

Ik grijp naar een injectiespuit en ren naar de crashbox in de hoek van de ok.

'Hé, hé!' roept de man met het litteken, en hij zet de achtervolging in alsof hij denkt dat ik ervandoor ga. Hij blijft bij me staan terwijl ik de box open en mijn trillende vingers over de verpakkingen laat gaan, op zoek naar adrenaline.

Er liggen maar twee ampullen. Vloekend peuter ik ze uit

de verpakking, breek ze open en zuig met de naald de inhoud op. Voor een labrador heb ik laatst één ampul van 1 milliliter gebruikt, dat was genoeg om hem weer bij kennis te krijgen. Maar hoeveel een mens nodig heeft weet ik niet en er is geen tijd om het uit te zoeken.

Terug bij de patiënt zie ik dat zijn toestand verder is verslechterd. Zijn huid is grauw, blauwig zelfs, zijn mond hangt een beetje open. Ik leg mijn oor op zijn borst. Geen hartslag. Geen ademhaling. Ergens aan de rand van mijn bewustzijn hoor ik de mannen door elkaar heen schreeuwen. Ik zet de spuit, jaag het middel het lichaam in.

Kom. Kom op!

Mijn blik is onafgebroken gericht op de patiënt, op zijn beginnende baardje, de glinsterende oorbellen die hij misschien wel cadeau heeft gekregen van iemand die hem liefheeft. Zijn gezicht, dat grauwe, roerloze gezicht. Zijn borst, al even onbeweeglijk.

Ik word van achteren bij mijn schouders gegrepen en door elkaar geschud, maar ik voel het nauwelijks. Het gevloek en de dreigementen dringen vrijwel niet tot me door.

Ik staar naar de tatoeage van de M met de punt erboven, de levensechte leeuw op zijn ribbenkast. De kartelige hechting die opbolt uit de vaalbleke huid, de enige onvolkomenheid op dit jonge, verder ongeschonden lichaam.

Er gebeurt niets.

Ik schud de handen van mijn schouders, doof en blind voor wat de mannen me ook maar toewensen, en ik zet geconcentreerd mijn stethoscoop op zijn borst.

Niets.

Woedend veeg ik de tranen van mijn wangen. Haal mijn neus op. De stethoscoop valt uit mijn hand.

'Hij is dood,' zeg ik, met een stem die van iemand anders lijkt te zijn.

10

In groep zes van de basisschool had ik een goede vriendin, Elsa. Ze woonde met haar ouders en broers bij ons in de straat. Haar vader schreef toneelstukken en werkte veel thuis, haar moeder gaf les op de kunstacademie. Elsa's ouders waren de leukste mensen die ik kende. Niets was te gek: een tentenkamp in de woonkamer, een nachtelijke speurtocht door de wijk in onze pyjamaatjes. De hond mocht op bed en hun katten kregen om de haverklap jongen, die Elsa dan mee naar school nam om ze uit te delen alsof het snoepzakjes waren. Mijn vader en moeder waren een stuk strenger, serieuzer. Een 'beest in je bed' was onbespreekbaar, en 's nachts hoorde je te slapen. Ik was dan ook liever bij Elsa dan thuis en adoreerde vooral haar vader, die ons vermaakte met verhaaltjes die hij ter plekke bedacht. Toen hij op een dag niet thuiskwam van een repetitie, dacht niemand dat hem iets was overkomen. 's Avonds kwam de politie vertellen dat hij dood was aangetroffen in de toiletten van de schouwburg. Wij kregen als kinderen niet alles mee. Via via kwamen we erachter dat hij was overleden aan een overdosis cocaïne.

Door zijn dood realiseerde ik me voor het eerst dat het

leven eindig is. Elsa's vader was voor altijd weg, en samen met hem verdwenen de verhalen, de logeerpartijtjes en alle vrolijkheid bij Elsa thuis.

'Hij is te vroeg gegaan, maar voor hem is het niet zielig,' hoorde ik Elsa's moeder een keer tegen een vriendin zeggen. 'Want híj hoeft niet te leven met zijn dood. Wíj moeten leven met zijn dood.'

Waar het gezin ook mee moest leven, was het feit dat Elsa's vader zijn verslaving voor iedereen verborgen had weten te houden.

Door zijn geheim veranderde mijn kijk op volwassenen. Ik had het tot die tijd vanzelfsprekend gevonden dat ouders hun verantwoordelijkheid namen. Toch begon ik pas veel later waardering te krijgen voor het vermogen van mijn ouders om een stabiel thuis te creëren. Hun twee-onder-een-kapwoning aan de Mezenstraat was – en is nog steeds – een veilige cocon waar ook Vegas baat bij heeft gehad. Maar hoe stevig pap en mam de draden van hun cocon ook gesponnen hebben, tegen kogels zullen ze me niet beschermen.

Hier moet ik zelf mee zien te dealen, besef ik, terwijl ik de mop van links naar rechts over de tegelvloer haal. Ik kan dit aan niemand vertellen.

Het is de derde keer dat ik de gang dweil en ik blijf spatjes zien – tegen de witte balie bij de entree, op het rvs-karretje in de ok. Ik wring de mop uit en loop naar de keuken. Mijn lijf beeft nog steeds als het naar desinfecteermiddel ruikende dweilwater door de gootsteen verdwijnt.

Ik haast me naar de ok voor een laatste controle. De

operatieset is gedesinfecteerd en terug op zijn plek gelegd. De hechtnaalden, spuiten, watten en het wondgaas heb ik afzonderlijk in plastic zakjes verpakt en in een afgesloten bak gelegd. Ik neem de bak mee naar boven.

Zachtjes passeer ik Vegas' kamer. Mijn dochter ligt te slapen met de kat aan het voeteneind. Vegas is vast boos op me, maar dat maak ik wel weer goed. Op dit moment overheerst dankbaarheid dat we er allebei nog zijn.

Ik plaats de bak onder in mijn kledingkast en neem een douche. Stromend water werkt altijd helend, mentaal en fysiek, maar nu voel ik me nauwelijks opgefrist. In de spiegel boven de wastafel bestudeer ik mijn gezicht. Op mijn jukbeen zit een flinke kras, de huid eromheen is blauwig en mijn oog zit een beetje dicht van de zwelling. Als ik daar niets aan doe, loop ik er de komende week bij als een bokser na een verloren wedstrijd, en zal iedereen willen weten wat er is gebeurd. In de vriezer vind ik een zak doperwten, waar ik een theedoek omheen sla. Met de zak tegen mijn slaap gedrukt loop ik naar de woonkamer en schenk een glas whisky in. Ik laat het vocht rondwalsen, kijk ernaar. Na een korte aarzeling giet ik alles in mijn keelgat.

Mijn haar is nog vochtig als ik in bed ga liggen. Ik sluit mijn ogen en concentreer me op mijn ademhaling. *Vier seconden inademen, zeven seconden vasthouden...* De spanning die in de afgelopen uren elke cel van mijn lijf op scherp heeft gezet, begint enigszins af te nemen, maar het lukt me niet om de slaap te vatten.

Ik trek een van de lades van mijn nachtkastje open. Onder een berg troepjes ligt een notitieboekje, nog nieuw in de verpakking.

Weinig dingen zijn zo onbetrouwbaar als het geheugen. Naarmate de tijd verstrijkt raken onze herinneringen vervuild. Elke keer als je een anekdote uit je geheugen opdiept, wordt die als het ware overschreven; onbewust voeg je nieuwe details toe en verdwijnen er oude.

Mijn herinneringen zijn nu nog vers.

Ik begin te schrijven, noteer alles wat me te binnen schiet. De pen vliegt over het papier alsof mijn leven ervan afhangt.

11

Het licht van de opkomende zon waaiert uit over de velden en schijnt recht in de auto waarin Quincy en zijn vriend zitten. De Toyota staat een beetje scheef; het zandpad is onregelmatig uitgesleten en al een poos in onbruik.

Quincy veegt met zijn duim opgedroogd bloed van zijn pols. Zijn oren fluiten zachtjes. 'We hadden naar het ziekenhuis moeten gaan.'

'En dan?'

'Dan had Marko nog geleefd.'

'Allemaal camera's daar.' Imre peutert aan een nagel, bijt erop.

Quincy kijkt hem zijdelings aan. 'Ja, en?'

'Wil jij graag beroemd worden? Ik niet.'

Quincy klemt zijn kaken op elkaar. Imres totale gebrek

aan empathie is geen verrassing, alleen gaat dit niet om een anonieme verslaafde sneuneus die zich in de schulden heeft gewerkt. Hij moet zich inhouden om Imre niet vol op zijn gezicht te stompen.

Imre haalt snuivend zijn neus op. 'Dat wijf heeft het verknald. Misschien wel expres. Zullen we teruggaan?'

Quincy geeft geen antwoord. Hij heeft lang geleden geleerd dat emoties je alleen maar in de weg zitten; janken brengt je niet verder, ruziemaken al helemaal niet.

Hij knijpt zijn ogen samen tegen de ochtendzon die de mistige heide in een onwerkelijke gloed zet. Felroze, donkerpaars. Zijn hersenen registreren het, maar hij kan er niets mee.

Marko was voor het eerst mee op pad. Quincy had hem beloofd dat hem niets zou overkomen, hij kon op hem bouwen, zoals altijd. Marko vertrouwde hem.

En nu ligt hij dood in de kofferbak.

Imre legt een hand op zijn been. Een uiting van mededogen die niet bij hem lijkt te passen. 'Je bloedeigen broertje. Gecondoleerd, man.'

Quincy haalt diep adem. 'We moeten hem kwijt zien te raken,' zegt hij schor.

12

'Emma, wat is er met jou gebeurd?'

Ik dacht dat ik het rood en blauw redelijk goed had weten te maskeren.

'Het ziet er erger uit dan het is, pap. Uitgegleden in de kliniek.'

Mijn vader keurt mijn verwonding van onder zijn zware oogleden. Vegas merkte laatst op dat haar opa wel iets weg heeft van Norman Reedus uit *The Walking Dead* en liet hem een foto zien op haar telefoon. Mijn vader nam het compliment glunderend in ontvangst, totdat ze eraan toevoegde: 'Alleen dan ouder. En met opahaar.'

Vanuit de woonkeuken klinkt gelach. Ik herken de stem van mijn moeder boven het geroezemoes uit. Mijn broer en zijn vriend zijn er ook, hun auto staat verderop in de straat.

'Van harte,' zeg ik, en ik omhels mijn vader.

Hij pakt lichtelijk verstrooid mijn envelop aan. 'Waar is Vegas eigenlijk?'

'Ze moet repeteren voor de kerstmusical.'

'Op zaterdagavond?'

'Het is maar een paar uurtjes. Lara's vader brengt haar zo meteen hierheen.'

'Die kinderen hebben tegenwoordig zo'n idioot drukke agenda,' zegt hij, terwijl hij met zijn wijsvinger de envelop openpeutert. 'Wist je dat een vierde van de studenten een burn-out krijgt en bijna de helft kampt met psychische problemen? De hélft!'

'Ze zit pas in havo 3, pap, maak je geen zorgen.'

Mijn vader haalt de verjaardagskaart tevoorschijn en klapt hem open. Er begint een lullig muziekje te spelen dat me in de winkel nog vrolijk toescheen. Het zal aan mijn toestand liggen, ik sta te tollen op mijn benen van vermoeidheid.

'Een dinnershow?' Hij omhelst me. 'Da's toch veel te duur!'

Ik mompel dat ik het kan missen en dat mam en hij me ook altijd goed hebben geholpen.

'Lief, hoor. Kom.' Hij slaat een arm om mijn schouder en troont me mee naar de woonkeuken. 'Je moeder heeft twee dagen staan bakken.'

Terwijl ik de vrolijkheid tegemoetloop, zou ik willen dat ik een masker kon opzetten. Mijn broer en zijn vriend knuffelen me.

'Nieuwe stijl?' Joris wijst op de talloze armbanden om mijn polsen. Alle kleuren en materialen door elkaar, alles wat ik kon vinden.

'Leuk?'

'Hm, niet helemaal jij,' zegt hij.

Ik wend me gauw van mijn broer af en feliciteer mijn moeder, begroet iedereen aan tafel met een geforceerde glimlach zonder iemand in het bijzonder aan te kijken, en stamel dat ik een zware nachtdienst heb gehad en vandaag weinig heb kunnen slapen.

'Ga lekker zitten, schat.'

Er is alleen nog een plekje vrij tussen mijn broer en Hugo, een vriend van papa's leesclub. Ik ga zitten op de sledestoel van zachte ribstof die uit de woonkamer komt.

'Je ziet inderdaad pips,' zegt mijn moeder. 'En wat heb je daar nou?'

Ik leg mijn vingertoppen tegen mijn slaap. 'Uitgegleden in de ok.'

'Je werkt te hard.' Ze zet een punt zelfgebakken appeltaart voor mijn neus en een soja latte ernaast. Mijn vader is enkele jaren geleden door het oog van de naald gekropen; zijn zittende levensstijl en zijn voorliefde voor Hollandse pot met jus waren hem bijna fataal geworden. Sindsdien kookt mijn moeder als een hipster en het moet gezegd: het werkt voor hem, al vermoed ik dat hij af en toe ook wel eens naar Cafetaria De Driesprong wandelt in plaats van een rondje maakt door het park.

Terwijl ik taart eet doe ik mijn uiterste best om interesse te tonen in de gesprekken over de gemeentelijke belastingen en het omhakken van bomen bij mijn broer in de straat.

Als Hugo me vragen begint te stellen over het gedrag van zijn hond, erger ik me daar voor het eerst niet aan. Op elk feestje is er wel iemand die begint over een kwaal van een huisdier zodra ze horen dat ik dierenarts ben. In onbekend gezelschap zeg ik daarom wel eens dat ik bij een bank werk. Nu som ik dankbaar de medische oorzaken op die de nukken van Hugo's cockerspaniël kunnen verklaren. Het glas pinot blanc dat mam me in mijn handen drukt, drink ik te snel leeg. Geleidelijk beginnen de gesprekken aan de tafel te vervagen tot geroezemoes dat in golven hard en dan weer zachter bij me binnenkomt, alsof iemand speelt met de volumeknop. Ik voel de pijn in mijn gezicht toenemen, en word me bewust van het branderige gevoel waar de armbanden het bot van mijn polsen raken. Mijn schouder doet nauwelijks zeer, daar heb ik geluk mee gehad.

'Emma, halló?'

Ik kijk op.

Mijn moeder wijst naar het klokje van de magnetron. 21:05 uur. 'Had Vegas er al niet moeten zijn?'

13

Wesley neemt een joint tussen zijn lippen. Hij inhaleert diep en sluit zijn ogen.

Ik kijk toe hoe hij de rook uitblaast, zijn kin omhoog en met een grijns op zijn gezicht.

Mij ziet hij amper staan. Voor Wes ben ik opvulling, onderdeel van het wisselende groepje dat bij de speeltuin chilt. Denzell, zijn beste vriend, is er ook, en een paar jongens uit een andere wijk. Een van hen heeft een hond bij zich, die de hele tijd staat te piepen en blaft naar voorbijgangers.

Ik ril en duik dieper in mijn jack. Mijn adem is zichtbaar in het licht van de straatlantaarn. 'We moeten zo weg,' fluister ik tegen Lara.

Ze duwt me een blikje wodkamix in mijn handen. 'Zeg gewoon dat het langer duurde. Of ben je bang dat je moeder naar school gaat bellen om je te controleren?'

'Ze weet de school amper te vinden.' Ik neem een slok en probeer niet te griezelen van de smaak. Lara en ik zijn de jongsten. Daar is vanavond al een opmerking over gemaakt; ze moeten niet denken dat we een stel kleuters zijn.

Ik geef het blikje door aan Soraya – Lara's buurmeisje. 'Over tien minuten gaan we fietsen, oké? Anders krijg ik echt problemen.'

Wes herhaalt een vraag van Denzell. 'Wie de lekkerste chick is die ik ken? Inkoppertje.'

Ik spits mijn oren.

'Bella Thorne.'

'Bro, die ken je niet in real life.'

Wesley ritst zijn North Face-jas dicht tot over zijn kin. 'Alles is mogelijk. Als je iets echt wilt, gebeurt het.'

'Denk je?'

'Tuurlijk.' Hij neemt nog een trek van de joint, houdt de rook even vast en blaast hem uit terwijl hij zijn hoofd in zijn nek legt. 'Goeie wirri.'

De jongens die erbij staan brommen instemmend.

Wes houdt de joint omhoog en kijkt naar ons – naar Lara en mij, en naar Soraya. Zijn ogen glinsteren onder de schaduwrand van zijn petje. 'Trekje? Wel sterk spul, dit. Je wordt er geil van.'

'Dat zijn ze toch wel,' merkt Denzell op.

De jongens beginnen te lachen.

Wesley grijnst. 'Nou durven ze niet meer.'

'Echt wel.' Ik stap naar voren.

Hij kijkt me verrast aan. Amandelvormige ogen die in het licht van de lantaarnpaal lichtbruin, bijna goudkleurig lijken. Rechte neus, mooie lippen. 'Bijna vrouwenlippen, zo vol,' zei Lara laatst, maar Wesley heeft zo'n hoekige kop dat hij dat makkelijk kan hebben. Hij blijft mijn blik vasthouden. Misschien ziet hij nu wel in dat hij me verkeerd heeft ingeschat. Dat ik stoerder ben dan hij dacht.

'Kom maar halen dan,' zegt hij kalm.

Ik loop op hem af en blijf voor hem staan. 'Nou, ik ben

er,' zeg ik. Mijn hart klopt in mijn keel. De walm van de joint prikt in mijn ogen en ruikt naar dennenbomen en uien en oud zweet.

Hij trekt een wenkbrauw op. 'Zeker weten?'

Ik knik. Hopelijk ziet hij in de schemer niet dat mijn hoofd roder wordt – ik voel het bloed naar mijn wangen stijgen.

Denzell en zijn vriend maken grapjes, ik hoor het amper. Het lijkt alsof we hier alleen staan, Wesley en ik. Mijn mond voelt ineens droog.

'Hier. Eén goede trek.' Hij grinnikt. 'En als je *bad* gaat, dan doe je dat maar een eindje verderop.'

'Ik ga niet kotsen.' Ik neem de joint van hem over. De zachte, flinterdunne vloei die om de tabak heen is gerold kan ik platdrukken tussen mijn vingers. Papier dat hij met zijn lippen heeft aangeraakt.

Ik neem een trekje en blaas de rook meteen weer uit. Het smaakt sterker dan de joints die Lara en ik roken. Mijn ogen tranen en ik onderdruk een hoestbui.

'Geen goed idee, Wes,' zegt Denzell. 'Ze is pas veertien.'

Buiten het zicht van de jongens gebaart Lara dat ik nog een trek moet nemen, en dieper moet inhaleren.

Ik neem een grotere hijs en probeer de rook binnen te houden. Mijn lijf wil het niet. Ik druk mijn onderarm tegen mijn mond en begin te hoesten. Rook kringelt uit mijn mond en neus. Tranen lopen over mijn wangen. Ik buig voorover, probeer niet over te geven.

'Niet hier, gadver!' roept Denzell.

'Gaat het?' Lara legt haar hand in mijn nek.

‘Ja, ja.’ Mijn stem klinkt pieperig.

Het wordt al minder; ik ga rechtop staan en wil nog een hijs nemen.

Wesley pakt de joint tussen mijn vingers vandaan. ‘Even normaal doen.’

‘Ik verslikte me gewoon.’

‘Wes heeft wel wat anders voor je als je per se ergens op wilt zuigen,’ zegt de jongen met de hond.

De rest schiet in de lach.

Ik hoor ze grappen maken, ver weg. Het is alsof er een glazen wand tussen ons in staat. Ik voel me opnieuw misselijk worden, erger dan zojuist, en de grond lijkt te schudden.

14

‘Twee wijntjes over een hele avond kan heus geen kwaad,’ zegt mijn moeder. ‘Na anderhalf uur is de alcohol uit je bloed.’

Mijn vader roept vanaf het hoofd van de tafel: ‘Zit je kind niet dronken te voeren.’

‘Emma werkt veel te hard en ze gunt zichzelf nooit iets.’ Ze houdt een fles omhoog. ‘Rosé cava, speciaal voor jou in huis gehaald.’

‘Niet voor mij?’ roept mijn tante.

Mam schenkt glimlachend een glas in en zet het bij me neer. ‘Blijf toch slapen, lieverd, zo vaak is het geen feest.’

Ik kijk naar de bubbels die vrolijk langs het dunne kristal omhoog dwarrelen. Het is verleidelijk, de spanning met alcohol wegspoelen, niet teruggaan naar dat eenzame huis in het bos. Toen ik vanmiddag vergeefs probeerde in slaap te komen heb ik even overwogen om tijdelijk weer bij mijn ouders te gaan wonen en te gaan solliciteren. Er is werk genoeg voor dierenartsen. Alleen: ik kan mijn naam niet veranderen. Als die mannen willen, hebben ze me zo gevonden.

'Bart heeft van die prachtige pianohanden. Daarom viel ik op hem,' hoor ik mijn moeder zeggen. Ze staat aan de eetbar.

'Daar blijft het wel bij.' Mijn vader trommelt grinnikend met zijn vingers op tafel. 'Met die coördinatie van mij ben ik allang blij als ik *Für Elise* kan spelen.'

'Met twee vingers,' merkt Joris droog op.

'Ik heb nooit onder stoelen of banken gestoken dat ik het grootste respect heb voor je moeders pianospel.'

'En haar technische inzicht,' voeg ik eraan toe.

'Ja, zo kan-ie wel weer. Ik ben jarig!'

Iedereen lacht.

Al zolang ik me kan heugen is mijn moeder degene die bij ons thuis de gootsteen ontstopt en de schilderijen ophangt; bij mijn vader kun je dan weer terecht voor puzzelwoorden en feiten uit de wereldgeschiedenis. Als kind heb ik me geërgerd aan de nutteloze weetjes die hij te pas en te onpas rondstrooide, dat gekoketteer met kennis. Nu vind ik het juist leuk, zo'n belezen vader.

Nog mooier is het te zien hoe mijn ouders elkaar aanvullen en eigenschappen in de ander bewonderen die zijzelf ontberen. Ik kan papa uittekenen in de serre, gebogen over zijn krant, terwijl mama lesgeeft aan een van haar cursisten of zomaar wat zit te spelen.

Opposites attract. Mijn ouders zijn het levende bewijs dat een relatie tussen tegenpolen goed kan werken, en mijn broertje en ik plukken de vruchten van hun verbintenis: we hebben de handigheid van onze moeder geërfd en van papa het vermogen om snel informatie op te nemen.

Vroeger romantiseerde ik de harmonieuze relatie van mijn ouders en zocht ik onbewust naar tegenstellingen in mijn vriendjes. Een poos dacht ik mijn ultieme partner te hebben gevonden, iemand die ik door en door bewonderde om alles wat hij kon en ik niet. Maar het is bij mij anders gelopen dan bij mijn ouders.

En het blijft maar anders lopen.

De bel gaat.

'Daar zal je Vegas hebben.' Mijn moeder maakt aanstalten om op te staan. 'Kwart voor tien. Wat is dat voor school? Dat zijn toch geen tijden voor veertienjarigen?'

'Ik ga wel, mam.' Ik haast me naar de hal.

Vegas heeft me een halfuurtje geleden laten weten dat ze eraan kwam; het was de eerste keer vandaag dat ik iets van haar hoorde. Vanochtend vroeg is ze door Lara en haar vader opgehaald en bij hen is ze ook blijven eten. Ik vermoed dat ze boos op me is – en met recht natuurlijk, vanuit haar perspectief.

Ze is alleen.

Ik tuur langs haar heen naar buiten. In de verte fietst iemand weg, verder is de straat leeg. 'Zijn Lara en David doorgereden?'

‘Ze moesten ook naar een feestje.’

Wat kijkt ze vreemd uit haar ogen; ze zijn bloeddoorlopen.

‘Ik had verwacht dat ze wel even binnen zouden komen,’ zeg ik. Vegas en Lara kennen elkaar al vanaf de kleuterschool. In de jaren dat Vegas en ik bij mijn ouders woonden, waren ook Lara’s ouders hier kind aan huis.

‘Kom gauw binnen, het is koud.’ Ik wil haar uit haar jas helpen, maar ze is me voor en hangt haar parka zelf op.

‘Hoe ging het repeteren?’

‘Goed, hoor.’ Ze ontwijkt mijn blik.

Dit is niet de tijd en de plaats om het over vannacht te hebben, maar het voelt niet oké om het helemaal te negeren. ‘Heb je nog goed kunnen slapen?’

‘Ja, prima.’

Er is iets raars aan haar.

In een opwelling pak ik haar hand vast en voel snel aan de andere. Leg mijn vingers tegen haar wang. IJskoud.

‘Waar kom jij vandaan?’

Ze werpt me een defensieve blik toe. ‘Wat boeit jou dat?’ Razendsnel wurmt ze zich langs me heen de woonkamer in.

Ik reageer te traag; mijn moeder heeft haar al gezien en loopt met gestrekte armen op haar af.

Misschien is dat maar beter ook. Zoals ik me nu voel ben ik sowieso niet opgewassen tegen het gesprek dat ik met mijn dochter zou moeten voeren.

15

'Mam, waarom stop je?'

Mijn koplampen beschijnen het linkerdeel van de kliniek. De rest van het pand is in duisternis gehuld. We zijn omgeven door roerloze stammen, tientallen, honderden. Vocht glinstert op de bast.

'Mám? Doe niet zo eng!'

Langzaam dringt het tot me door dat ik mijn auto midden op de oprit tot stilstand heb gebracht. 'Sorry, beetje moe,' zeg ik.

Als ik doorrijd naar de zijkant van de kliniek activeert de bewegingsmelder de buitenlamp. De parkeerplaats, die ruimte biedt voor een handjevol auto's, is omgeven door dicht struikgewas, wintergroen dat nu fel wordt verlicht.

Daarachter is het gitzwart.

'Jezus, wat heb jij!' Vegas gooit haar portier open en stapt uit. Ze is in een paar passen bij de deur en gaat daar mokkend op me staan wachten, haar armen over elkaar. De onverzettelijke koppigheid van haar vader komt steeds duidelijker naar voren.

Ik stap uit, op mijn hoede, erop beducht om vanuit de struiken te worden besprongen. Dan loop ik met licht opgetrokken schouders naar het zijportaal.

'Mám, het is fokking koud!'

Ik open de deur. Vegas snelt voor me uit de trap op en na een plichtmatig 'truste' verdwijnt ze naar haar kamer.

Dat stelt me enigszins gerust; ze groet me tenminste nog.

Ik wacht tot ik hoor dat ze een serie opzet en sluip dan de trap weer af, de kliniek in. Haastig maak ik een ronde door de donkere, stille vertrekken, met mijn telefoon als zaklamp voor me uit gericht. In de opnameruimte zit een konijn in een van de gestapelde rvs-kooien. Het diertje spitst geschrokken zijn oren. Ik check zijn status. Robin, elf maanden oud, patiënt van Rosalie. Vanmiddag opgenomen vanwege een darmprobleem – een veelvoorkomend euvel bij huiskonijnen, vaak met fatale afloop. De oorzaak is vrijwel altijd voeding; je ziet deze problemen nauwelijks bij konijnen die voornamelijk hooi te eten krijgen. Ik heb geen appje van Rosalie gehad met de vraag of ik haar patiënt wil monitoren, dat betekent dat zijzelf morgen naar de kliniek komt om Robin te verzorgen. Zaterdag, zondag, avond, nacht: ons werk gaat altijd door.

Achter de balie start ik de centrale computer op en open het beveiligingsprogramma. Het scherm toont livebeelden van de vier beveiligingscamera's: de hoofdentree, de balie, de klantenparkeerplaats en de zijingang. Ik zie mijn bestelautootje-van-de-zaak eenzaam op het grind staan met zijn neus in de rododendrons. Gespannen voer ik een andere tijd in. 01:45 uur, het moment dat ik wakker werd van een naderende auto. Het programma reageert niet. Ik probeer het nog eens. Er verschijnt een pop-upvakje waarin staat dat er geen beeld beschikbaar is. Dat kan helemaal niet. De camerabeelden worden pas na 72 uur overschreven en de inval is nog geen 24 uur geleden. Maar wat ik ook probeer, het lukt niet om terug te kijken.

Ik sluit de computer af en loop naar de ok, die achter in het pand naast de opnameruimte ligt. Daar blijf ik staan, met mijn armen over elkaar. Je zou verwachten dat je het ergens aan zou moeten zien of merken dat hier vannacht iets afschuwelijks is gebeurd, maar de ok ligt er normaal bij, alle spullen op hun vaste plek. Ik loop naar de tafel en laat mijn vingers over het gladde rvs gaan.

Dat ik hier nog sta heb ik te danken aan Mike, wat vast niet zijn echte naam is. Nadat ik had geconstateerd dat de patiënt was overleden, greep hij hem beet en begon te schreeuwen: 'Nee, goddomme. Marco! Broertje, niet doodgaan!'

De man met het litteken sprong op mij af, pakte me bij mijn haar en smeet me tegen de grond. Ik schampte een ladeblok en rolde instinctief weg, trok mijn knieën op om mezelf zo klein mogelijk te maken. Hij dook meteen op me, vastbesloten om zijn frustratie af te reageren, maar Mike kwam tussenbeide. Hij greep hem vast en bleef hem in bedwang houden. Praatte op hem in. Geleidelijk begon de berusting in te dalen, of misschien was het realiteitszin, en de man kalmeerde. Daarna bonden ze me opnieuw vast en tilden ze de patiënt van tafel.

'Hé, teef, ik hou je in de gaten,' zei de man met het litteken voordat ze naar de gang verdwenen. Met een scheef glimlachje voegde hij eraan toe: 'Een brandje is zo gesticht.'

Ik wist mezelf te bevrijden met het scalpel dat nog op een verrijdbaar werktafeltje lag. Met mijn voeten rolde ik het binnen mijn bereik. Tegen de tijd dat ik mijn boeien had kunnen doorsnijden, was iedereen weg.

Natuurlijk was mijn eerste ingeving om de politie te bellen.

Ik deed het niet.

16

In de donkere nacht moeten de vlammen kilometers ver te zien zijn. Stukjes zwartgeblakerd plastic dalen neer op de vochtige bosgrond. Quincy moet hoesten van de rook.

Imre pakt hem bij zijn mouw. 'Kom, man.'

Quincy trekt zich los. Hij blijft kijken naar het vuur, dat kolkt en kronkelt in de cabine van de gestolen Audi, Marko's favoriete merk. Dit was het minste wat hij nog voor hem heeft kunnen doen. De ceremonie was kort. De woorden die hij had willen uitspreken zijn in zijn keel blijven steken. Marko was zijn kleine broertje, hij had er voor hem moeten zijn. Net als vroeger, toen hun moeder haar roes uitsliep op de bank en hij brood voor Marko smeerde en zorgde dat hij met gekamde haartjes en bij elkaar passende sokken naar school kon.

'Ik zal je missen, broertje,' brengt hij uit.

Een van de ruiten knapt door de hitte. Gretig likken de vlammen naar buiten, krommen zich om het dak.

'We moeten nou echt gaan,' zegt Imre. 'Je kunt niets meer doen.'

17

Vegas' ogen zijn zwart omrand en haar wenkbrauwen zijn bijgetekend tot zeker tweemaal de oorspronkelijke dikte. Ik vind haar te jong voor dit soort make-up, maar ik wil het niet verbieden. Haar vriendinnen lopen er net zo bij.

'Ik moet zo weg, mam.' Ze kijkt onrustig om zich heen, kijkt dan weer op haar telefoon.

'Waarheen?'

'Naar de stad. Lara en zo zijn er al.'

De regen tikt tegen het keukenraam, dat is beslagen door de warmte van de oven. 'Met dít weer?'

Ze haalt haar schouders op. 'In de winkels is het droog.'

'Ik eh... ik wil het eigenlijk met je hebben over gisternacht.'

Haar blik blijft rondzwerven, ze vertikt het om oogcontact te maken. 'Is al oké,' zegt ze.

'Nee, dat is het niet. Ik wil mijn excuses aanbieden.'

Nu kijkt ze me wel aan, met een blik die zowel verbazing als wantrouwen uitdrukt.

'Het was een operatie op leven en dood, ik was gespannen. Maar dat gaf me niet het recht om je af te snauwen.'

De verbazing heeft plaatsgemaakt voor een uitdrukking die ik alleen maar kan interpreteren als minachting.

Ik schrik ervan. Wat is er gebeurd met dat meisje dat alles met me deelde? Haar open blik, het wederzijdse vertrouwen? *Time is a bitch.*

'Ik maak me zorgen om je, Vegas.'

Ze ontploft bijna. 'Dit is zó hypocriet!'

'Hypocriet?'

'Ik moet echt weg,' zegt ze, en ze stopt haar telefoon in haar tasje.

'Maar ik heb minipizzaatjes in de oven liggen...' *Wat is dat nou voor argument?*

'Eet ze lekker samen met je vriendje op.' Ze werpt een blik uit het raam. 'Hij is er al. Tot vanavond.'

'Vegas!'

Ze zwaait haar sjaal om haar hals en beent de keuken uit. Ik hoor de deur dichtslaan, haar voetstappen die op de trap roffelen.

'Végas, kom hier!'

Ik blijf aan tafel zitten in de overtuiging dat ze terug zal komen. Pas als het tot me doordringt dat ze me negeert spring ik op en ren ik naar beneden. Buiten zie ik haar op de fiets tussen de bomen uit het zicht verdwijnen, doof en blind voor mij en mijn geroep.

Ik kijk verward naar mijn bestelauto, waar Deon zijn jeep pal naast heeft geparkeerd, en graai in de zak van mijn badjas. Mijn autosleutels liggen nog boven.

'Puberstuipen?'

Ik draai me om.

Deon staat in de deuropening. Hij draagt bergschoenen onder zijn jeans en sweater en heeft zijn mouwen opgestroopt. Ik wen nooit aan die man. Met zijn krachtige trekken en doordringende oogopslag ziet hij er niet uit als een dierenarts – niets ten nadele van mijn mannelijke collega's, er zitten genoeg sportieve, knappe mannen tussen met een goed lijf en je kunt een interessant gesprek met hen voeren, maar het testosteron druipt niet bepaald uit hun poriën. Sinds de breuk met zijn vriendin heeft Deon geen vaste relatie meer, weet ik van Bob, die me ook toevertrouwde dat onze werkgever meer dan tevreden is met zijn talrijke *booty calls.*

'Ik dring nauwelijks nog tot haar door,' zeg ik, terwijl ik de ceintuur van mijn ochtendjas vaster om me heen knoop. 'Maar eh, sinds wanneer werk jij op zondag?'

'Sinds ik het zo achterlijk druk heb dat ik doordeweeks niet meer aan de administratie toekom.' Hij houdt mijn blik vast, en dan verschijnt er een glimlachje om zijn mond.

Ik zie mezelf staan door zijn ogen: op afgetrapte uggs, in een verwassen ochtendjas van nepbont met koala-oren aan de capuchon. In de regen.

'Wil je achter haar aan? Ik rij wel.' Zijn uitdrukking is weer even ondoorgrondelijk als altijd.

'Nee. Ze luistert nu toch niet.'

'Zeker weten?'

Ik hoor een auto starten aan de voorkant van de kliniek en een paar tellen later rijdt een donkere bolide van de parkeerplaats af. De bestuurder claxonneert kort, bij wijze van afscheid. Deon steekt zijn hand op.

'Had je toch een klant?'

Deon glimlacht. 'Ons werk houdt nooit op, Emma.' Als de auto uit het zicht is, zegt hij: 'Ze is veertien, toch? Een lastige leeftijd.'

Het begint harder te regenen, druppels vallen op mijn gezicht. Ik vecht tegen de impuls om het uit te schreeuwen. Hoe kon dit nou zo escaleren, zo snel? Was het mijn schuld? *Natuurlijk. Jij bent de volwassene.*

Deon wijst met zijn kin naar boven. 'Ruik ik pizza?'

'Ik... eh... wilde met Vegas praten, ik dacht dat het een goed idee was om –'

'Hé?' Fronsend bestudeert hij mijn gezicht. 'Wat heb je daar nou? Is er iets gebeurd?'

Ik kijk hem niet-begrijpend aan.

'Je ziet bont en blauw.'

'O, dat?' Ik leg mijn hand tegen mijn wang. 'Uitgegleden.' Haastig loop ik langs hem heen naar binnen toe, trek mijn mouwen angstvallig over mijn polsen. 'Ik ga even de oven uitzetten.'

De rest van de dag blijf ik boven. Ik pluis het nieuws uit en tik trefwoorden in op mijn laptop. Er zijn in de nacht van vrijdag op zaterdag genoeg incidenten geweest – overvallen, een achtervolging, inbraken. Maar als ik verder lees blijken de tijden niet overeen te komen, hebben de daders een ander profiel of zijn ze al gepakt. Wat die drie mannen vrijdagnacht ook hebben uitgespookt voordat ze bij mij kwamen, het lijkt erop dat het onopgemerkt is gebleven. Het moet dus wel een interne criminele aangelegenheid zijn geweest – een afrekening, een ripdeal? Ik vraag me af wat Mike en de man met het litteken hebben gedaan met het lichaam van hun overleden vriend. Marco heette hij. 'Mike' verzon zijn naam ter plekke, daar ben ik vrijwel zeker van, maar die van zijn vriend – of waarschijnlijker nog, zijn broer – is hem in de consternatie ontglipt.

Terwijl ik mijn met arnicazalf ingesmeerde polsen masseer vraag ik me voor de zoveelste keer af waarom de mannen juist hier aanklopten, bij Dierenkliniek De Bosrand. Voor mij kwamen ze in elk geval niet, want ze leken geen vrouw te hebben verwacht. Rosalie kan ik dus ook wegstrepen, bovendien draait die nooit nachtdiensten. Blijven over Deon en Bob, maar zij wonen niet bij de kliniek, en mijn appartement stond volgens mij al even leeg toen ik hierin trok: het was een muffe, rommelige bedoening. Maar aan de buitenkant zie je daar niets van en er staan twee aparte brievenbussen aan de weg, 23 en 23a. Ik duw mijn laptop van mijn schoot en loop naar het raam.

De gedachte die me nu bekruipt bevalt me allerminst. Stel dat een van die griezels een klant is van Deon of Bob? Onze klantenkring is op zijn zachtst gezegd nogal divers, en dierenvrienden zijn niet automatisch mensenvrienden. Sterker nog, er zijn diereneigenaars die niet eens om dieren geven, maar die het puur gaat om het prestige van het bezit, of het geld dat de dekkingen en nakomelingen opbrengen. Er gaat een huivering langs mijn ruggengraat bij het idee dat ik een van de overvallers op het werk tegen het lijf zou kunnen lopen.

Ik haal diep adem, en nog eens. Als ik iedere klant nu ga verdenken, kan ik mijn werk niet meer doen. Dan draai ik binnen de kortste keren door. Ik leg mijn voorhoofd tegen het raam en staar naar de herfstige boomkruinen, die zachtjes wiegen in de wind. Grijze wolken hebben zich boven het land samengepakt. Als je goed kijkt zie je in de verte de haan glanzen op de toren van de dorpskerk. Ik besef dat van alle dierenartspraktijken in de regio wij als enige buiten de bebouwde kom gevestigd zijn. De kliniek is niet eens zichtbaar vanaf de weg.

Het moet de ligging zijn geweest.

18

Van de wiet van Wesley word ik niet meer misselijk.

'Gewoon vaker doen,' heeft hij gezegd. 'In het begin springen de kabouters in je nek, maar je hersens wennen er snel aan en dan wordt het chill.'

Daarin had hij gelijk. Zelfs de wind voel ik amper. Ik merk heus wel dat het waait, maar de kou deert niet. Af en toe heb ik het idee dat ik een paar meter groei, dat ik langer en langer word.

Het regent al de hele tijd. We staan droog bij de entree van de kerk, onder een toog bij de houten deuren. Lara leunt met halfgesloten ogen tegen de muur. Denzell heeft zijn arm om haar heen geslagen. Hij is net zo stoned als wij, maar je ziet het niet aan hem. Dat komt door de druppels die hij bij de Turkse kapper haalt; daarvan trekken de rode adertjes in je oogwit binnen een paar seconden weg. Ik heb geen geld om dat spul te kopen. Ook niet voor wiet, trouwens. Gelukkig mag ik meeroken.

'Ik ben zó klaar met mijn moeder.' Een zachte tinteling trekt door mijn aderen. 'Ze heeft schijt aan mij. Het draait allemaal om haar.'

'Wil je weg thuis?' vraagt Lara.

Ik knik.

Wesley steekt een sigaret op, met gekromde handen beschermt hij de vlam tegen de wind. 'Heb je geen tante of oom of zo waar je naartoe kunt?'

'Mijn oom woont in Rotterdam.'

'Je hebt wel een lieve opa en oma,' zegt Lara, en ze legt aan Wesley en de rest uit dat ik half en half door mijn grootouders ben opgevoed omdat mijn moeder bezig was met haar studie en haar werk.

'Kun je daar niet weer gaan wonen dan, bij die mensen?'

'Niet echt.' Ik kijk naar de grond.

'Of bij je vader?' vraagt Denzell.

'Ja, waar woont die eigenlijk?' Wes geeft me de joint aan tussen duim en wijsvinger.

Ik neem een hijs. Sluit mijn ogen.

Mijn vader. Ik praat nooit over hem. Alleen Lara weet hoe het zit.

'Die woont in het buitenland,' lieg ik.

In werkelijkheid heb ik geen idee waar mijn vader woont. Ik weet niet eens hoe hij heet. Volgens mijn moeder is hij 'iemand die verkeerde keuzes heeft gemaakt'. Ze heeft me vaker dingen over hem verteld. Die begon ik pas rond mijn negende te begrijpen. 'Toen jij nog in mijn buik zat hebben jouw papa en ik besloten dat we het beste voor jou wilden, en dat hij daarom geen onderdeel van je leven kon zijn.' Ze zei ook dat hij een heel knappe man is en dat ik mijn oogkleur – lichtblauw – van hem heb.

Whatever.

Van de relatie met hem heeft ze spijt, maar ze is er dankbaar voor dat ik daaruit ben geboren, ook al was het een ongelukje.

Ik ben een ongelukje.

De rest heeft het nu over merken. Ze vragen wat Lara en ik mooi vinden. Ik vind zoveel mooi, een Gucci-riem bijvoorbeeld, alleen kan ik die niet betalen van mijn zakgeld. En mama vindt merkkleding onzin.

'Ik zou niet weten waar ik het geld vandaan moet halen,' zeg ik.

'Door te werken, of zeg ik nou iets geks?' zegt Noah, een vriend van Denzell. 'Dagje of twee en je hebt het bij elkaar verdiend.'

'Voor een neppe, ja,' zegt Denzell.

'Waarom zou je een echte kopen?'

Wes is onrustig. Hij is steeds bezig met zijn telefoon.

'Ik heb geen werk,' zeg ik.

'O, ben jij er zo een, zo'n verwende bitch?' Noah trekt een vies gezicht.

'Helemaal niet.'

'Ze nemen haar nergens aan,' valt Lara me bij. 'Vegas is een halfjaar jonger dan ik. Als je veertien bent, mag je alleen folders lopen.'

Ik kijk somber naar het plein. Ze vragen constant om folderbezorgers, maar in het bos wonen geen mensen en ik weet zeker dat mama geen tijd heeft om me steeds met al die tassen vol folders weg te brengen en me weer op te halen.

19

Het is geen moment in me opgekomen dat achteraf wonen je kwetsbaar maakt. Wonen in de natuur is altijd al een droom van me geweest. Als kind was ik jaloers op Joris, die de slaapkamer aan de voorzijde had. Mijn broer keek uit over het park met volgroeide bomen en ik over betegelde tuinen, schuttingen en schuurtjes. Na mijn studie ben ik bij mijn ouders blijven wonen, wat fijn en handig was voor Vegas. Na een paar jaar kocht ik een appartementje in de buurt. Het was krap, met een smal balkonnetje, en ik keek opnieuw uit over bebouwing: een startende dierenarts heeft een prima salaris, maar een droomhuis kun je er als alleenstaande moeder niet van kopen.

Toen ik wilde opstappen bij Dierenartspraktijk Verstrate was er een landelijk tekort aan dierenartsen en had ik de nieuwe werkgevers voor het uitkiezen. Deon was de enige die me naast een beter salaris een praktijkwoning aanbood, plus een auto van de zaak – een bestelautootje dat stinkt naar hond en ontsmettingsmiddel en met reclame op de flanken, maar dat vind ik juist leuk. Deons aanbod was al even onweerstaanbaar als hijzelf, maar het spanningsveld dat vanaf het begin tussen ons bestond zou na verloop van tijd wel afvlakken, hield ik mezelf voor. Zodra ik eenmaal dagelijks met hem zou werken, zouden die heen en weer springende vonken wel uitdoven.

Weer een denkfout. Ik kan er een winkeltje in beginnen.

In de spiegel van de badkamer bestudeer ik mijn gezicht. Ik heb geluk gehad: op de tweede dag na een trauma is de zwelling op haar hevigst, maar het valt alleszins mee. Mijn huid is ook nauwelijks beschadigd. Ik breng een laagje arnicazalf op en borstel mijn haar – het deel van mijn lichaam waarop ik het meest trots ben. Het is dik en heeft een diepe glans, met dank aan mijn vaders Indonesische roots. Als ik veel zwem in de zomer, lichten sommige plukken op. Officieel zou het dus donkerblond heten, maar iedereen noemt het bruin. Een jaar of zeven geleden heb ik me in een impulsieve bui een korte coupe laten aanpraten. De kapster dacht dat ik het makkelijk kon hebben, maar ze vergiste zich. Ik leek wel een jongen. Sindsdien laat ik alleen nog de puntjes knippen. Het overkomt me vaker dat mensen me knapper inschatten dan ik feitelijk ben. Het komt door dat lange haar en misschien ook wel door mijn huid, weer een erfenis van mijn vaders genen: ik zie er blijkbaar altijd uit alsof ik net terug ben van een zonvakantie. Maar ik heb geen taille, weinig bil en ik moet het doen met een kleine B-cup. Als ik aankom, zet het vet zich vast op de meest onhandige plekken: op mijn onderkin, (weer) op mijn taille en de binnenkant van mijn bovenbenen. Vegas lijkt gelukkig meer op haar vader. Haar proporties kloppen veel beter.

Als ze tegen zessen thuiskomt is haar energie anders dan vanochtend. Rustiger, toegankelijker. Even staat ze zwijgend in de deuropening, afwachtend en lichtelijk defensief, maar als ik mijn armen spreid komt ze op me afgelopen en nestelt ze zich tegen me aan.

Dankbaar knuffel ik haar, druk een kus op haar kruin. ‘Laten we het er niet meer over hebben. Ik hou van je, oké?’

‘Ik ook van jou,’ mompelt ze in mijn haar.

20

‘Hoe kan dat nou toch?’ Riek draait met trillende handen een sjekkie. Haar broek zit vol donkere vlekken.

Quincy leunt tegen de deurpost en kijkt onder de ophaalgordijnen door naar buiten toe, waar hij de rechercheurs in burger ziet wegrijden.

‘Wat zocht onze Marko daar nou?’

Hij kan haar gepijnigde blik niet verdragen. ‘Geen idee, ma.’

‘Heb je een vuurtje?’

Hij reikt over de rookglazen salontafel om haar sjekkie aan te steken. De groeven in Rieks bovenlip lijken dieper dan ooit, de blauwe eyeliner is van het huilen uitgelopen. Het is geen fraai plaatje, die schonkige vrouw van vijftig in veel te jeugdige kleding van de markt, maar ze doet tenminste haar best. Dat vertedert hem. Quincy weet nog goed hoe zijn moeder eruitzag toen pa nog thuis woonde. Ze is uit een diep dal gekropen, daar kan hij alleen maar respect voor hebben.

Quincy tikt een sigaret uit zijn pakje en steekt hem aan.

Hij blijft naar buiten kijken, naar de arbeidershuisjes van de overburen en de dicht op elkaar geparkeerde auto's.

'We moeten Naomi bellen,' hoort hij zijn zus zeggen. Ze komt de kamer in gelopen, snuit haar neus in een vel keukenpapier en overhandigt de rol aan Riek.

'Waar was hij mee bezig, Quince?'

'Nergens mee.' Hij wrijft over zijn gezicht. 'Gewoon werken en trainen.'

Opnieuw dist hij het verhaal op dat hij de rechercheurs op de mouw heeft gespeld: hij heeft geen idee hoe zijn broertje achter het stuur van een gestolen Audi in dat bos terecht is gekomen. Marko liet zich niet in met criminelen en als sportman bleef hij ver uit de buurt van drank en drugs.

Quincy zoekt zijn moeders blik. 'Als ik erachter kom wie hem dit geflikt heeft, gaat-ie eraan, ma. Dat zweer ik je.' Bij het uitspreken van de laatste zin breekt zijn stem.

Hij is degene die Marko in zijn schimmige avontuur heeft betrokken en besloten heeft om hem niet naar een regulier ziekenhuis te brengen. Hij heeft Marko's verwondingen onderschat, zijn veerkracht overschat. Het is zijn schuld, van niemand anders.

'Pas nou maar op.' Riek staart weer naar buiten, alsof haar jongste zoon daar elk moment kan komen aanlopen en het allemaal een grote vergissing is geweest. 'Ik wil niet jou ook nog eens kwijt.'

'Gaat niet gebeuren, ma,' mompelt hij. 'Gaat niet gebeuren.'

21

Mijn patiënt ligt in de opnameruimte bij te komen van een geslaagde operatie. Ik heb nog een paar minuten voordat het spreekuur begint en haast me naar de balie, waar Rosalie met Marleen staat te overleggen. Marleen – grijs pagekapsel, stevig gebouwd – is onze oudste assistent. Ze werkte hier al toen Deon de kliniek overnam en kent het pand dus nog van vóór de grote renovatie.

De telefoon rinkelt.

'Het is weer maandagochtend,' zeg ik, met een knikje naar de overvolle wachtkamer. Tussen de eigenaars met gangbare huisdieren zit een stel met een serval en een man met een grijze roodstaartpapegaai – klanten van Deon.

'Je zou toch denken dat die zaterdagopenstelling iets van de druk af zou halen,' zegt Marleen, en ze neemt de telefoon op.

Rosalie staat over de uitdraai van een bloedbeeld gebogen, een fronsrimpel tussen haar dunne wenkbrauwen. De meest opvallende features van mijn vrouwelijke collega zijn haar talrijke sproeten en haar rossige krullen. Ze ziet er grappig uit, kinderlijk ontwapenend bijna, maar haar karakter is een stuk minder aangenaam. Rosalie doet bij voorkeur of ik niet besta. In het begin dacht ik dat ze een autismespectrumstoornis had, of moeite met multitasken, maar ze gaat wél leuk om met de rest.

Nadat Marleen de verbinding heeft verbroken, vraag ik haar naar het beveiligingsprogramma.

Ze duwt haar leesbril hoger op haar neus en klikt het

icoontje aan. 'Het start gewoon op,' zegt ze op een toon alsof ik niet goed snik ben. Ook met Marleen zal ik geen vriendinnen worden, maar je kunt wel op haar bouwen.

'Dat deed het bij mij ook,' zeg ik. 'Maar je kunt niet terug.' Ik kijk over haar schouder mee. Op een van de deelschermen zie ik ons achter de balie – ik staand, met mijn haar in een staart, Marleen zittend, haar ronde gezicht deels verborgen achter de displays met folders. Rosalie loopt net de voorraadkamer in.

'Heb je het ergens voor nodig?' vraagt Marleen.

'Ik wil alleen maar iets verifiëren.'

Haar vingers zweven boven het toetsenbord. 'Welke dag, hoe laat?'

'Eh...'

Ze zoekt mijn blik. Haar sociale antenne werkt naar behoren.

'Vrijdag,' zeg ik snel, bij de gedachte aan een katteneigenares die zich vroeg op de avond bij me meldde. 'Tegen sluitingstijd. Een klant gedroeg zich achteraf gezien een beetje vreemd en toen herinnerde ik me dat we een camerasysteem hebben en –'

'Problemen?' hoor ik achter me vragen.

Ik draai me meteen om.

Deons ogen boren dwars door me heen. 'Iets gebeurd?'

'Nee, hoor.'

'Die opnames zoek je niet op voor de lol, toch?'

'Nou, eigenlijk wel.'

'Benieuwd naar wat je opzocht, dan.' Zijn ogen schitteren. Precies zo keek hij afgelopen week naar me, toen er verder niemand in de kliniek was. Ik werd er bloednerveus van. Nu weer, maar om een andere reden.

'Ik... ik wilde alleen –'

'Emma wil beelden terugkijken van een bepaalde klant,' zegt Marleen.

Een indringende schreeuw doet ons alle drie opschrikken. In een reflex heb ik al een stap naar achteren gezet, klaar om ervandoor te gaan, tot ik besef dat het geluid uit de wachtkamer afkomstig is. De papegaai trippelt geagiteerd in zijn reiskooi heen en weer. Schreeuwt opnieuw.

'Slecht geweten, Emma?'

'Slecht geslapen.'

Er komt een klant binnen met een Duitse dog. De man zwaait naar me. 'Nou, dokter, daar zijn we weer, hoor!'

Ik forceer een glimlachje.

'Maar eh... wat wilde je daar nou mee?' vraagt Deon zacht, wijzend naar het computerscherm.

'Niks bijzonders.'

'Als er iets is, wil ik het weten.'

'Er is niks. Ik was gewoon nieuwsgierig.'

'Emma heeft wel een punt,' zegt Marleen. 'Het systeem doet raar. Kijk. De liveregistratie werkt wel, maar dan...'

Deon kijkt met haar mee. Uit beleefdheid, merk ik. Het ongeduld spat van hem af. 'Vraag jij zo aan Bob als hij terug is of hij er iets van weet. Of bel anders even die kerel die dat systeem heeft aangelegd.' Hij stapt achter de balie vandaan en loopt met een brede grijns en uitgestoken hand op de eigenaar van de papegaai af.

22

Tegen zessen is de rust teruggekeerd in de kliniek. Ik laat mijn laatste klant aan de balie afrekenen en loop naar de opnameruimte. Iedereen is naar huis, op Bob na. Hij heeft de radio aanstaan – Bob kan niet tegen stilte; zelfs als hij staat te opereren luistert hij naar Qmusic.

'Bob, ik ben ervandoor!' roep ik boven de herrie uit. 'Gooi jij de boel zo op slot?'

Hij draait zich naar me om. 'O, eh, Emma, die fles wijn ben je kwijt.'

'Wijn?'

'Nou niet proberen eronderuit te komen, hè.'

'Het waren er zes,' concludeer ik.

Hij knikt, glundert als een kind.

Eerder vanmiddag moest Rosalie een spoedkeizersnede doen bij een Perzische kat. Zij dacht dat het vier kittens zouden zijn, ik gokte op vijf. Bob maakte er een wedstrijdje van.

'Drie katertjes, drie poesjes, in blakende gezondheid,' zegt hij trots, en hij heft zijn hand voor een high five, die ik beantwoord. 'Doe maar een chablis.'

'Het is goed met je, ik kijk wel wat er in de aanbieding is bij de Appie,' zeg ik lachend, en ik loop terug de gang op.

Vegas liet me vanmiddag weten dat ze na school mee naar Lara is gegaan. Ze blijft er eten; ik hoef haar en de fiets pas om halftien op te halen – ook Vegas kent inmiddels de voordelen van de bestelauto-van-de-zaak. Ik pak mijn telefoon uit mijn zak en open de app van de pizzabezorgdienst.

Bij de balie houd ik mijn pas in. Er zit een man in de wachtkamer, met zijn gezicht van me afgewend. Donsgevulde parka, donker krullend haar komt onder zijn petje vandaan.

'Kan ik u helpen?' vraag ik.

Langzaam staat hij op. Een mediterraan type, zie ik nu. Italiaans, Roemeens? Iets aan hem alarmeert me. Of eigenlijk alles aan hem. Zijn manier van bewegen, zijn energie.

Ik probeer autoriteit in mijn stem te leggen. 'We zijn gesloten.'

Vanachter uit de kliniek klinkt een vrolijke jingle van Qmusic. Al krijgt Bob niets mee van wat zich hier afspeelt, het voelt geruststellend dat hij er is.

'Komt u voor iemand?'

De man zet een paar passen in mijn richting. In zijn bruine ogen ligt een koortsachtige glinstering; hij bekijkt me op een manier die ik van niemand zou moeten pikken.

Dan zie ik het v-vormige litteken op zijn neus.

Ik deins achteruit.

'Je hebt een mooie dochter, Emma. Ze lijkt op je.'

'Vegas? Nee! Wat heb je haar –'

'Rustig maar, mama. Ze weet van niets. Nóg niet.' Hij zet een stap dichterbij. 'Ik wil je even duidelijk maken dat je je kop moet houden over vrijdagnacht.'

Ik probeer te slikken, mijn mond en keel zijn droog. 'Ik... ik heb jullie mijn woord gegeven.'

'Mijn vriend gaf je het voordeel van de twijfel. Ik denk er anders over.' Hij blijft staan. 'Een belofte is in jouw wereld minder waard dan in de onze.'

De muziek klinkt ineens harder: achter in de kliniek schuift Bob de deur open. Ik hoor hem deze kant op komen.

'Er is niets gebeurd vrijdag,' zeg ik. Mijn stem klinkt als schuurpapier.

De man glimlacht flauwtjes. Hij houdt mijn blik nog even vast, knipoogt dan naar me en maakt zich uit de voeten.

23

Er stopt een scooter op het plein. De bestuurder, een jongen met een mager gezicht, werpt ons een geërgerde blik toe.

Wes loopt op hem af.

'Wie is die gast?' fluistert Lara.

Denzell haalt zijn schouders op.

De jongen overhandigt Wesley een nektasje. Ze geven elkaar een boks en de scooter rijdt weer weg.

Wesley hangt het tasje om. Als hij weer bij ons is, steekt hij zijn hand uit naar Denzell. 'Bro, geef eens wat van dat spul.'

Denzell duwt hem zijn flaconnetje toe, waaruit Wes een paar druppels in zijn ogen laat vallen. Met zijn duim en wijsvinger drukt hij zijn traanbuizen dicht, snuift. 'Ik moet effe weg.' Hij kijkt mij aan. 'Ga je mee?'

'Ik?'

'Even dit wegbrengen.' Hij tikt met vlakke hand op het nektasje.

Ik zoek oogcontact met Lara.

Ze glimlacht naar me. Ga ervoor! zegt haar blik.

24

'Je ziet eruit of je een spook hebt gezien.' Achter zijn brillenglazen knijpt Bob zijn ogen tot spleetjes.

'Ik eh... ik ben gewoon moe. Belachelijk druk vandaag.'

'Zeg dat wel.'

Ik hoor een auto wegrijden. Er zijn mensen die aan het motorgeluid kunnen horen van welk merk een auto is. Dat ik van zulke dingen niets afweet, heb ik nooit eerder als een tekortkoming ervaren.

Bob verdwijnt de keuken in en komt terug met een blikje frisdrank. Hij houdt het omhoog. 'Jij ook, trouwens?'

Ik schud mijn hoofd. 'Had eh... had Marleen jou nog gevraagd naar dat programma?' Het stoort me dat mijn stem trilt.

'Programma?'

Ik wijs in de richting van de balie. 'Van de beveiligingscamera's.'

Hij haalt zijn hand over zijn schedel. 'O, dat. Ik heb daar vorige week al over gebeld, ze zouden iemand sturen.'

'Raar hè, dat zo'n programma ineens niet meer werkt?'

'Eerder raar als het wél werkt. Er is om de haverklap iets met die systemen.'

Weer een auto. Het licht van de koplampen schijnt door het gezandstraalde glas de wachtkamer in. Onwillekeurig zet ik me schrap.

'Daar zal je m'n taxi hebben.' Bob giet de inhoud van het blikje in zijn keel, knijpt het plat en werpt het in de vuilnisemmer. Mijn stress lijkt hem te ontgaan.

De deur vliegt open, er stuiven twee kinderen naar binnen. Ik herken hen van de foto die Bob in zijn spreekkamer op zijn bureau heeft staan.

'Pap, mogen we naar de dieren?'

Een van de kinderen, een jongetje van een jaar of acht, wacht het antwoord niet af en rent meteen door naar achteren. De ander slaat zijn armen om Bobs benen heen en kijkt afwachtend omhoog. 'Please?'

Allebei de jongens hebben een haarkleur die het midden houdt tussen lichtblond en rood, en een strakke zijscheiding. Bob en Thérèse hebben nog twee kinderen, een peuter en een ouder meisje.

Bob bukt om zijn zoon een kus op zijn kruin te geven. 'Ga maar gauw. Niet met je vingers door de tralies, hè? Je weet wat ervan komt.' Hij steekt demonstratief zijn hand op, zodat de verminking goed te zien is. Bob heeft me wel eens verteld dat zijn vinger is afgebeten door een angstige rottweiler. Sindsdien muilkorft Bob alle honden waaraan hij twijfelt, en dat zijn er nogal wat.

'Ze waren niet te houden,' zegt de blonde vrouw die in het kielzog van de jongens binnen is gekomen. 'Sienna probeerde ze over te halen om thuis te blijven, maar ze wilden per se mee naar papa.'

Sienna, de Italiaanse au pair, herinner ik me. Dat mijn hersenen überhaupt nog functioneren is een wonder.

Thérèse geeft me een hand. 'Wat enig je weer eens te zien, Emma. Houd je een beetje stand tussen die twee haantjes?'

Thérèse is iemand voor wie je waarschijnlijk makkelijk een aversie zou voelen als ze niet zo hartelijk en vrolijk was. Ze praat een beetje bekakt en is onberispelijk gekleed in zandtinten. 'Ik snap het wel, hoor, ik zit bij Hartogs & Partners ook de hele dag tussen kerels die het laatste woord willen hebben. Niet te doen, soms.'

Ik probeer te glimlachen. Nu de directe dreiging is weggevallen heeft de angst bezit genomen van mijn stem. 'Ik eh... ik sta er qua oestrogenen niet alleen voor, Rosalie is er ook nog. En Marleen en de andere assistentes.'

Bob legt een hand op mijn schouder. 'Emma weert zich kranig.' Hij wijst met zijn kin naar boven. 'En ze houdt ondertussen mooi de boel in de gaten.'

'Ah, da's waar, jij bent hierboven komen wonen. Met je dochter, ja toch?'

Onder normale omstandigheden zou ik haar koffie aanbieden. Nu knik ik haar toe als een doofstomme imbeciel.

'Heb je het wel naar je zin?' In tegenstelling tot Bob pikt ze mijn onrust wel op.

'Ja, hoor.'

Ze houdt haar hoofd een beetje scheef. 'Ik vraag het aan je omdat ik zelf niet graag zo achteraf zou willen wonen. Niet zolang de kinderen nog klein zijn, tenminste. Het is fijn als ze vriendjes in de buurt hebben. Maar jouw dochter is al wat ouder, natuurlijk.'

'Ja, klopt,' zeg ik snel, en ik neem afscheid met een geforceerde glimlach.

Ik haast me naar boven, sluit de deur achter me en leun ertegenaan, mijn handen gevouwen voor mijn mond. Pas als ik mijn ademhaling beter onder controle heb, loop ik door naar mijn slaapkamer. Daar haal ik het opschrijfboekje uit mijn nachtkastje. Ik sla het open bij de beschrijving van de drie mannen en schrijf met groene pen naast het blokje 'Litteken/Tweede man' in de kantlijn:

MEDITERRAAN/OOST-EUROPEES? ROOD PETJE MET OPDRUK ICON. GETRIMDE BAARD (DONKER), BRUIN KRULLEND HAAR. DONKERBLAUWE CANADA GOOSE-PARKA. ZELFDE ZWARTE ADIDAS-SNEAKERS ALS VRIJDAG. AUTO: ZWARE MOTOR (DIESEL?)

Mijn handschrift is bibberig. Ik doe mijn uiterste best om terug te halen wat hij precies zei. Welke woorden hij gebruikte, de intonatie. Nadat ik alles heb opgeschreven, berg ik het boekje weer op.

25

'Je hebt mooie make-up. Ik hou daarvan, als het er niet zo heel nep uitziet.'

'Dank je,' zeg ik.

'Je ziet er ook zo volwassen uit,' gaat Wesley door. 'Meer een vrouw dan een meisje.'

En dat uit Wesleys mond. Droom ik dit?

We hebben het tasje naar een man aan de andere kant van de stad gebracht, in een wijk waar ik nog nooit was geweest. De man liet ons in de gang van zijn huis, die rook naar ui en natte hond, en overhandigde Wes een envelop.

Hij stopte hem in de binnenzak van zijn jas zonder erin te kijken. De man gaf hem daarna vier briefjes van tien, die hij achteloos in zijn kontzak propte.

In de schemer reden we terug naar de kerk. Halverwege begon het hard te regenen en stopte Wesley onder een viaduct. Hij zette zijn helm af om een sigaret te roken en bood mij er ook eentje aan.

Als mama dit ziet, vermoordt ze me.

'Ik kan niet geloven dat je pas veertien bent.'

Ik haal mijn schouders op. 'Wat maakt leeftijd uit, niks toch?'

'Vier jaar is best een verschil.'

Ik heb geen idee wat ik daarop moet zeggen.

Hij vertelt dat de mbo-studie die hij doet weinig voorstelt en hij er daarom bijna nooit is. Zijn stagebegeleider is een stumperd, dus het werken bij het autobedrijf had hij ook snel gezien. Wesley is best open over zichzelf, opener dan wanneer we in een groep zijn.

'Dit is mijn leven,' zegt hij. 'En ik doe wat ík wil. Ik ga me niet respectloos laten behandelen door zulke gasten, snap je?'

'Logisch.' Ik pak mijn haar vast en stop het onder mijn jas. De wind waait stevig onder het betonnen viaduct door en er rijden vrachtwagens voorbij met klapperend zeil waar nattigheid van afspat. Het water sist onder de wielen.

'Kom 's hier,' zegt Wesley.

Als ik aarzelend naar hem opkijk omdat ik niet begrijp wat hij bedoelt, voegt hij er zachtjes aan toe: 'Even proeven hoe veertien smaakt.'

Ik zet een stap dichterbij en dan, zonder me verder aan te raken, drukt hij zijn mond op de mijne. Wesleys lippen zijn heel zacht. Ik heb eerder gezoend, maar dat was minder heftig. Het heerlijke gevoel gonst en tintelt door mijn hele lijf. Alsof ik vlieg.

De wiet, schiet het door me heen. De wiet maakt het extra speciaal. *Wow!*

Wesley trekt zijn hoofd terug, hij blijft mijn blik vasthouden. Zijn ogen zijn niet helemaal bruin, zie ik nu. Er zit een groen randje om zijn pupillen, die zo groot en donker zijn dat ik mezelf er bijna in weerspiegeld zie.

'Veertien smaakt prima,' zegt hij met een grijns. Hij pakt me bij mijn nek en zoent me nog eens, nog steeds heel zacht, met zijn tong erbij.

Heerlijk. Echt niet normaal. Ik open mijn mond verder en laat mijn tong langs die van hem glijden.

Een vrachtwagen claxonneert op het moment dat hij ons voorbijrijdt.

'Kutjanus!' Wesley steekt zijn middelvinger op naar de chauffeur, maar als hij uit het zicht is verdwenen, grinnikt hij alsof hij het wel een leuke grap vond. Hij pakt een nieuwe sigaret en houdt het vlammetje van zijn aansteker erbij. Inhaleert diep terwijl hij naar de voorbijrijdende auto's kijkt.

Ik kijk naar hem. Naar de donkere stoppels op zijn kin en wangen. Naar zijn jukbeenderen en de manier waarop zijn lippen zich om het sigarettenfilter sluiten. Wesley is echt heel knap. Hij zou zo model kunnen worden.

'Zie je die?' vraagt hij, en hij wijst naar een glanzende

zwarte BMW. 'Op een dag koop ik er zo een.'

Ik schiet in de lach.

'Wat nou? Geloof je me niet?'

Ik haal mijn schouders op. 'Het is wel duur. Moet je hard voor werken.'

Hij stoot een geluid uit dat het midden houdt tussen verbazing en minachting. 'Wérken... Weet je wat het is, Vegas? Denzell en die andere jongens zijn prima gasten, echt, maar het zijn natuurlijk stumperds. Je moet gewoon een beetje slim bekijken hoe je met zo min mogelijk moeite zoveel mogelijk kunt verdienen.' Hij trekt een gezicht. 'En da's dus niet met folders rondbrengen, snap je? Of met vakkenvullen bij de Jumbo.'

'Hoe dan wel?'

Hij grijnst. 'Ik heb net vier tientjes verdiend door even een tasje af te geven.'

'Wat zat er eigenlijk in?'

'Niet zo naïef doen. Volgens mij ben je veel slimmer dan je je voordoet.' Hij schiet zijn half opgerookte sigaret weg. 'Kom, we gaan naar de Mac. Ik trakteer.'

26

'Sukkel,' sist Quincy. 'Hoe kun je dat nou doen?'

'Dimmen, broeder. Je kent me toch?'

'Daarom juist.'

'Ik regel dingen, ja? Ze weet te veel.'

'We gaan geen last van haar krijgen, denk ik.'

‘Ha, dénken?’ Imre zet zijn wijsvinger tegen Quincy’s voorhoofd. ‘Dénken moet je aan een paard overlaten, dat heeft een grotere kop dan jij.’

Quincy houdt zich in. Ze hebben nauwelijks geslapen, voelen allebei de druk.

‘Jij dacht toch ook dat ze een verbrand lijk niet konden identificeren?’ zegt Imre.

‘De brandweer moet er snel bij zijn geweest. Maar in elk geval kunnen we hem nu een uitvaart geven. Voor m’n ma betekent dat veel.’

‘Reken niet op mij,’ zegt Imre.

‘Hoezo niet?’

‘Tien tegen een dat de wouten foto’s komen maken van iedereen die erbij is, en dat ze de kentekens natrekken. Ik pas.’

Quincy knikt. Misschien heeft Imre gelijk. ‘Goed. Dan kom ik jou na afloop wel ophalen om naar die incasso te gaan. Lullig dat het op dezelfde dag –’

‘Wat is er mis in je hoofd?’

‘We hebben toch een afspraak?’

‘Bro... Na vrijdag?’ Imre kijkt hem laatdunkend aan. ‘Ik heb gezegd dat ze voor die klus een ander moeten zoeken.’

‘En dat bespreek je niet eerst even met mij? Ik kan dat geld serieus goed gebruiken. Moet ik anders alleen gaan? Als het net zo soepel gaat als –’

‘Als je dat flikt, steek ik een mes in je lijf!’

Quincy wendt zijn gezicht af. Imre was vrijdagnacht ook al zo opvliegend. Zijn vriend kan geen stress meer handelen. Hij haalt een paar keer diep adem en zegt dan, zo rustig mogelijk: 'Oké, prima, we laten die klus schieten. Maar wat doen we met die gast die ons die tip heeft gegeven? We hebben niks kunnen ophalen, dus hij zal zelf weer over de brug moeten komen.'

Imre pakt Quincy hardhandig bij de schouder. 'Bro! We moeten ons koest houden, snap dat dan! Geen klussen, geen bezoekjes. *Business is closed.* De komende maanden houden we ons gemak.'

'Máánden?'

'Twee, minstens.'

Het is januari, maar van winterkou is nog nauwelijks sprake geweest. De atmosfeer is zacht en rondom het gebouw klinken vogelgeluiden die ik associeer met de lente. Hier en daar verschijnen alweer knoppen aan de kale takken.

Er zijn ruim twee maanden verstreken sinds Mikes handlanger me opzocht in de kliniek. Ik kan alleen maar hopen dat de criminele levens van die kerels zo bol staan van de ingrijpende gebeurtenissen dat ze mij vergeten zijn. Het nieuws pluis ik nog steeds elke dag uit, het is een gewoonte geworden. Tot nu toe kan ik geen enkel bericht linken aan die fatale vrijdagnacht in november.

Mijn verstand zegt me verder te gaan met mijn leven alsof er niets is gebeurd. Mijn gevoel fluistert me in dat Vegas en ik nooit meer veilig zullen zijn.

Het vreet aan me dat ik iets ingrijpends heb meegemaakt dat ik met niemand kan delen. Dit moet ik alleen oplossen. Ik moet leren omgaan met de angst die zich in mijn lijf heeft vastgezet en die af en toe, op onverwachte momenten, in volle hevigheid naar boven komt. Ik hoop dat ik ooit, op een mooie dag in de verre toekomst, aan Vegas kan vertellen wat mij is overkomen, want dat zou betekenen dat we het hebben overleefd.

27

'White Widow, een kas vol,' zegt Wesley. 'Je kunt er vanaf de weg niks van zien, er staat een schutting om die tuin.'

Denzell blaast rook uit. 'Bro, het is januari, er groeit nou niks.'

'Zéker wel. Die gast kweekt jaarrond. De kas wordt verwarmd.'

'Ik weet het niet... Het klinkt best link.'

'Nee, man. Er woont daar zo'n wazige hipster, een vegan met zelfgebreide truien, weet je wel. Hij maakt er volgens mij wietolie van, voor zieke mensen.'

Ik zit tegen Wesley aan op een muurtje. Hij heeft zijn hand op mijn rug gelegd, onder mijn jas. De wind waait op mijn ontblote huid, maar ik voel de kou nauwelijks. Wesleys vingers bewegen over mijn ruggengraat omhoog.

'Hoe weet jij dat allemaal?' vraag ik.

'Ik heb overal ogen en oren.'

'Hij kent die chick die ernaast woont, Akkelijn,' zegt Denzell, en ik voel Wesley verstarren.

Wes is duidelijk tegen me geweest: een vaste relatie vindt hij burgerlijk. Als ik hem wil blijven zien, moet ik niet aan zijn hoofd zeuren. Maar het is niet leuk om te horen dat hij met andere meisjes omgaat. Die Akkelijn geeft hem die informatie echt niet zomaar. Ik hoop dat ik Wesley ervan kan overtuigen dat ik de beste ben, zodat ik op een dag van hem kan eisen dat hij voor mij kiest.

Ik neem een trekje van mijn sigaret. 'Akkelijn?' vraag ik voorzichtig.

'Zij seint me in als ze willen gaan oogsten,' zegt Wesley. 'Het enige wat we moeten doen, is ze vóór zijn.'

'Kan dat allemaal wel mee op de scooter?' vraag ik. Een van de weinige dingen die ik weet van wietplanten is dat ze boven je hoofd uit kunnen groeien.

'We nemen alleen de toppen mee. Daar gaan er heel wat van in een paar vuilniszakken.'

'Waarom wil die chick ons eigenlijk helpen?' vraagt Denzell.

'Ze krijgt een deel van de opbrengst.' Wesleys vingers hebben het bandje van mijn bh gevonden.

Ik huiver.

'Van de toppen, bedoel je?'

'Nee, de centen. Ik ben die handel gauw genoeg kwijt.' Wes knipoogt naar me. 'Next level, Vegas. Die BMW gaat er komen, eerder dan je denkt.'

28

'Van castratie zal hij een stuk rustiger worden. Lijkt u dat wat?'

Aan de andere kant van de onderzoekstafel staat een echtpaar met een teckelkruising van vier, een ongedurig baasje met chronische voorhuidontsteking. De mannelijke helft van het stel kijkt een beetje moeilijk – dat doen ze allemaal als ik castratie ter sprake breng. Ik heb nog nooit een man in mijn spreekkamer gehad die het zaakje van zijn geliefde huisdier liet wegsnijden zonder dat op zichzelf te betrekken.

'Zou dat schelen?' vraagt de vrouw. 'Want het is wel waar hoor, als er een teefje in de buurt loops is jankt hij de hele tijd en graaft hij onder de schutting door om de tuin uit te kunnen.'

De ogen van haar man twinkelen. 'Het is een echte donjuan.'

'Wilt u met hem fokken?' vraag ik.

De vrouw trekt een gezicht alsof ze wil zeggen: bekijk die hond nou eens goed, wat denk je zelf?

'Zie het zo,' ga ik kalm verder. 'U heeft Woutertje als gezelschapsdier in huis genomen. Dat is zijn taak. Maar hij zit opgescheept met een complete uitrusting voor een leven als dekreu. Woutertje wil niets liever dan teefjes bezwangeren, maar hij mag dat niet.'

'Hij is gefrustreerd,' concludeert de man na een korte stilte.

'Absoluut,' zeg ik met een blik op de hyperactieve hond, die hijgend aan de lijn trekt, in de richting van de deur.

'Hij kan toch wel één keertje dekken?' vraagt de man.

'Natuurlijk. Alleen komen daar puppy's van waarvoor een goed tehuis gezocht moet worden. En het wakkert zijn verlangen alleen maar aan.'

'Hij weet dan wat hij mist,' zegt de man.

Het echtpaar knikt nu bijna synchroon. Ze begrijpen het, al vinden ze castratie nog te ingrijpend. De hond vindt het vast vreselijk, is hun overtuiging, en bovendien zijn ze bang dat zijn gedrag zal veranderen. Dat gaat ook gebeuren, maar in dit geval alleen maar ten goede. Daarbij zullen de steeds terugkerende voorhuidontstekingen tot het verleden gaan behoren. Ik leg uit dat we met een tijdelijke chemische castratie kunnen bekijken hoe Woutertje het doet als gecastreerde reu. Daar hebben ze wel oren naar. Ik spreek de voors en tegens met hen door en injecteer het hormonenimplantaat.

De rest van de middag vliegt voorbij. Vegas stuurt me een appje om te vragen of ik haar vanavond bij Lara wil ophalen. Als Deon dat hoort bestelt hij voor ons samen pizza. Het zou voor de hand liggen om die in mijn appartement op te eten, in een warm, gezellig huis in plaats van de onpersoonlijke keuken van de praktijk, toch dek ik de tafel daar.

Deon drong in het begin wel eens aan op een rondleiding; hij was nieuwsgierig hoe ik het hierboven heb ingericht en deelde plaagstootjes uit. Toen ik hem eraan herinnerde dat hij zowel mijn werkgever als huurbaas is en hij zorgvuldiger met die positie zou moeten omgaan, heeft hij het nooit meer gevraagd.

Maar de wederzijdse aantrekkingskracht is gebleven.

Terwijl we pizza eten vertelt hij een anekdote over zijn tijd in Kaapstad, waar een klant er eens op stond dat de hond tijdens de castratie zou worden voorzien van nepballetjes, zodat het dier 'er niets van zou merken'.

Ik schiet in de lach.

'Ach, je kunt het mensen niet kwalijk nemen,' zegt hij.

'Heb je het gedáán? Nee, echt?'

Hij knikt.

'Absurd.'

Hij haalt zijn schouders op. 'De klant was een plaatselijke beroemdheid en mijn toenmalige werkgever wilde hem te vriend houden. Nu zou ik het niet meer doen.' Hij scheurt een stuk pizza los. 'Aan de andere kant hoef je het leven ook niet altijd zo serieus te nemen.'

'Het gaat wel om dieren.'

'Daarom,' mompelt hij onverstoorbaar.

Ik frons. 'Dus jij vindt het ethisch verantwoord, plastische chirurgie op dieren?'

'Dat niet zozeer, maar als je toch aan het snijden bent...'

Ik neem een hap van mijn pizza en kauw met mijn hand voor mijn mond. Eten zonder knoeien is een vaardigheid die ik niet beheers.

'Ik heb misschien een beetje moeite met dat geëmmer over ethiek,' gaat hij verder, en hij schenkt een restje bier in zijn glas. 'Wat is ons doel op aarde? Voor de mens hetzelfde als voor al het andere leven: zorgen dat de soort in stand blijft. Voortplanting. Zo basaal is het. Alle andere invullingen die we eraan geven is ijdeltuiterij.'

'Nou...'

Hij leegt zijn glas. 'Goden, lotsbestemming, astrologie; allemaal zelfbevlekking. Daar zijn we goed in, als soort, denken dat alles om ons draait.'

'Technisch gezien zijn wij de baas.'

'Dat ligt eraan vanuit welk perspectief je het bekijkt. Het is mijn overtuiging dat de planeet gestaag z'n rondjes blijft draaien nadat hij ons van zich heeft afgeschud als een hond zijn vlooien. We gedragen ons als parasieten die alles kaalplukken, uitmoorden, uitzuigen, leegvreten en vervuilen.'

'De aarde is een "hij" volgens jou? Wat is er gebeurd met Moeder Aarde?'

Hij knipoogt. 'Gaia? Wat je wilt. De grote bol waarop we leven bestaat vierenhalf miljard jaar. Octopussen, intelligente beesten met complexe hersenstructuren in elke tentakel, bestaan vijfhonderd miljoen jaar. Bomen driehonderdzeventig miljoen jaar, en we weten nog maar kort dat ze onder de grond met elkaar communiceren via schimmeldraden.' Hij maakt een weids gebaar. 'Enter homo sapiens, die loopt hier pas een kwart miljoen jaar rond, waarvan we de afgelopen tienduizend jaar dieren als ons eigendom zijn gaan beschouwen.' Hij spreidt zijn armen om de tijdspanne uit te drukken en houdt zijn duim en wijsvinger op een paar millimeter van elkaar. 'Dít stukje geleden, da's niks. *Face it.* We zijn passanten.'

Ik neem een slok bier en kijk langs hem heen naar het smalle, hoge keukenraam, waardoor je overdag bij open weer de zon op de berkenstammen ziet schijnen. Nu is het aardedonker. 'Wat een deprimerende gedachte.'

'Deprimerend? Als je eenmaal hebt geaccepteerd dat het leven relatief zinloos is, krijg je daar een enorme vrijheid voor terug.'

'Vrijheid voor wat?'

Hij knijpt zijn ogen samen en laat een lange stilte vallen. 'Voor wat dan ook,' zegt hij uiteindelijk.

Ik doe alsof ik zijn dubbelzinnigheid niet opmerk. 'En met al die vrijheid en met jouw exotische komaf kies jij ervoor om dierenarts te worden in dit gehucht? Dat vind ik dan weer moeilijk te rijmen.' *En met jouw uiterlijk* – voeg ik er in stilte aan toe. Deon ziet eruit als een ongepolijste Zac Efron, een gelijkenis die sommige klanten ook is opgevallen. Hij doet er luchtig over, soms zelfs een beetje geërgerd, maar ik vermoed dat hij best ijdel is.

'Wat had ik volgens jou dan moeten doen?' vraagt hij.

'De wereld rondtrekken in een hippiebusje, expedities leiden in Afrika?'

Zijn mondhoeken krullen omhoog. 'Dat zegt meer over jouw beeld van mij dan over mijn werkelijkheid.' Hij schuift zijn lege glas over het tafelblad. 'Dieren helpen geeft me een goed gevoel. Net als alle andere zoogdieren doen we vooral dingen waar we een goed gevoel van krijgen. We streven als soort genot na.' Zijn ogen haken zich in me vast. 'Emma, zeg eens, waar krijg jij een goed gevoel van?'

'We hadden een afspraak, Deon.'

Even is het stil. Dan zegt hij, zichtbaar geamuseerd: 'Blijkbaar neem jij dit anders op dan ik het bedoelde.'

'Ik krijg een goed gevoel van hetzelfde als jij, van dieren helpen. Verschil kunnen maken.' Ik kauw het laatste stukje pizza weg en duw de doos plat. 'Nou... ik moet er weer vandoor.'

'Bevalt het, hierboven?'

'Absoluut.' Ik sta op.

'En Vegas?'

'Dat gaat al beter. Bedankt voor het eten. Tot morgen.'

Deon neemt de doos uit mijn handen, waarbij zijn vingers de mijne raken. 'Die gooi ik wel weg.' Zijn stem klinkt hees. 'Fijne avond, Emmetje.'

29

Imre had het goed voorzien, dacht Quincy. Op de uitvaart van Marko cirkelden rechercheurs in burger rond als aasgieren rondom een karkas. Ze noteerden kentekens en maakten met een telelens foto's van iedereen die er was. De uitvaartondernemer was zichtbaar nerveus, hij versprak zich een paar keer. Die arme kerel dacht vast dat hij met een of andere maffiafamilie te maken had. Riek had dat allemaal niet door, die huilde alleen maar.

Ook nu, ruim twee maanden later, gaat er geen dag voorbij zonder dat zijn moeder minstens één keer in huilen uitbarst. Op de schouw in de woonkamer heeft ze een altaartje ingericht met een foto van Marko, waxinelichtjes, een rozenkrans en kunstbloemen.

Tot op de dag van vandaag vraagt iedereen zich af waar Marko mee bezig is geweest en waarom zijn dood alle schijn heeft van een criminele afrekening. Marko bewoog zich niet in criminele kringen, hij was een harde werker en een sporter. Het blijft een mysterie.

Hij zou al die aandacht geweldig hebben gevonden, denkt Quincy. Zijn broertje hield wel van een beetje show. Dat excessieve trainen van hem totdat hij bijna flauwviel, die uitputtende triatlons waaraan hij meedeed – de zwaarste van de wereld – en waar al zijn geld aan opging; hij deed dat om gezien te worden. Om zich geliefd te voelen. Iemand te zijn.

Ik had hem nooit moeten meenemen.

30

Onder het hete, stromende water zeep ik me in met geurig schuim en zing mee met mijn Spotify-playlist die ik 'me-time' heb genoemd. Mijn lijf zindert, mijn huid huivert zachtjes waar ik hem aanraak. Ik verdeel de douchegel over mijn hals, mijn borsten en buik, en verbeeld me dat het Deons handen zijn die mijn lichaam opeisen terwijl hij me in mijn ogen kijkt, zijn heupen tegen me aan drukt, obsceniteiten fluistert. Het zijn Deons vingers die me daarbeneden vaardig en trefzeker bewerken, harder en sneller, tot de kracht uit mijn benen vloeit en ik me staande moet houden aan de douchestang.

De badkamer is mistig van de waterdamp en de spiegel beslagen als ik onvast uit de douche stap. Ik schrik van de tijd: tien voor negen. Om halftien zou ik Vegas bij Lara ophalen. Ik ros een handdoek door mijn haar en begin het te föhnen.

Mijn telefoon gaat. Nog druipend van de nattigheid neem ik op.

'Spreek ik met de moeder van Vegas van Eerd?'

'Ja?' zeg ik, plotseling gespannen tot in mijn vezels.

'U spreekt met Femke de Jong, haar decaan. Ik bel u om te vragen hoe het met haar gaat.'

Onhoorbaar blaas ik lucht uit. 'Eh, prima. Het gaat prima.'

Even blijft het stil. Dan zegt ze: 'Uw dochter is zo vaak ziek en afwezig dat we volgens het protocol de leerplichtambtenaar moeten inschakelen, maar we hebben het binnen het team besproken en willen er graag eerst met u samen over praten.'

Ziek?

'Vegas is kerngezond.'

'Uw dochter heeft een absentie van bijna dertig procent.'

'Ik denk dat u zich vergist.'

'Helaas niet, mevrouw Van Eerd. Komt het u morgen uit, rond vier uur?'

31

Het alarm van zijn telefoon gaat af. Quincy zoekt slaapdronken naar het toestel, dat ergens in de vouwen van zijn dekbed ligt, en zet het uit. Hij heeft een lange werkdag voor de boeg, verwarmingssystemen aanleggen in een nieuwbouwwijk bij Utrecht. Lopendebandwerk, alle huizen hetzelfde.

Hij zet zijn voeten op het zeil en staat op. Rekt zich uit. Vannacht heeft hij niet meer dan drie uur aan één stuk kunnen slapen. Zijn hersenen blijven maar malen, keren steeds terug naar die rampzalige novembernacht.

Er zou veel geld liggen, contant geld, omdat er aan het einde van die dag een grote, illegale transactie stond gepland. Rond de tweehonderdduizend euro lag er dan voor het oprapen, zei de tipgever. Zo veel geld hadden Imre en Quincy nog nooit bij elkaar gezien. Paste dat wel in drie rugzakken? Voor de zekerheid hadden ze nog een paar shoppers meegenomen. De eigenaars van het geld zouden hun geen strobreed in de weg leggen, was hen verzekerd: een ouder echtpaar dat zich naast hun reguliere bedrijfsactiviteiten bezighield met een ondergrondse nevenhandel. Er waren maar weinig mensen bij betrokken en die werden er allemaal wijzer van, dus had niemand er baat bij als er iets over de transactie zou uitlekken. Op één van hen na, iemand die onder zware druk stond vanwege een schuld van tachtig mille.

Geld dat er niet was, of niet gemist kon worden.

Imre en Quincy waren er al drie keer wezen innen, bezoekjes met een grimmig karakter. Dat hadden ze altijd: mensen met schulden trokken wit weg als Imre en Quincy voor hun neus opdoken – gemaskerd, bewapend, vastberaden. Twintig procent van het opgehaalde bedrag mochten ze zelf houden. Een mooie bijverdienste, en ook nog eens redelijk veilig omdat de schuldenaars geen criminelen waren maar veelal sukkels die zich in de nesten hadden gewerkt. Wat in het nauw gedreven mensen je allemaal op de mouw proberen te spelden, moet je niet onderschatten. Maar als het wáár was, dan lag daar in die loods op dat ingedutte industrieterreintje een fortuin voor het grijpen.

Quincy zou zijn moeder eersteklas naar Benidorm laten vliegen, en ze zou daar in dat warme, zonnige klimaat geen sjofel appartementje hoeven te betrekken, maar in een villa met zeezicht kunnen verblijven. En Marko kon er zijn lievelingsauto van kopen.

Dus was Quincy gaan posten. Die vrijdagmiddag had hij een vrachtwagentje de loods in zien rijden en het twee uur later weer zien vertrekken. De tip bleek gedegen.

Nog diezelfde avond slopen ze met z'n drieën het industrieterrein op. Bivakmutsen, donkere kleding, nepwapens die nauwelijks van echt te onderscheiden waren – je krijgt nooit een tweede kans om indruk te maken. Marko was er voor het eerst bij. Met zijn gespierde verschijning legde hij meer gewicht in de schaal en bovendien kon hij meehelpen het geld te dragen. Ze waren alle drie nerveus, maar ze gaven dat niet aan elkaar toe en sloegen stoere praat uit. Nooit, geen seconde was het in hun hoofd opgekomen dat het mis kon gaan.

Niet zo snel, niet zo ingrijpend, en al zeker niet zo onomkeerbaar.

Quincy loopt naar de badkamer, langs de kamer van zijn moeder. Sinds die verschrikkelijke nacht heeft hij moeite om haar recht in de ogen te kijken. Boven de wastafel poetst hij zijn tanden en wast zijn gezicht, zijn handen. Kijkt in de spiegel. Zwijgend. Beukt dan zo hard met zijn gebalde vuist tegen het glas dat het breekt.

32

Mijn enige kind, het belangrijkste wezen op de wereld, is mijlenver van me afgedreven. Het is al maandenlang aan de gang. Vegas heeft talloze keren mijn handtekening vervalst en de school gebeld waarbij ze deed alsof ze mij was.

In de bedompte kamer van de decaan gaan hele stukken van het gesprek als in een roes aan me voorbij. Leerplichtambtenaar, jeugdzorg, trajecten, Bureau Halt.

Vegas staart naar haar sneakers. Ze vertikt het om te zeggen waar ze tijdens schooltijd uithangt en waarvan ze haar sigaretten betaalt – ja, mijn meisje rookt. Ook dat was een schok voor me, dat er een gedeukt pakje Camel uit haar binnenzak tevoorschijn kwam. Maar het meest van alles trof me de vijandigheid in haar ogen. Op de zeldzame momenten dat ze mijn blik zocht tuurde ik in een onbekende, met zwarte kohl omrande diepte.

David en Petra, Lara's ouders, zijn ook op school uitgenodigd. De decaan vermoedt dat Vegas ook de briefjes voor haar beste vriendin vervalst heeft, en telefoontjes heeft gepleegd om haar ziek te melden.

Vegas hoort het allemaal emotieloos aan.

Ze gaat steeds meer op haar vader lijken. Lange tijd heb ik geloofd dat er geen slechte honden worden geboren, dat ze zo worden gemaakt door de omstandigheden, en dat dat voor mensen net zozeer opgaat. Inmiddels weet ik beter, maar ik zou willen dat ik die kennis eerder in mijn leven had opgedaan.

In het eerste jaar van mijn studie diergeneeskunde bracht ik veel tijd met ze door: jongens uit gebroken gezinnen die probeerden te ontsnappen aan de uitzichtloze carrousel van stress, verwaarlozing en drugsmisbruik waarin ze waren grootgebracht. Jonge mannen die de pech hadden om op de verkeerde plek geboren te zijn. Mannen met vechtersgenen, overlevers. Vanuit hun perspectief was een carrière in de criminaliteit soms de enige mogelijkheid om de ellende te ontstijgen. Ik was er als negentienjarige stellig van overtuigd dat ik er eentje zou gaan redden, met alle liefde en aandacht die ik in me had.

Ik heb mijn tanden stukgebeten op de vader van Vegas.

33

'Ik zou het niet doen,' zegt Lara door de telefoon.

'Jij bent gewoon jaloers omdat Denzell het heeft uitgemaakt,' snauw ik. De rook van mijn sigaret wordt door de wind meegenomen. Het is koud met mijn slaapkamerraam wagenwijd open, maar als ik binnen rook, ruikt mama het meteen.

'Ik meen het, Vé,' zegt Lara. 'Die jongen met wie Wes nou omgaat, daar wordt over gepraat. Het is echt gajes.'

'En ik doe het toch.' Ik druk haar weg.

Jaloers kreng.

Nu ze huisarrest heeft gekregen en Denzell haar heeft gedumpt, wil ze ineens niets meer met de groep te maken hebben. Maar Wes heeft me voorgerekend hoeveel we gaan verdienen met die wiet. Meer dan tienduizend euro in één klap.

Wes wil bij zijn vader weg, hij heeft zich al ingeschreven om antikraak te gaan wonen, en hoewel hij het niet met zoveel woorden heeft gezegd, denk ik dat ik bij hem mag intrekken.

34

'Ik begreep van David en Petra dat Lara voorlopig ook huisarrest heeft.'

Vegas kijkt langs me heen met een blik die uitdrukt dat het haar niets kan schelen.

'Ik vind het vervelend om dit te moeten zeggen,' ga ik verder, 'maar jullie tweeën hebben zo vaak tegen ons gelogen. Voorlopig kom je meteen na school naar huis.'

'Hoelang?'

'Totdat je eerlijk tegen me bent over waar je steeds uithangt en met wie.'

Haar ogen schieten vuur. 'Ga je me gevangenhouden, of zo?'

'Je kunt er ook voor kiezen om eerlijk tegen me te zijn. Het vertrouwen is weg, Vegas. Dat vind ik heel erg.'

Anubis maakt een piepgeluidje en loopt op een drafje op Vegas af, die hem oppakt en tegen zich aan drukt.

'Ik doe dit niet omdat ik je wil pesten. Misschien kan ik een paar diensten ruilen zodat ik je op sommige dagen kan brengen én halen? Dan hoef je niet te fietsen.'

Ze haalt haar schouders op.

'Je zult het nu misschien niet zo ervaren, maar ik sta aan jouw kant, altijd.' Ik voel tranen opwellen. 'Ga ervan uit dat ik het beste met je voorheb, en de school ook.'

'De school wil gewoon van me af. Ze houden liever de beste leerlingen over, want daar scoren ze lekker mee.'

Anubis springt van Vegas' schoot en zoekt oogcontact, zijn staart omhoog, een trillend haakje aan het uiteinde. Ik steek mijn hand uitnodigend uit, maar hij gaat zitten en begint zijn flank te fatsoeneren. De kat wil me ook al niet.

'Zullen we een weekendje weggaan?' stel ik voor. 'Dan mag jij kiezen waarheen. Londen, Rome?'

Ze wendt zich mokkend van me af.

'We hebben alleen elkaar, Vegas. We zijn maar met z'n tweetjes.'

'En mijn vader dan?' snauwt ze.

Ik ben meteen alert. 'Dat weet je toch? Ik heb al geen contact meer met hem sinds jij nog in mijn buik –'

'Ja-ha,' bijt ze me toe. 'Toen hebben jullie samen bedacht dat hij zich niet met mij ging bemoeien, bla bla bla. Dat heb je al duizend keer verteld.' Ze wijst naar haar borst. 'Heeft ooit iemand aan míj gedacht? Wat ík ervan zou vinden?'

'We hadden –'

'Wie is hij? Ik heb er gewoon recht op om dat te weten.'

Ik sla mijn ogen neer.

'Mam? Ik vraag je iets!'

'En ik hoor je,' zeg ik zacht.

'Wie is die man?'

'Hij en ik hebben destijds besloten dat we je dat zullen vertellen als je volwassen bent.'

'Wat een fucking bullshit!' Ze rent de kamer uit. Ik hoor hoe ze haar slaapkamerdeur met een klap achter zich dichtslaat.

Het wordt met de dag duidelijker. Niet alleen haar krachtige gelaatstrekken, haar atletische bouw en de oogkleur heeft ze van haar vader, ook haar explosieve energie. En blijkbaar is daar nu dan ook de hang naar alles wat verboden is bij gekomen.

Haar vaders genen trekken aan haar.

Hoe zou het met hem zijn? Zou hij nog wel eens aan zijn dochter denken, of aan mij? *Is hij überhaupt nog in leven?*

Ik pak mijn telefoon en voer zijn naam in op Google. Mijn duim blijft boven 'zoek' hangen. Is dit wel verstandig? We hebben vijftien jaar geleden een afspraak gemaakt, en ons daar allebei aan gehouden. Jonathan was *bad news* en er is geen reden om aan te nemen dat het nu beter met hem gaat. Dus wat roep ik over Vegas en mij af door hem op te zoeken? Ik leg mijn telefoon weer weg en zet de televisie aan. De rest van de avond breng ik door op de bank, zonder iets mee te krijgen van de programma's.

Ik moet denken aan iets wat een kattenfokker me ooit vertelde. Het kwam erop neer dat in een nestje de mannetjes vaak lijken op hun opa van moederskant, en de vrouwtjes op hun oma van vaderskant.

Jonathan woonde al op zichzelf toen ik hem leerde kennen, zijn moeder heb ik nooit ontmoet. Ik weet alleen dat zijn ouders uit de buurt van Apeldoorn kwamen en behoorlijk gelovig waren – dat laatste was voor hem de aanleiding vroeg uit huis te gaan.

Ik was negentien toen ik erachter kwam dat ik zwanger van hem was. Het was nog ruim op tijd voor een abortus, maar dat kon ik niet over mijn hart verkrijgen. Ik werd opgeleid om levens te redden, dat liet zich niet verenigen met het laten weghalen van een mensje dat in me groeide.

Later ben ik gaan beseffen dat er nóg een reden was, een die zwaarder woog: ik wilde dit kind. *Zijn* kind. In mijn verknipte gedachtegang hield ik hem zo toch een beetje bij me, deze man op wie ik stapelverliefd was. Pap, mam, Joris en ik zouden dit prachtige wezentje samen grootbrengen. Ze zou opgroeien tot het mooiste en gelukkigste meisje op de wereld, *mijn* meisje. Dat was ongelooflijk naief gedacht.

Als je negentien bent, realiseer je je niet altijd hoe verstrekkend de gevolgen van je daden kunnen zijn.

35

'Ja, kom maar. Zakken.'

Wesley heeft zijn armen om mijn onderbenen geslagen. Ik zoek steun bij de muur en roetsj dan langs Wes heen, mijn ogen dichtgeknepen, tot mijn voeten het grind raken. Het was makkelijk om uit mijn slaapkamerraam te klimmen en via de goot naar het platte dak van de aanbouw te komen. Daarna werd het lastiger. De aanbouw is hoger dan ik dacht. Zonder Wesley had ik dit nooit gedurfd.

Ik kijk omhoog, naar de plek waar ik vandaan kom. Rechts van de aanbouw steekt het puntdak van mijn kamer zwart af tegen de donkerblauwe hemel. Ik heb het raam een stukje dichtgeduwd, niet helemaal.

'We hebben geluk,' fluistert Wesley. 'Het is volle maan.'

Ik sluip achter hem aan om het gebouw heen – niet via de zijingang van de kliniek, want daar hangt een bewegingsmelder. Zo geruisloos als het gaat, lopen we via de andere kant door het bos, tussen de berken door. Wes gebruikt zijn telefoon als zaklamp en houdt mijn hand vast.

Takjes kraken onder onze voeten. Eenmaal op de oprit beginnen we te rennen.

De scooter staat vlak bij de weg tussen de struiken. Wesley duwt me een helm toe en ritst zijn jas tot bovenaan dicht. Hij start zijn scooter en we rijden vol gas de maanverlichte nacht in.

36

'Sorry dat ik je wakker bel.'

Deon. Hij klinkt gejaagd.

Ik ga rechtop zitten, slaapdronken, en realiseer me dan dat hij nachtdienst heeft en me belt vanuit de kliniek. 'Wat is er? Assistentie nodig?' Ik sla de dekens opzij en zwaai mijn benen uit bed.

'Ik zoek me een ongeluk naar de adrenaline en ik krijg Bob niet te pakken.'

Ik voel het bloed naar mijn wangen trekken. De adrenaline die ik heb gebruikt, is niet aangevuld; ik had Marleen een seintje moeten geven – en nu moet ik razendsnel een goede smoes verzinnen, want hoewel we niet alle operaties bespreken, zijn situaties waarbij adrenaline nodig is zeldzaam, en wel degelijk noemenswaardig.

'Emma?'

'Ik eh... vrees dat ik ze kapot heb laten vallen. Vergeten om aan Marleen door te geven. Sorry.'

Ik hoor hem kreunen. 'Echt, wie ooit heeft bedacht dat dat spul in glazen ampullen moet...' Even zwijgt hij. Dan klinkt het, scherp: 'Wanneer heb jij adrenaline nodig gehad?'

'Niet. Ik zocht iets anders.' Ik graai naar een van mijn klompen, die onder het bed is verdwenen. 'Zal ik komen helpen? Hartmassage?'

'Doe geen moeite, al geprobeerd. Deze was meer voor de bühne.'

'Ik had een notitie voor Marleen moeten achterlaten.'

'Je hoeft jezelf niet de schuld te geven. Het beestje is beter af in de hondenhemel,' zegt hij kalm, en hij verbreekt de verbinding.

Secondelang staar ik naar mijn telefoon, luisterend naar het 'tuut-tuut-tuut'.

Alle dierenartsen krijgen ermee te maken: eigenaars die zich vastklampen aan hun hoogbejaarde huisdier dat geen kwaliteit van leven meer heeft – vaak een hond die ze als pup kochten voor hun jonge kinderen, die inmiddels het huis uit zijn. De hond is een metafoor geworden: hij staat voor een periode in hun leven waarvan ze moeilijk afscheid kunnen nemen.

Ik begrijp het helemaal. Anubis is er nog, maar ik zou op mijn knieën willen terugkruipen naar de tijd waarin ik hem als verrassing voor Vegas mee naar huis nam. De blijdschap op haar gezichtje toen ze de kitten in de armen sloot en de manier waarop ze naar me keek – het was een van de mooiste momenten van mijn leven, alleen besefte ik het niet.

37

Denzell geeft me een zetje. Ik zoek mijn evenwicht op de rand van de schutting, die vervaarlijk heen en weer beweegt, en blijf zo stil mogelijk liggen. De harde plank drukt in mijn buik en het hout zit onder de aanslag, die glibberig aanvoelt onder mijn vingers.

'Vé, opschieten,' sist Wesley. Hij staat al aan de andere kant.

Ik kom weer in beweging. Mijn ademhaling gaat snel, ik stoot wolkjes condens uit. Bij de landing vangt Wesley me op. Denzell voegt zich bij ons en gaat ons voor door de struiken. We waden door een tapijt van takjes, naalden en dorre bladeren naar de rand van de begroeiing. Daar houden we halt.

Voor ons ligt een groot gazon, omzoomd met bomen en enorme coniferen. Het ruikt naar vochtige aarde en naar hars, maar nu we dichter bij de plantage zijn, ruik ik ook de wiet.

Wesley wijst op een kas die als een soort serre tegen een schuur aan is gebouwd.

'We moeten snel zijn,' fluistert hij, en hij geeft me een rol met vuilniszakken, die ik onder mijn arm klem.

'Kom!' Half gebukt rent hij voor ons uit.

Nu mijn ogen gewend zijn aan het maanlicht lijkt het bijna overdag. Het huis van de kweker doet me denken aan dat van opa en oma. Een puntdak en een balkon, een terras met gemetselde bloembakken en een windscherm van glas. Denzell denkt dat de bewoners van huis zijn – op de oprit zagen we geen auto, al kan die in de garage staan. Ik vind het onbegrijpelijk dat deze mensen geen alarm hebben en dat er geen camera's hangen, terwijl die planten zoveel waard zijn. 'Ze verwachten niet dat ze bestolen worden,' zei Wesley. 'Oude hippies, weet je.'

De kas heeft een schuifdeur. Denzell en Wesley bekijken het slot, overleggen fluisterend. De lucht van de planten overheerst nu, scherp eucalyptusachtig, maar ook zwaar en stroperig. Wesley probeert de deur. Die geeft mee. Ik krijg kippenvel van het schurende geluid van ijzer op ijzer. Wesleys ogen lichten op in het maanlicht. Ik merk dat hij nerveus is – de eerste keer dat ik dat bij hem ontdek. Zijn blik flitst in de richting van het huis en blijft dan even rusten op Denzell.

Er ontsnapt warmte uit de kas, ik hoor een of ander apparaat zoemen.

We stappen naar binnen. De wietwalm valt als een kleffe deken over ons heen en beneemt me bijna de adem.

'Tering. Moet je die toppen zien.' Denzell laat het blauwige schijnsel van zijn telefoon over de planten gaan.

Het zijn er een stuk of vijftien, monsterlijke struiken met takken zo lang als mijn onderbeen. Ze hebben stompe pluimen aan het uiteinde vol met gezwellen en puntige blaadjes die bedekt zijn met een mist van melkachtige druppels. Ik vang een glimp op van de schuur waar de kas tegenaan is gebouwd: een biljart, een bank en een tafel.

'Opschieten.' Wes port me in mijn zij.

Ik trek een vuilniszak van de rol en peuter de lagen van elkaar. De jongens gaan snel te werk, met hun tangetjes proberen ze de dikke takken door te knippen, maar die geven zich niet meteen gewonnen. De planten ritselen, zwiepen heen en weer. Door al het geruk blijven er stukjes vastplakken in ons haar en aan onze jassen. Ik denk even aan mama en kan alleen maar hopen dat ik die troep nog van mijn kleren krijg.

Wes wordt ongeduldig. Hij grijpt een tak vast en probeert hem te knakken, zet kracht met de tang.

'Pak eerst die dunnetjes,' fluistert Denzell. Hij smijt een paar toppen in de zak die ik voor hem openhoud. 'We zoeken het straks wel uit.'

Omdat ik gefocust ben op waar we mee bezig zijn merk ik de lichtstraal te laat op. De bundel strijkt langs onze gezichten.

'Jongens, wat is –'

In de opening van de kasdeur staat een man met een gerimpeld gezicht. Hij heeft grijs haar in een staart en kijkt ons verwonderd aan, verbijsterd bijna, alsof hij zijn ogen niet gelooft. Dan vertrekt zijn gezicht in een grimas. 'Zijn jullie nou helemaal –'

Hij kan zijn zin niet afmaken.

Denzell beukt me opzij.

Ik val achterover tussen het plakkerige gebladerte, tegen het glas, dat met een krakend geluid knapt onder mijn gewicht.

Vol afgrijzen kijk ik toe hoe Denzell op de man afduikt, hem bij zijn trui grijpt en een kopstoot geeft. Schreeuwend zakt de man door zijn benen, hij slaat zijn handen voor zijn gezicht. Donker vocht stroomt over zijn vingers.

‘Nee!’ gil ik.

Een buitenlamp verlicht plotseling de tuin.

‘Weg, weg!’ Wesley rukt de vuilniszak uit mijn handen en rent langs de man heen de tuin in. In zijn vlucht wendt hij zijn gezicht af van het huis en trekt zijn capuchon over zijn hoofd. Denzell volgt hem, half gebukt, vloekend. Hun silhouetten werpen lange schaduwen over het verlichte gazon.

De oude man probeert op te staan. Bloed drupt uit zijn neus en zijn benige vingers omklemmen de schuifdeur, maken rode vegen op het glas.

Een mannenstem, een schreeuw vanuit het huis.

Meer licht.

Alsof ik me nu pas realiseer dat ik dit niet droom, dat dit echt gebeurt, krabbel ik op en weet ik de kas uit te komen. Ik moet over de man heen stappen. In het voorbijgaan kruisen heel even onze blikken elkaar.

‘Sorry, meneer,’ zeg ik schor. Ik aarzel, ren dan verder. Ik probeer me te oriënteren en te achterhalen in welke richting Wes en Denzell zijn gevlucht.

Als ik bijna bij de coniferen ben, hoor ik vlak achter me iemand met zware stem vloeken. Het volgende moment word ik bij mijn arm gegrepen en tegen de grond gewerkt.

38

‘Mis je je familie nooit?’ vraag ik.

Deon doet alsof hij me niet hoort. Hij pakt een flesje bier uit de ijskast en houdt het omhoog. ‘Jij nog?’

'Halfje.'

Hij maakt het flesje open en verdeelt de inhoud over onze glazen. Het is kwart over drie in de nacht en doodstil in de kliniek.

'Je praat nooit over je familie,' zeg ik.

'Er is weinig te melden. Zij hebben hun leven daar, ik zit hier.'

Deon heeft me wel eens verteld dat hij jaren geleden voor de liefde naar Nederland is geëmigreerd. Kort erna zijn hij en zijn vriendin uit elkaar gegaan. 'Gelukkig zijn er geen kinderen van gekomen,' is alles wat hij daarover kwijt wilde.

Zijn vader, broers en zussen wonen in de buurt van Stellenbosch, waar ze onder meer een wijndomein en een vogelpark runnen. Ik heb ze wel eens gegoogeld en kwam een foto tegen van een omvangrijke familie die voor een witte villa poseert, met de toen ongeveer zesjarige Deon aan de hand van een oudere zus of nicht. Bomen in bloesem, in de verte glooiende heuvels, een regelrecht sprookjeslandschap.

'En dat vind je niet jammer?'

Hij haalt zijn schouders op. 'Toen ik nog in *South Africa* woonde zagen we elkaar ook maar af en toe.'

'Je blijft een mysterie voor me,' flap ik eruit.

Hij trekt een wenkbrauw op.

'Alsof je uit meerdere lagen bestaat.'

'Niemand is eendimensionaal, toch?'

Ik loop met mijn glas naar het aanrecht. 'Maar jij praat wel heel weinig over jezelf.'

'Er valt niet zoveel te vertellen.'

'Dat kan ik moeilijk geloven met jouw achtergrond.'

Hij legt zijn arm over de rugleuning van de stoel naast hem. 'Mijn buitenlandse achtergrond, bedoel je? Mensen zijn overal hetzelfde.'

'Er zijn culturele verschillen.'

'Absoluut. Die vind ik alleen minder interessant dan sommige andere verschillen.' Hij knijpt zijn oogleden even samen en opnieuw dringt de vergelijking met Zac Efron zich aan me op. Deon zou een broer van hem kunnen zijn.

Ik werp een blik op de klok. Halfvier. Zitten we hier nu echt al een uur te kletsen?

'Moet jij eigenlijk niet naar huis?' vraag ik.

'Jij wel dan?'

Ik schud mijn hoofd, misschien iets te gretig, en besef dan hoe deze situatie op hem kan overkomen. Dit nachtelijke gesprek is door mij geïnitieerd. Ik ben degene die in het holst van de nacht naar beneden is gesneld nadat ik zijn klant had horen wegrijden. *Waarom?*

Deon grijnst traag. Er hangt een elektrisch geladen veld om die man heen waar mijn hele wezen op reageert. Hij staat op en loopt op me af.

'Even voor de duidelijkheid,' zegt hij zacht. 'Het is niet mijn gewoonte om collega's te verleiden.' Hij pakt mijn bierglas uit mijn hand en zet het weg.

'Personeel,' verbeter ik hem. De spanning is op mijn stem geslagen, ik klink hees.

Deon staat zo dichtbij dat ik de warmte van zijn lichaam voel afstralen. 'Nóg erger.' Hij grijpt me vast in mijn nek en trekt me naar zich toe. Zijn verrassend stevige greep verzacht hij door met zijn duim de haartjes in mijn nek te strelen. Hij legt zijn voorhoofd tegen het mijne. 'Feit is dat ik voor jou wel wat gezeik over heb.' Al fluisterend raken zijn lippen de mijne, vederlichte vonkjes waar zijn adem over mijn huid strijkt. 'Dus met jouw goedkeuring...', met zijn andere hand grijpt hij mijn hals beet, zijn duim rust op mijn kin en trekt dan met zachte dwang mijn onderkaak naar beneden, zodat ik mijn mond open, '...gaan we eens kijken waar dit allemaal toe leidt.' Hij slaat het zoenen over. Zijn tong liefkoost mijn geopende lippen, hij bijt er zachtjes in. Overal waar zijn lichaam tegen het mijne schuurt, word ik vloeibaar.

Mijn verstand waarschuwt me dit nu te stoppen, Deons energie voelt te intens, te duister, maar mijn vingers zijn al onderweg naar de sluiting van zijn jeans.

Abrupt grijpt hij mijn onderarmen vast, brengt een van mijn polsen naar zijn mond en drukt dan nadrukkelijk een zoen op de huid die er weken over heeft gedaan om te helen. Met gesloten ogen laat hij zijn tong over de plaatsen glijden waar de kabelbinders in mijn huid hebben gesneden. 'Wees gerust, je bent veilig bij me. Zeg "stop" als het *too much* wordt.' Zijn neus wrijft langs de mijne. 'Beloof me dat, Emmetje. Gewoon stop. Jij bent de baas.'

39

De cel bestaat voor bijna de helft uit een bed van beton met een kunststof matrasje erop. Het stinkt, maar ik ben er toch maar op gaan zitten.

Ik staar naar de folder in mijn handen. JE WORDT VERDACHT VAN EEN STRAFBAAR FEIT. De folder gaat over wat me te wachten staat en geeft informatie over mijn rechten en plichten. Mijn verhoor is rond elf uur, zei de politieagente die me hier opsloot. Dat kan niet eerder, want voorafgaand moet ik met een advocaat praten, en die werken 's nachts niet. Er staat ook in de folder dat ze me hier negen uur lang kunnen vasthouden en dat die uren pas beginnen te tellen vanaf negen uur in de ochtend. Da's echt belachelijk. En als ze willen, kunnen ze me daarna nog drie hele dagen en nachten vasthouden.

Daar probeer ik maar niet aan te denken.

Ik rol de folder op en kijk om me heen. Naar de grijs geschilderde muren, het betonnen plafond. De ijzeren deur.

Het voelt alsof ik in een film zit.

Misschien heb ik daarom nog niet gehuild.

Mama weet nu vast al dat ik gearresteerd ben. In de folder staat dat je ouders alleen bij het verhoor mogen zijn als je daar toestemming voor geeft. Ook al ben ik pas veertien, ik mag dat zelf beslissen. Ik heb mijn beslissing al genomen. Mama zit me nu al zo op mijn huid, hoe minder ze hoort, hoe beter.

De agenten die me oppakten zeiden dat ik flink in de problemen zat en dat ik beter kon meewerken. Ze noemden het 'inbraak met geweld'. Het was geen echte inbraak, vind ik. We zijn niet in het huis geweest. Maar dat geweld, daar hebben ze natuurlijk wel gelijk in.

Als ik mijn ogen sluit zie ik die man weer voor me. Zijn verbazing, de teleurstelling. Dat bloed. Ik schaam me voor ons, voor Denzell. *Wat dacht hij?* Die man had mijn opa kunnen zijn. Denzell had hem makkelijk opzij kunnen duwen, die kopstoot was helemaal niet nodig.

40

Quincy zwerft doelloos door de stad met een doorgeladen wapen naast zich op de bijrijdersstoel. Kroegen en gebouwen waar hij normaal gesproken naar binnen gaat, laat hij links liggen. Met het melancholieke 'Broken Wings' van Mr. Mister over de speakers rijdt hij random voetgangers dood die toevallig voor zijn wielen opduiken. Hij voelt er niets bij. Vice City was jarenlang zijn tweede thuis. Hij kent er de weg en is er heer en meester. Gamen hielp hem ooit te ontsnappen, al was het maar in een virtuele wereld.

Marko was ook dol op GTA.

Quincy legt de gameconsole naast zich op het dekbed en staart nietsziend naar het scherm.

...Learn to fly again, learn to live so free...

Sinds het overlijden van zijn broer heeft hij concentratieproblemen. Hij slaapt slecht, maakt fouten op zijn werk. Keer op keer ziet hij Marko voor zich. De verbazing en het ongeloof op zijn gezicht toen hij het bloed op zijn borst ontdekte, de wond aanraakte met zijn vingers, die rood kleurden.

'Ik voel niets, Quince,' zei hij, waarna hij door zijn benen zakte.

Het waren zijn laatste woorden.

...When we hear the voices sing, the book of love will open up, and let us in, yeah yeah...

Quincy komt de spullen van zijn broertje door het hele huis tegen. Zijn boxershorts, hardloopschoenen en zijn zwembril. Marko's fiets heeft hij aan de muur boven zijn bed gehangen. Zelfs tweedehands is het ding nog veel geld waard, maar Quincy heeft besloten dat er niemand anders meer op zal fietsen. Hij staart naar de blauwe Giant, met zijn lippen op elkaar geperst.

Voor rouw is nauwelijks ruimte geweest, en praten over wat er is gebeurd kan hij alleen met Imre. Maar die wil niet praten. Imre wil binnenkort hun bijverdienste weer op gaan pakken. Mensen bang maken, geld innen.

Het voelt allemaal zo leeg en nutteloos zonder Marko.

41

Ik zei geen stop. Ook niet toen hij ruwer werd. Mijn nieuwsgierigheid was te groot. Ik wist niet dat ik het in me had, dat ik kan genieten van seks met een man die de totale controle opeist. Glimlachend kijk ik naar de rode plekken op mijn huid. Streel ze, huiver bij de herinnering. Anderhalf uur lang heb ik in het hier en nu geleefd. Geen gedachten aan Vegas, de inval, aan wat dan ook. Wat zei Deon op een gegeven moment? '*Zie het maar als tertiaire arbeidsvoorwaarden.*'

De arrogantie. Bij elke andere man zou ik in de lach geschoten zijn. Maar de aura van gevaar en mysterie die om hem heen hangt is onweerstaanbaar.

Het was ook gewoon te lang geleden, besef ik als ik onder de douche vandaan stap. Sinds de breuk met de vader van Vegas heb ik af en toe nog wel gedatet, maar daar is het bij gebleven. Deels omdat mijn studie en later mijn werk in combinatie met de zorg voor Vegas weinig speelruimte lieten, deels omdat ik het na Jonathan moeilijk vond om nog op mijn eigen oordeel af te gaan. Mijn innerlijk kompas bleek onbetrouwbaar. Daar kwam bij dat ik de meeste mannen vergeleken bij Jonathan schooljongetjes vond. Te zachtaardig, te blij. Gewoon niet cool genoeg. Waarschijnlijk hebben de romannetjes die ik als puber verslond en de romcoms die ik heb gekeken me opgezadeld met een verknipt beeld van seks en romantiek. Er zou een verbod moeten komen op dat soort propaganda.

Deon is natuurlijk in de verste verte geen serieuze match. Die man is een jager. Het woord 'bindingsangst' staat zo'n beetje op zijn voorhoofd geschreven.

Ik loop naar mijn slaapkamer en kruip in bed. Pas als ik het licht uitdoe, registreer ik het knipperende lampje van mijn telefoon. Ik pak het toestel en zie dat ik een oproep heb gemist. Wat een vreemde tijd om gebeld te worden. Ik herken het nummer niet. Terwijl ik bezig ben het in een zoekmachine in te voeren, gaat de telefoon opnieuw over. Hetzelfde nummer.

'Ja, hallo?'

'Spreek ik met de moeder van Vegas van Eerd?'

Het is kwart voor zes in de ochtend. Zijn ze nou helemaal gek geworden op die school?

'Dat ben ik,' zeg ik zo rustig mogelijk.

'U spreekt met Erik van Gool, hulpofficier van justitie. Mijn collega's hebben uw dochter Vegas eerder vannacht aangehouden.'

'Hè?' Ik ga rechtop zitten, omvat mijn telefoon met twee handen. 'Maar dat –'

'Ze zit in de politiecel in afwachting van een advocaat. De piketcentrale is pas vanaf negen uur bereikbaar.'

'Ik denk dat jullie je vergissen.' Ik stap uit bed en haast me naar Vegas' kamer, klik het licht aan. Geen Vegas. Haar bed is onbeslapen, het matras voelt koel. Dan valt mijn blik op het raam van de dakkapel: de hendel staat omhoog. Als ik tegen het raam duw, gaat het piepend open. Koude wind blaast de kamer in.

'Mevrouw Van Eerd? Bent u daar nog?'

'Wat heeft ze gedaan?' Mijn stem klinkt als knisperend papier.

'Ik heb de aanhouding niet zelf verricht.' Ik hoor gedempt gemompel, de man houdt zijn hand tegen de microfoon. Dan klinkt ineens helder: 'Als u wilt, kunt u om negen uur wel naar het bureau komen.'

42

In het eerste jaar van mijn opleiding kon ik mijn draai niet vinden. Door ziekte had ik de introductieweek gemist en daardoor was ik de aansluiting misgelopen met mijn jaarlaag en de oudere studenten. De groepjes hadden zich voor de start van de colleges al gevormd. Daar kwam bij dat mijn kamer ver van de studentenhuizen bleek te liggen, in een beruchte wijk. Achteraf gezien had ik meer mijn best moeten doen om contact te maken. Juist in het halfjaar voordat ik zwanger raakte zijn er kansen genoeg geweest. Vreemd, hoe blind je kunt zijn voor de werkelijkheid, en hoe vertekend het beeld dat je van jezelf en van anderen kunt hebben. Mijn studiegenoten voelden zich net zo goed onzeker tussen nieuwe mensen in een onbekende stad. Dat ging ik pas later inzien. Destijds kwamen ze vooral kinderachtig op me over, irritant ook, met hun 'Schni-schnaschnappi-das kleine Krokodil'. Op vrijdag nam ik zo snel als het kon de trein naar Brabant. Daar zag ik mijn oude vrienden steeds minder omdat ze verkering kregen, met hun nieuwverworven vrienden door Europa trokken of aan het backpacken waren in Azië.

Iedereen leek een geweldig leven te hebben, behalve ik. Dus trok ik me terug op mijn kamer en luisterde naar 50 Cent en Eminem. Ik mat mezelf een stoere, onafhankelijke houding aan, waar niemand doorheen prikte.

Behalve Jonathan. Ik kende niemand die zo veel energie had als hij, blakend van het zelfvertrouwen. Het leek alsof hij een wolk sterrenstof om zich heen had hangen waarmee hij iedereen betoverde die bij hem in de buurt kwam. Jonathan was zonder twijfel de *alpha male* van de wijk.

'Bij hem kun je beter uit de buurt blijven, da's geen jongen voor een meisje zoals jij,' drukte mijn hospita me op het hart toen ze in de gaten kreeg dat ik interesse in hem had.

Het was te laat.

Na onze eerste ontmoeting op een straatfeestje kon ik hem niet meer uit mijn hoofd zetten. Ik lag 's nachts wakker en overdag droomde ik tijdens de hoorcolleges weg. Jonathan werkte met zijn handen, wat ik mateloos aantrekkelijk en vooral heel mannelijk vond, en hij had een hond die hem op de voet volgde.

Pas veel later kwam ik erachter waar hij die energie en dat zelfvertrouwen vandaan haalde – hij handelde erin. Het was zijn business. Daarom hing iedereen om hem heen, wilde iedereen bij hem zijn.

Sterrenstof.

Right.

Dat ik zwanger raakte, vond een deel van mijn jaargenoten interessant. Voor de anderen kon ik net zo goed een besmettelijk virus met me hebben meegedragen. Naarmate de zwangerschap vorderde kon ik niet meer meedoen met veel studentenactiviteiten. Het fietsen door weer en wind werd steeds lastiger, het gezeul met boeken brak me op. Ik hield vocht vast, mijn haar werd dof. Maar het maakte niet uit.

Ik voelde me trots, want ik droeg Jonathans kind.

43

'Mevrouw Van Eerd?' Een vrouw komt op me afgelopen. Ze draagt een rode blouse met bijpassende lipstick en maakt de indruk alsof ze van een chic diner vandaan komt, in plaats van een cellencomplex in de vroege ochtend. 'Doris van Gaal, advocaat,' zegt ze, en we schudden elkaar de hand. 'Ik heb uw dochter gesproken.'

'Hoe is het met haar?'

'Naar omstandigheden goed. Ze heeft zich wel in de nesten gewerkt.'

'Wat heeft ze gedaan?'

Doris neemt naast me plaats, ze laat een stoel tussen ons vrij. 'Vegas is samen met twee vrienden op heterdaad betrapt bij een inbraak. Daarbij is geweld gebruikt tegen de zestigjarige eigenaar van de woning.'

Ik leg mijn hand tegen mijn mond.

'De man is er met lichte verwondingen van afgekomen, maar hij is enorm geschrokken. De politie neemt het hoog op. Zeker gezien de jeugdige leeftijd van Vegas.'

'Ik kan niet geloven dat mijn dochter zoiets doet.'

Ze pakt er een mapje bij en begint erin te bladeren. 'Vegas heeft zelf geen geweld gebruikt. Het slachtoffer is aangevallen door een van de jongens die bij haar waren. Ze zijn allebei nog op vrije voeten.'

'Wie zijn die jongens?'

'Dat wil de politie ook graag weten.' Ze kijkt op van haar mapje. 'Vegas beroept zich op haar zwijgrecht. Dat is niet voor niets een recht, alleen maakt ze het daarmee voor mij wel ingewikkelder om haar snel vrij te krijgen.' Haar blik haakt zich vast in de mijne. Bruine ogen, donkere lijntjes langs de wimperrand. 'Is uw dochter vaker in de problemen geweest?'

'Nooit,' zeg ik snel.

Ze trekt een wenkbrauw op.

'Vegas heeft pasgeleden wel gespijbeld.'

De advocate knikt, alsof ze wil zeggen: zie je, daar heb je het gelazer al.

'Daarvoor heb ik haar huisarrest gegeven,' voeg ik eraan toe.

Ze staat op. 'Vegas wordt zo meteen verhoord. Ik doe mijn best, maar ik kan niets beloven.'

Ik pak mijn tas en maak aanstalten om haar te volgen.

De advocate reageert lichtelijk verbaasd. 'U mag hier wachten.'

'Ik wil erbij zijn.'

'Vegas en ik doen het verhoor samen.' Zachter vervolgt ze: 'Dat is haar uitdrukkelijke wens, sorry.'

'Ze is pas veertien. Ik heb er recht op om te weten wat ze heeft gedaan.'

'Ik begrijp wat u zegt, en ik zou het in uw positie ook erg vervelend vinden.' De advocate kijkt op haar horloge. 'U kunt haar na afloop spreken.'

44

De agent zit tegenover me aan het bureau met zijn handen achter zijn hoofd. 'Het is simpel, meisje. Als je ons niet vertelt hoe je vrienden heten, houden we je langer vast.'

'Dat is heel ongebruikelijk!' Het plastic mapje dat de advocate vasthoudt is stijf opgerold. Mevrouw Van Gaal heet ze, en ik zie haar knokkels wit worden. 'Mijn cliënte is pas veertien!'

'Dan weet je dat we haar drie dagen binnen kunnen houden.' Hij grijnst alsof hij vindt dat hij het enorm met zichzelf heeft getroffen.

'Fijn te horen dat je het protocol kent,' zegt Van Gaal.

Ik heb spijt dat ik mama er niet bij wilde hebben, maar als ik daar te veel aan denk moet ik huilen.

'Ben je bang voor die jongens, Vegas?' vraagt de politievrouw. 'Dat ze je iets aandoen als je met ons praat?'

Ik schud mijn hoofd.

'Zijn het vrienden van je?'

'Je hoeft geen antwoord te geven,' hoor ik Van Gaal naast me zeggen.

Iedereen is stil en kijkt naar me.

Hangt nu alles van mij af?

'Het doet je zaak geen goed als je die twee in bescherming neemt,' zegt de politieman. 'Het heeft ook geen zin. Onze collega's zijn met je vrienden en vriendinnen aan het praten, die hebben er vast minder moeite mee om namen te noemen.'

De vrouw buigt zich naar me toe. 'Je kunt het ons beter zelf vertellen, daarmee maak je het voor jezelf een stuk makkelijker.'

Ik staar naar mijn knieën. Met Denzell ben ik klaar, wat hij deed kan écht niet. Maar als ik zijn naam noem, komen ze uit bij Wesley.

'Je moet het zelf weten,' zegt de politievrouw.

'Oké, luister goed, meisje.' De man tikt irritant hard met zijn pen op het tafelblad. 'We gaan ook natrekken welke telefoons op het tijdstip van de inbraak daar in de buurt waren. Dus we komen er sowieso achter.'

'En we hebben jouw telefoon,' voegt de vrouwelijke agent eraan toe. 'We kunnen daar ook in kijken zonder dat jij ons de code geeft.'

Voordat ik in het politiebusje werd gezet was mijn telefoon al van me afgenomen. Mijn hele leven staat daarin. Lara en ik appen de hele dag door over van alles – echt álles. Er staan ook gedichten in. En foto's van Wes. *Van mijzelf.* Ik bijt zo hard op mijn lip dat ik bloed proef.

'Snap je?' zegt de politieman. 'Het is een kwestie van tijd.'

Van Gaal stoot me aan. 'Gaat niet gebeuren, hoor,' zegt ze zacht. 'Is een veel te sterk middel.'

'Nou, dat zal er anders nog om spannen,' zegt de man.

'Het is geen wedstrijd,' snauwt Van Gaal.

De agenten staan tegelijk op. De man smijt zijn pen op tafel. 'Als ze wil vertellen wie haar vrienden zijn, hoor ik het graag,' zegt hij, terwijl hij naar de deur loopt. 'Voorlopig blijft deze stoere dame nog even binnen.'

45

Ik was vijf maanden zwanger toen Jonathan en ik besloten dat hij geen deel zou gaan uitmaken van Vegas' leven. Zijn naam zou niet op het geboortecertificaat komen, hij hoefde niet voor haar onderhoud te betalen. Het was genoeg dat wij wisten hoe het zat.

Ik was vooral opgelucht dat Jonathan er net zo over dacht als ik, want hij was zich behoorlijk in de nesten aan het werken. Een normaal dag-nachtritme was hem vreemd en er hingen louche figuren om hem heen. Hij ging er ook slecht uitzien. Af en toe vertrok hij zomaar ineens naar Spanje, of was hij een paar dagen onbereikbaar.

Ik vond het vreselijk – de dramatische dood van de vader van mijn beste vriendin kwam in alle hevigheid naar boven nu bleek dat de vader van mijn ongeboren kind dezelfde rotzooi tot zich nam.

'Ik ben bad news voor die kleine, Em,' zei Jonathan op een avond tegen me. Op de achtergrond speelde een nummer van 50 Cent. 'Echt, bad news.' Daarna keek hij donker voor zich uit, met een glimlachje waaruit ik opmaakte dat hij meer dan tevreden was met het pad dat hij had gekozen. Hij raakte mijn knie aan. 'Als die kleine ooit naar z'n pa vraagt, zeg dan dat ik iemand ben die verkeerde keuzes maakt. Dat hij beter af is zonder zo'n figuur in z'n leven. Snap je?'

We hadden het mooi geregeld samen, beslissingen genomen voor de onmondige foetus in mijn buik. *Mijn* foetus. Achteraf gezien was het nog best opmerkelijk dat ik er geen moment bij stilstond dat een baby uitgroeit tot een volwassen mens, een individu dat er recht op heeft om alles over haar achtergrond te weten. Iemand die bovendien voor de helft is belast met de genen van vaderszijde.

Ik pak mijn telefoon, voer de naam van Vegas' vader tussen aanhalingstekens in en druk zonder aarzelen op 'zoek'. Er zijn meer mensen met zijn naam. Een fotograaf, iemand met een bouwbedrijf, een autosloper. Ik klik door, op zoek naar foto's. Jonathan zit er niet tussen. Ongeduldig probeer ik andere namen. Jon de Wit, Jonnie de Wit, Nathan de Wit. Die laatste brengt me op een site van een sportschool in Amersfoort. Er verschijnt een beeldvullende groepsfoto, voor een gebouw van witte baksteen. Vier mannen en drie vrouwen, gehurkt en staand, pal naast een entree met deuren met draadglas. Fitte uitstraling, vrolijke gezichten. Op één man na, die niet lachend in de lens kijkt, maar in de verte staart, alsof daar iets te zien is wat zijn aandacht trekt.

46

'Ik wíst het, ik zei het je toch!' Imre stoot een reeks vloeken uit, zijn stem slaat over. 'Ik had niet naar je moeten luisteren.'

'Wacht even...' Quincy steekt zijn hand op naar zijn moeder om aan te geven dat hij dit telefoongesprek ergens anders moet voortzetten, en loopt de keuken uit. In het nauwe gangetje van zijn ouderlijk huis gaat hij op de trap zitten. 'Doe 's even rustig, man. Waar ben je?'

'Ik kom net langs de woutenkiet. Drie keer raden wie daarbinnen zit.'

'Ik geef het op.' Quincy kijkt naar de muur. Tegen het door nicotineaanslag vergeelde granol hangen schoolfoto's van bijna twintig jaar geleden, de enige die zijn ouders hebben aangekocht. Marko's portret hangt tussen die van Quincy en hun jongere zusje in. Zijn moeder heeft er een rozenkrans overheen gehangen.

'Jouw dierenarts, die ik van jou met rust moest laten!'

Quincy stapt van de trap af en werpt een blik in de richting van de keuken. Zijn moeder heeft haar iPad erbij gepakt en zit een sjekkie te draaien. 'Hoe weet je dat?'

'Dat blauwe bestelautootje staat voor de deur.'

'Ben je binnen geweest?'

'Wat denk je zelf?' snauwt Imre.

'Het is een bedrijfsauto. Iemand anders kan die meegenomen hebben.'

'Die dan toevallig op het politiebureau moet zijn?' klinkt het honend.

'Kan toch?' Quincy gaat weer op de trap zitten, zijn zwarte Vans rusten op de eerste tree. 'Als ze de politie had willen waarschuwen had ze dat meteen al gedaan.'

'Toen zat de schrik er nog in. Ze heeft nou al te lang niks meer van ons gehoord. Je had me gewoon mijn ding moeten laten doen.'

Quincy klemt zijn kaken op elkaar. Imre wil bloed zien. In de afgelopen maanden is hij ongeduriger geworden, afstandelijker ook. Er gaan dagen voorbij zonder dat ze contact hebben.

‘Luister even goed naar me,’ zegt Imre. ‘Jij hebt zijn naam genoemd, en zo veel Marko’s worden er op een dag niet dood gevonden in een uitgebrande auto. Dus als die wouten één en één bij elkaar kunnen optellen, staan ze in no time bij jou op de stoep. En via jou komen ze bij mij.’

‘Snap ik. Maar moet je daar niet even blijven wachten tot ze naar buiten komt? Dan weten we het zeker.’

Imre geeft geen respons.

‘En al zou ze het zijn,’ voegt Quincy eraan toe, ‘het hoeft niet gelijk over óns te gaan, hè?’

Stilte.

‘Ben je er nog?’

‘Ik ben er klaar mee, Quince.’

‘Ik denk dat je –’

‘We gaan dit voortaan op mijn manier doen.’

Verbaasd staart Quincy naar zijn telefoon. Imre heeft de verbinding verbroken.

47

Het uit witte baksteen opgetrokken gebouw staat in een wijk met rijtjeshuizen en lage flats. Onder de overkapping bij de ingang is een vrouw een sigaret aan het roken, weggedoken in haar bontkraag. Ze kijkt me even aan en richt haar aandacht dan weer op haar telefoon.

Mijn ogen glijden over de bedrijfsnamen op de ruit naast de deur. ELYSIUM CITY GYM – 1STE ETAGE.

Of Jonathan er is, weet ik niet. Ik ben recht vanuit het

politiebureau hiernaartoe gereden. Is dat raar? Misschien wel. Maar bestaat er een gangbare manier om contact op te nemen met de vader van je kind, bijna vijftien jaar nadat je hem voor het laatst hebt gezien?

Kort na onze breuk is Jonathan in Spanje gaan wonen. Ik had zijn adres waarschijnlijk wel kunnen achterhalen via mijn hospita, maar dat heb ik niet gedaan, zelfs niet toen mijn ouders zeiden dat ik het hem ten minste moest laten weten, dat hij een dochter had. Onze afspraken waren duidelijk, vond ik, en die hadden we niet voor niets gemaakt. Tandjes wisselen, leren fietsen zonder zijwieltjes, de uitslag van de Cito-toets – mijlpalen waar Jonathan nooit weet van heeft gehad. Veertien jaren zijn verstreken waarin ik met een boog om die olifant in de kamer heen heb gelopen. Pas nu ik erop terugkijk besef ik hoe verbazingwekkend snel de tijd is gegaan.

Op de eerste etage is een hal met een systeemplafond. Het ruikt hier naar ontsmettingsmiddel en zweet.

'Hallo!' Een vrouw van mijn leeftijd verschijnt achter de balie. Ze maakt een energieke indruk en heeft zwartomrande bambiogen.

Ik stel mezelf voor. 'Is Jonathan de Wit er?'

'Nathan staat les te geven.' Ze draait zich half om, naar een klok aan de muur. 'En om één uur komt de volgende groep. Kan ik iets aan hem doorgeven?'

'Nee, ik –'

'Links, rechts, links! Kom op, dat kan sneller!'

Ik was het vergeten, die heel eigen manier van praten

van hem. Staccato, met af en toe onverwachte pauzes. Zijn stem klinkt nog exact hetzelfde. Bij het horen ervan komen herinneringen naar boven. Kleine, ogenschijnlijk onbeduidende stukjes informatie die in het sediment van mijn geheugen verzonken lagen.

'Mag ik even gaan kijken?'

'Sorry, publiek mag alleen tijdens de wisselingen de zaal in of uit.'

De teleurstelling moet van mijn gezicht te lezen zijn, want na een korte stilte zegt ze: 'Ga maar. Als je je schoenen uitdoet en niemand stoort.'

Ik laat mijn laarsjes achter op een rek en volg Bambi door een gang met lockers. Ze wijst op houten platen die tussen het plafond en de vloer zijn geplaatst. 'We zitten midden in een verbouwing. Het stuk hiernaast komt erbij, en de verdieping hierboven.' Ze opent een deur naar een zaal. Rode vloer, witte wanden. Achterin hangt een rij bokszakken waar jongens tegenaan staan te trappen. Er is geen tribune, alleen een paar klapstoeltjes.

Jonathan steekt met kop en schouders boven zijn leerlingen uit. Hij draagt een trainingsbroek en een strak shirt. Een laagje zweet op zijn huid, bewegende spieren eronder. Hij doet trapbewegingen voor. 'Zó, zó, zó! Vanuit je heup, het is je moeder niet!'

Ik neem plaats op het dichtstbijzijnde stoeltje, vurig hopend dat Jonathan me niet nu al zal opmerken.

'Zorg voor je dekking. Je dékking, Van Dijk!'

De tijd staat hem goed. Jonathan is voller geworden, zijn gezicht heeft meer kleur. Hij heeft nog steeds die charmante lach, beweegt energiek, communiceert snel. Hij was altijd al slim – slimmer dan ik en sneller in zijn denken, al was mijn leerintelligentie groter. Ik kon pagina's vol formules in mijn hoofd stampen terwijl hij werd geplaagd door een vorm van dyslexie en leerde door te kijken en te doen. Zijn bewegingen hebben een bijna katachtige souplesse. Hij klopt zijn leerlingen op de schouders, geeft aanwijzingen, complimenten. De respectvolle manier waarop de jongens naar hem kijken treft me.

Nog altijd het stralende middelpunt.

Diep in mijn binnenste voel ik een trilling opkomen. Dit had ik niet voorzien. Ik had verwacht dat ik kon terugvallen op de professionele afstandelijkheid die me altijd redt. De knop die ik kan omzetten, zodat ik kan doen wat er moet gebeuren: slechtnieuwsgesprekken, operaties. *Criminelen het hoofd bieden.* Op schoot grijpen mijn handen in elkaar. Ik probeer mezelf tot de orde te roepen en concentreer me op de spandoeken met reclame die aan de wanden hangen. Eén ervan is voor een sportdrank, Elysium Energy. Het paarse flesje wordt omhooggehouden door Jonathan, die zelfverzekerd in de camera kijkt, zijn ogen stralend lichtblauw, omlijst door donkere wimpers. Het drankje is door hem ontwikkeld, staat op het spandoek. Op nog geen honderd kilometer van mijn woonplaats vandaan heeft mijn ex een carrière doorlopen waarvan ik niets wist. Via social media heb ik niet kunnen achterhalen of hij getrouwd is, of gescheiden. Bambi kan zijn vriendin zijn, een ex, een friend with benefits. Vegas zou halfbroers of halfzussen kunnen hebben voor wie deze man wél zijn verantwoordelijkheid heeft genomen.

Het leek destijds de perfecte oplossing. Nobel zelfs, van hem, om een stapje terug te doen. Nu voelt het ineens verschrikkelijk verkeerd dat we Vegas het contact met haar vader hebben onthouden.

Jonathan heeft gemerkt dat er iemand langs de kant is komen zitten. Hij begroet me met een kort, lichtelijk afwezig hoofdknikje en gaat weer verder met de les. Dan zie ik hem bevriezen. Iemand praat tegen hem, hij luistert niet meer.

Hij draait zich om.

Als onze blikken elkaar kruisen vallen de jaren weg.

Ik ben weer negentien. Een studente in een vacuüm van haar leven. Eenzaam, amper in staat haar vleugels uit te slaan. Het meisje dat twijfelt over alles en een grote mond opzet om haar onzekerheid te maskeren.

Alles wat ik sindsdien heb bijgeleerd, de ervaringen die ik heb opgedaan, mijn complete ontwikkeling naar de vrouw die ik nu ben, dat lijkt er allemaal niet meer toe te doen.

Hij is weer aan zet. De alfawolf.

Zijn leerlingen wijken uiteen als hij op me afloopt.

'Emma?'

Ik kan geen woord uitbrengen. Tranen prikken achter mijn ogen.

'Wat doe je hier?'

Ik kijk hem alleen maar aan, open mijn mond om iets te zeggen. Er komt geen woord over mijn lippen.

'Vegas? Is er iets met Vegas?'

48

‘Quince? Was dat iemand van je werk?’ Riek komt de gang in geschuifeld met een panterbadjas om haar magere lijf geslagen.

‘Ja,’ liegt Quincy. Hij stopt zijn telefoon weg, wacht tot zijn moeder in de wc is verdwenen en loopt naar de woonkamer.

Tegen de lange muur staat een elektrisch haardje in een schouw die hij nog op zijn opleiding heeft gemaakt. Mdf, perfect gladgeschuurd, ivoorwit geschilderd. Jarenlang heeft zijn moeder er beeldjes van porselein op uitgestald en een pot met een kunststof hangplant. Nu staat er een ingelijste foto van Marko. Die is niet helemaal scherp, maar typeert hem het beste. Hij steekt zijn vuist triomfantelijk in de lucht, breed glimlachend, zijn huid is rozig van de zojuist geleverde inspanning. Links en rechts van de goudkleurige lijst branden waxinelichtjes. De vlammetjes flakkeren in hun behuizing van rood glas, de hele dag, de hele nacht.

Quincy probeert Imre nog eens te bellen. De telefoon gaat drie, vier keer over, en springt dan op voicemail. Hij klemt zijn kaken op elkaar. Het is gewoon niet logisch dat Emma van Eerd nu pas met de politie gaat praten. Die afschuwelijke nacht is al maanden geleden, alle sporen zijn verdwenen, camerabeelden overschreven.

Dat Imre nog steeds zo op haar gefixeerd is, baart hem zorgen.

49

Jonathan zit tegenover me, twee bekertjes koffie staan tussen ons in op het tafelblad. Vanaf de verdieping boven ons klinken bouwgeluiden door en het geschetter van een radio.

'Ik ben haar aan het kwijtraken,' zeg ik. 'Dat ze zulke vrienden heeft, daar wist ik niets van af.' Ik voel opnieuw tranen opkomen en druk ze geërgerd weg met duim en wijsvinger. In een vrijwel ononderbroken monoloog heb ik Jonathan alles verteld: het spijbelen, de diefstal, de pijn die het me doet dat Vegas me niet bij het politieverhoor wilde hebben en ze me daarna, toen ik naar haar toe mocht, nauwelijks aankeek. Ik vermoed uit gêne en ongemak, maar zelfs de advocate kreeg last van plaatsvervangende schaamte. 'Vegas is de laatste tijd alleen maar boos. Ze kijkt constant verwijtend uit haar ogen.'

Jonathan luistert aandachtig, met zijn armen over elkaar geslagen. De glanzende stof van zijn shirt spant om zijn bovenarmen. 'Heb je een idee waar die kwaadheid vandaan komt?'

'Ze heeft wel eens gezegd dat ze heimwee heeft naar de tijd dat we nog bij mijn ouders woonden. Maar toen zat ze nog op de basisschool en werd er veel minder van haar verwacht. We wonen nu boven de dierenartspraktijk en dat is –'

'Best afgelegen.'

Ik frons. 'Je weet waar we wonen?'

Hij zoekt mijn blik over de rand van de kartonnen beker. 'Zo veel dierenartsen zijn er nou ook weer niet.'

'Hoe weet je eigenlijk dat ze Vegas heet?'

'Van Miranda.'

Mijn hospita. Haar naam was weggezakt in mijn geheugen.

'Toen ze me vertelde dat je haar Vegas had genoemd, werd ik gek. Mijn favoriete naam, dat had je onthouden.' Jonathan wrijft met zijn hand over zijn nek. 'Ik kwam net terug uit Spanje. Miranda zei dat je in een studentenhuis bij de universiteit was gaan wonen en dat de baby door je ouders werd verzorgd.' Hij kijkt even van me weg, alsof hij het weer voor zich ziet. 'Ik heb het toen maar zo gelaten.'

Verbeeld ik het me, heeft hij daar nu spijt van? Ik laat mijn blik over zijn hoekige kaken en jukbeenderen gaan, zijn neus die een beetje uit het lood staat en zijn gewelfde bovenlip, die enigszins vervormd wordt door een kartelig litteken dat hij vroeger nog niet had. 'Wat weet je nog meer?'

'Vegas wordt 20 april vijftien,' zegt hij rustig. 'Ze doet de havo op het Jeroen Bosch College.'

'Je weet álles.'

Hij plukt aan de bandage om zijn pols. 'Ze heeft een publiek account op Instagram. Ik kijk er af en toe op. Ze is mijn kind, duidelijk te zien. Ooit dacht ik daar heel makkelijk over, een kind hebben.'

'Nu niet meer?'

'Er zijn wel wat dingen veranderd, ja.'

'Jonathan, ik moet het je vragen.' Ik kijk hem recht aan. 'De belangrijkste reden dat je destijds geen vader kon of wilde zijn... bestaat die nog?'

Hij fronst, dan breekt er een glimlach door op zijn gezicht. 'O, dát. Nee, ik kan je geruststellen. Die reden bestaat niet meer.'

'Clean?'

'Ik ben nooit afhankelijk geweest,' zegt hij ernstig. 'Maar ik ging wel om met gasten die gekke dingen deden, we fokten elkaar op.'

Net als je dochter.

'En nu heb je geen verkeerde vrienden meer?'

Hij pakt zijn koffiebeker en laat het zwarte vocht rondwalsen. 'Ik steek mijn hand voor niemand in het vuur, maar we zijn ouder geworden, verstandiger. De echte brokkenmakers vallen af voor hun vijfentwintigste.' Hij kijkt weer van me weg.

Ik denk aan Marco, die was vast ook niet ouder dan vijfentwintig.

'Sorry, ik snap dat je je zorgen maakt. Voor wat het waard is: meiden zijn wel wat rustiger.'

'Misschien,' zeg ik pieperig. Tranen vullen opnieuw mijn ogen. 'Ik dring niet meer tot haar door. Zelfs de politie breekt blijkbaar niet door die muur van haar heen. Ik... ik hoopte dat jij iets met 'r kunt beginnen, dat jij haar begrijpt. Ik kan hier gewoon niets mee.'

Jonathan kijkt me zwijgend aan van onder zijn wimpers.

'Ik vraag nogal wat van je,' zeg ik snel. 'En ik begrijp het helemaal als je hier geen zin in hebt. En... en... Sorry, ik heb het alleen maar over mij en Vegas, ik heb je niet eens gevraagd of jij kinderen hebt, of getrouwd bent, of...'

'Wel samengewoond, geen kinderen. Zit Vegas nog op het bureau?'

Ik knik, veeg mijn tranen weg met mijn mouw.

'Sinds vannacht?'

'Ja.'

'Zou je haar morgenavond hierheen willen brengen? Dan praat ik met haar, één op één. Om acht uur zijn de lessen voorbij.'

'Ik weet niet of ze dan al thuis is.'

'Ze houden die kinderen nooit zo lang vast, dan moet je het wel heel bont hebben gemaakt.'

'Inbraak met geweld, dat lijkt me bont genoeg.'

Hij tuit kort zijn lippen. 'Ze was er alleen maar bij. Ik schat in dat ze haar vanmiddag naar huis sturen.'

Op de gang klinkt rumoer. Voetstappen, gelach.

Jonathan staat op. 'Mijn les. Ik moet verder, sorry.'

Ik sta ook op, pak mijn tas vast en druk hem als een kostbaar pakket tegen me aan. 'Je lacht hetzelfde als Vegas,' flap ik eruit. 'Ze lijkt zoveel op je, het is bijna eng.'

'Heeft ze ooit naar me gevraagd?'

Ik sla mijn ogen neer. 'Best vaak.'

Hij zwijgt.

Even blijven we tegenover elkaar staan. Wat nu? Hem een kus op zijn wang geven, mijn hand opsteken en weglopen?

Jonathan zet een stap naar voren. Hij pakt mijn bovenarmen vast en wrijft erover alsof ik het koud heb. 'Hé, probeer een beetje je rust te pakken. Oké? Ik heb dit soort jongens en meiden de hele dag om me heen. Het komt goed.'

50

De parkeerplaats bij de kliniek staat vol. Iemand laat zijn hond plassen, een ander zit op het muurtje bij de entree te bellen. Via de zijingang haast ik me naar binnen. Er heerst een gezellige drukte in de wachtkamer; eigenaars zijn in gesprek met elkaar, iemand lacht. Een parallelle wereld – de mijne staat in brand.

'Stuur er maar eentje mijn kant op,' zeg ik in het voorbijgaan tegen Marleen, en ik trek een witte jas aan.

Terwijl ik naar mijn spreekkamer loop, slaat de twijfel toe. Doe ik er wel goed aan om Vegas aan haar vader over te dragen? Ik ken hem nauwelijks en ze is al zo kwetsbaar. Jonathan komt betrouwbaar en oprecht op me over, maar hij maakt er geen geheim van dat hij nog steeds omgaat met mensen voor wie hij 'zijn hand niet in het vuur steekt'. Tegelijkertijd heb ik weinig keus. Mijn vader is hartpatiënt, dus ik houd mijn ouders erbuiten, en hoe graag mijn broer en zijn vriend misschien ook zouden willen helpen, van pubers hebben ze geen verstand. Dat geldt ook voor Lisa, trouwens: de kinderen van mijn beste vriendin liggen 's nachts in hun ledikantje te dromen over de Teletubbies, die klimmen niet uit hun raam om wiet te gaan stelen.

Ik moet blij zijn dat Jonathan bereid is om zijn vaderrol op te pakken.

'Wat was er nou vanochtend?'

Ik schrik op uit mijn gedachten.

Bob staat voor me in de gang, zijn witte jas hangt losjes

over zijn ribbroek en donkerblauwe polo. 'Niks voor jou, om zomaar weg te blijven.'

'Zomaar? Ik heb gebeld dat ik later zou beginnen,' zeg ik scherp. 'Rosalie zou het doorgeven.'

'O?' Bob schuift zijn bril hoger op zijn neus. 'Ze zal het wel vergeten zijn. Het was superhectisch.'

'Nou, lekker dan.'

Hij fronst. 'Is er iets ernstigs aan de hand, toch niet?'

Bob heeft geen weet van de problemen die ik met Vegas heb, en dat wil ik zo houden. Zijn kinderen zijn van een leeftijd waarop ze hun ouders nog verafgoden en Bob leeft in de overtuiging dat ze altijd zo meegaand zullen blijven, want Thérèse en hij voeden hun viertal op 'met duidelijke regels'. Dat stond hij pasgeleden nog trots te verkondigen. Die man is zo dol op zijn gezin en zijn rol als vader dat hij niet doorheeft dat hij me ermee kwetst. Ik mag hem enorm graag, toch hoop ik stiekem dat zijn dochter niet te lang wacht met puberen – en het hem flink moeilijk gaat maken.

'Iets ergs?' dringt Bob aan.

'Privéaangelegenheid, Bob,' zeg ik vinniger dan ik van plan was, en ik duw de deur van mijn spreekkamer open.

Hij blijft in de deuropening staan. 'Sorry, het gaat me natuurlijk niet –'

'Inderdaad, het gaat je niet aan.'

Achter Bob komt een man met een labrador de gang in gelopen. Ik steek mijn hand naar hem op en pers er een glimlach uit. 'We kletsen later wel bij, goed?'

51

Riek zit in een leunstoel bij het raam. Met haar benige vingers draait ze geconcentreerd een sjekkie. Ze wil niet laten blijken dat ze pijn heeft. Quincy ziet het aan de bedachtzame bewegingen, aan haar soms afwezige blik. Het is een bar seizoen voor mensen met haar ziekte. In de zomer gaat het beter, dan kan ze hele dagen achter buiten zitten, waar de zon weerkaatst tussen de witgeschilderde betonnen schuttingen. Dan zie je haar al net zo opbloeien als de geraniums waarvan ze zo houdt. Quincy zet elk jaar met Moederdag jonge plantjes in de Griekse vazen die tegen het schuurtje aan staan. De rest van de zomer zijn die potten zijn moeders trots en een bron van plezier. 'Kijk eens hoe ze groeien!' Bij het korten van de dagen beginnen de planten te verpieteren, net als Riek zelf.

Haar handen liggen nu op haar schoot, de vingers gekromd, als klauwtjes van een dode vogel. Quincy kan het moeilijk aanzien; het verdriet om haar jongste zoon vreet aan haar laatste reserves.

Het leek steeds zo makkelijk, de klussen die hij samen met Imre deed. *Easy money.* Achteraf is het een wonder dat ze niet eerder tegen de verkeerde aan zijn gelopen, dat ze allebei nog leven.

Wij wel.

Er staan nu zeven waxinelichtjes om de foto op de schouw heen. Riek heeft er ook een Mariabeeld bij geplaatst. Een altaar voor Marko.

Quincy loopt naar de keuken en peutert het sealzakje

open dat al de hele ochtend in zijn broekzak brandt. Met zijn sleutel schept hij er wat poeder uit, houdt het voor zijn neusgat en snuift het met kracht naar binnen.

52

'Dit moet u niet als kritiek zien, hoor.' De klant kriebelt het dier dat op de behandeltafel zit tussen de oren, een koffiebruin rexkonijntje dat Roxi heet en recht uit een animatiefilm lijkt te komen.

Ik pak haar opmerking wel degelijk op als kritiek: Roxi's baasje heeft me zojuist gezegd dat ze liever te maken heeft met mijn voorganger, Teun van Dam.

'Teun houdt zelf ook konijnen, dat schept een band.'

'Begrijpelijk.' Ik begin mijn spullen op te ruimen.

'Hij was ineens vertrokken zonder iets tegen me te zeggen,' gaat ze door. 'Nou ja, er zullen wel meer mensen zijn die denken dat ze een speciale band hebben met hun dierenarts.'

'Vast wel,' mompel ik.

De meeste konijnen die ik op het spreekuur krijg, drukken zich plat tegen de tafel. Roxi zit juist nieuwsgierig om zich heen te kijken.

De vrouw buigt zich naar me toe. 'Weet u misschien waar Teun nu werkt? Ik heb hem niet kunnen vinden.'

'Geen idee,' zeg ik naar waarheid. Ik ken Teun van Dam alleen van naam. Heel af en toe vraagt een klant naar hem, zoals nu.

'Ach, ja.' De vrouw manoeuvreert haar huisdier in het vervoerskrat. 'We doen het er maar mee, hè, Roxi?'

Vanuit de wachtkamer blijven de patiënten binnenstromen. Nagels knippen, radiologisch onderzoek bij een teckel, een onzindelijke kat – de middag vliegt voorbij. Tijdens de koffiepauze neem ik een telefoontje aan van David, Lara's vader. De politie was vanmiddag bij hen thuis. 'Het lijkt Petra en mij beter als die twee elkaar voorlopig niet meer zien of spreken,' sluit hij zijn monoloog af, en daarna hangt hij op.

Dat kon er nog wel bij. David en Petra houden Vegas verantwoordelijk voor de ontsporing van hun dochter.

Lara en Vegas zijn al zo lang bevriend dat ik die mensen als familie ben gaan beschouwen. En nu schuift David ons met één telefoontje aan de kant. Ik vecht tegen de aandrang hem terug te bellen en hem de huid vol te schelden.

Tegen vijven belt het politiebureau: ik mag Vegas komen ophalen. De Raad voor de Kinderbescherming zal nog contact met me opnemen, laat de agente me weten, want er wordt een zorgtraject opgestart – wat dat ook mag betekenen. 'Standaardprocedure,' voegt ze er nog aan toe. Maar de boodschap is duidelijk: je opvoeding is mislukt, de staat moet ingrijpen.

Ik kan het nauwelijks bevatten. Dit soort dingen overkomt andere mensen, niet ons. Vegas is opgegroeid met liefdevolle grootouders en een schat van een oom. Ze leerde piano spelen, we gingen naar campings in Frankrijk en lieten haar allerlei Europese steden zien. Toen ze vroeg of er een huisdier bestond dat leek op haar lievelingsdier, de zwarte panter, nam ik Anubis voor haar mee. Ze heeft gebeugeld, kreeg zooltjes aangemeten voor haar platvoeten. Haar kamer heeft wel vier metamorfoses gehad. Het heeft haar aan niets ontbroken.

Op weg naar het bureau klem ik mijn handen om het stuur en schreeuw in het luchtledige voor me uit, zo hard en zo lang dat mijn longen beginnen te branden.

53

Vegas begroet me nauwelijks. Ze loopt met me mee als een robot, haar blik naar de grond gericht, alsof ze van de ene aan de andere cipier wordt overgedragen. In de auto zit ze zwijgend naast me, peuterend aan haar nagels.

Ik geef haar mijn reservetelefoon, die ze mokkend van me aanneemt. 'De politie zei dat je de jouwe later deze week terugkrijgt.'

Ze mompelt iets onverstaanbaars en stopt het toestel schouderophalend weg.

Wat heb ik je in godsnaam misdaan? wil ik schreeuwen. Ik slik mijn woorden in. Vlak voordat ik wegging bij Elysium City Gym heeft Jonathan me op het hart gedrukt om haar geen verwijten te maken. 'Je zegt gauw iets verkeerds,' zei hij. 'Hun filter is op die leeftijd nog niet goed afgesteld, ze zeven de negatieve dingen eruit.'

Omdat het etenstijd is en ik haar nog even bij me wil houden, rijd ik naar McDonald's. Het is er vochtig warm en rumoerig en we kunnen met moeite een plekje vinden tussen de pubers en gezinnen met jonge kinderen, maar dat is me liever dan de oorverdovende stilte die er thuis zal heersen nadat Vegas zich op haar kamer heeft opgesloten. Ze geeft kort antwoord op mijn vragen over haar verblijf in de cel, eet alsof ze uitgehongerd is en inspecteert tussendoor haar tijdelijke telefoon. Ik heb mijn nuggets amper aangeraakt, mijn frietjes zijn koud; wie heeft er behoefte aan eten als zijn hart huilt? Steeds als ik Vegas aankijk moet ik denken aan het meisje dat ze was. Dat kind dat elke dag naar school wilde in haar favoriete geblokte jurkje, dat tekeningen voor me maakte en me haar geheimen toevertrouwde als ik haar instopte voor de nacht. Ik vlocht haar haar in, we gingen ijs halen bij het Italiaanse tentje – mango was onze favoriet. Bitterzoete herinneringen uit een tijd waarin ik nog relevant was in haar leven.

'Ik wil Lara nooit meer zien,' zegt ze ineens.

'Hoezo?' vraag ik voorzichtig.

'Ze is een snitch.'

Als een hongerig vogeltje hip ik om haar heen, dankbaar voor elk kruimeltje informatie dat ze me toewerpt, maar ze geeft me niet meer informatie dan ik eerder vandaag al van Lara's vader heb gekregen. De jongens met wie ze op dievenpad was heten Wesley en Denzell. Ze zijn inmiddels opgepakt en dat komt omdat Lara hun namen aan de politie heeft doorgegeven.

'Waar kende jij die jongens eigenlijk van?' vraag ik zo luchtig mogelijk. 'Ze zijn een stuk ouder, toch?'

'Het zijn vrienden van Lara, maar ze doet nou net of ze hun via mij kent.'

Ook dat nog.

'Ze is gewoon stikjaloers.'

'Waarom?'

'Dat Wesley en ik...' Ze houdt op met praten, kijkt van me weg.

Ik klem mijn kaken op elkaar. Heeft ze iets met die jongen? *Laat het niet waar zijn.* 'Dat Wesley en jij wat?'

'Niks. Mam, mag ik nog een McChicken? Ik ga dood van de honger.'

Ik geef haar mijn bankpas en kijk haar na als ze door het gangpad naar de counter loopt. Goedgevulde jeans, glanzend bruin haar, suède laarzen met hakjes. Een groepje jongens dat ze passeert, stoot elkaar aan en probeert haar aandacht te trekken.

Ze is geen meisje meer, besef ik. Haar jeugd is al voorbij. Mijn dochter is een jongvolwassene die haar eigen geschiedenis aan het schrijven is, en ik had meer naar haar moeten luisteren. Me open moeten stellen voor wat ze nodig had, in plaats van haar in een mal te proppen die mij passend leek.

Ze legt de pas naast mijn frites op het blad en schuift weer in de bank tegenover me.

'Ik moet je iets vertellen,' zeg ik. 'Iets belangrijks.'

De wantrouwende blik is terug, een frons.

'We gaan morgenavond naar iemand toe.'

'Naar wie?'

'Naar je vader.'

'Hè?' Ze spert haar ogen open, komt een beetje omhoog uit de bank.

'Hij wil je heel graag leren kennen.'

Haar burger valt op het dienblad.

Ik had me allerlei reacties voorgesteld, maar deze zat er niet bij. Ze legt haar handen tegen haar borst, haar gezicht breekt open. 'Dit is het aller-állermooiste cadeau dat je me had kunnen geven.'

54

Ik heb van bijna iedereen de nummers weer, inclusief dat van Wes. Lara's nummer heb ik geblockt. Door haar geklets zit Wes nu vast. Ik zie die bitch ervoor aan dat ze mij de schuld in de schoenen schuift, dat ze net zo glashard liegt tegen hem als tegen haar ouders. Het is zo *fucked up.* Lara was mijn allerbeste vriendin, en nu is ze mijn aartsvijand, alleen maar omdat Denzell het heeft uitgemaakt.

55

'Waar ben jij met je hoofd vandaag?'

Ik kijk op van mijn kunstwerk-in-wording.

José, de cursusleidster, komt bij me staan. 'Je blijft maar aan het wijzigen. Is er iets?'

'Nee, hoor,' zeg ik snel.

Lisa is tegenover me aan het werk, volledig geconcentreerd op haar torso van een naakte vrouw. Om ons heen zijn nog vijf cursisten verdiept in hun bezigheid, hun handen grijs van de klei.

'Neem eens afstand. Letterlijk,' zegt José.

Ik zet een stap naar achteren. Het karakteristieke Afrikaanse mannenhoofd dat tijdens de eerste cursusdagen al behoorlijk vorm begon te krijgen, is de afgelopen maand steeds meer gaan lijken op mijn werkgever. Ongemerkt zijn Deons trekken in het krachtige gezicht geslopen. Kleine aanpassingen, subtiel, maar het zijn er steeds meer geworden. En nu pas realiseer ik me dat ik opnieuw veranderingen heb aangebracht. De lippen heb ik weer wat voller gemaakt, de neus een tikje uit het lood geduwd, er is een kleine inkeping in de bovenlip bij gekomen.

'Goed is goed, hè?' zegt José.

Ik knik als een klein kind.

Lisa en ik zijn samen deze cursus gaan volgen. We hebben allebei een stok achter de deur nodig – als we niets afspreken, worden we opgeslokt door werk en gezin en zien we elkaar nooit. Dus staan we elke donderdagochtend in dit handwerklokaal te boetseren en praten we na afloop in de auto de week door, om daarna met een leger hoofd weer aan het werk te gaan.

José zet haar handen in haar zij en bekijkt mijn werk. 'Soms moet je gewoon bij je oorspronkelijke plan blijven.'

Ik duw de neus weer wat rechter, pak mijn spateltje op en strijk het littekentje op de lip glad.

56

Imre kijkt op zijn telefoon. Vierentwintig gemiste oproepen, tien appjes, allemaal van Quincy. Die gast heeft een plaat voor zijn kop van gewapend beton.

Hij zet zijn telefoon uit en stopt hem weg.

'Gedoe met moeder de vrouw?' vraagt een stukadoor die naast hem zit.

'Gek word je van die wijven,' mompelt Imre, en hij reikt over de tafel naar de thermoskan. De werklui om hem heen praten nu al over wat ze in het weekend gaan doen; naar de wok, familiebezoek en voetballen, zoals altijd. Er worden constant plaagstootjes uitgedeeld.

Het werk bevalt Imre. Metselen is voor hem als zwemmen of fietsen, hij hoeft er niet al te veel bij na te denken en bovendien is hij vroeg klaar. Tijd genoeg dus voor de lucratieve schnabbels waar hij Quincy een paar jaar geleden bij is gaan betrekken. 'Duo Dood & Verderf' noemden ze zichzelf gekscherend.

Maar sinds de dood van Marko is Quince van de leg. Hij was altijd al een beetje weekhartig. Sentimenteel, een familieman. Quincy is opgegroeid met ouders die nauwelijks voor zichzelf konden zorgen, laat staan voor hun drie kinderen. Dorre planten in de vensterbank, niks in de koelkast, matrassen op de vloer – dat werk. Quincy voelde zich als oudste kind verantwoordelijk voor zijn broertje en zusje en dat is nooit overgegaan. Hij woont er nog steeds, in dat krappe huisje waar hij geboren is, al ruikt het er tegenwoordig een stuk frisser en is Quincy de enige die er nog wel eens een nakkie doet.

Imre heeft niks met familie. Zijn moeder runde een trits schoonheidssalons. Het werk ging voor alles, altijd. Dat ging zo ver dat ze hem, haar enige kind, een voornaam heeft gegeven die 'werk heerst' betekent in het Hongaars. Hij kan zich niet herinneren dat zijn ma hem ooit heeft geknuffeld. Maar het huis was schoon, hij had er het rijk alleen en de poetsdame kookte. Pas later is hij gaan begrijpen dat hij zich als kleine jongen verloren voelde in die kille villa, en dat hij Quincy nodig had om de echo's te verjagen.

Maar dat was toen.

Mensen veranderen in de loop van hun leven. Terwijl Imre suiker door zijn koffie roert, vraagt hij zich af wat een vriendschap die zo lang geleden uit nood is ontstaan eigenlijk nog waard is. Wat heb je eraan om je vast te klampen aan iets wat je al lang geen voordeel meer biedt?

Quincy was voor de dood van Marko ook al minder scherp. Hij had naar eigen zeggen de hele dag staan posten op dat industrieterrein. Die mensen geobserveerd, het terrein verkend, uitgevogeld waar de camera's hingen. 'Wordt een makkie,' had hij hem verzekerd. En toch werden ze beschoten. En dat gesleep met een stervende Marko naar die dierenarts was ook al geen succes.

Maar dat weerhoudt Quincy er niet van om zich nog steeds als een alwetende grote broer op te stellen.

De sukkel begrijpt niet dat het probleem Emma van Eerd moet worden opgelost. Je stopt ook niet halverwege een muurtje met metselen. Als Quincy te teerhartig is om te doen wat er gedaan moet worden, dan doet hij het wel alleen.

57

Regen slaat tegen de voorruit en vertekent het beeld van de kliniek en de auto's op de parking.

'Ik heb contact gelegd met de vader van Vegas,' zeg ik tegen Lisa.

Ze kijkt me geschrokken aan. 'Is dat nou wel verstandig?'

'Hij is haar vader, ze heeft hem nodig.'

'Maar...' Haar ogen gaan onderzoekend over mijn gezicht. 'Hij is een cokedealer, toch?'

Lisa kent Jonathan alleen van mijn verhalen. Zij en ik zijn bevriend geraakt toen Vegas al geboren was, bijna dertien jaar geleden. Lisa kwam van de universiteit in Gent en heeft haar master Diergeneeskunde in Utrecht gehaald. Na de opleiding is ze bij een veevoederbedrijf gaan werken, waar ze haar man heeft leren kennen.

'Ik geloof niet dat hij dat nog steeds doet,' zeg ik.

'Heb je het hem gevraagd?'

'Half en half. Ik ga vanavond weer naar hem toe.'

'Ik dacht dat hij in Spanje woonde.'

'Niet meer.'

Achter ons komt een klant het grind op gereden. De auto passeert stapvoets, onze spiegels raken elkaar bijna.

'Ik moet er echt vandoor, schat.' Lisa omhelst me kort. 'Pas goed op jezelf. Ik snap dat hij Vegas' vader is, maar...' Ze slaat haar ogen neer.

'Maar wat?'

Lisa schudt haar hoofd. 'Ik weet niet... Ik heb hier gewoon geen goed gevoel over.'

'Je hebt hem nog nooit ontmoet!'

'Nee, nee, natuurlijk, je hebt gelijk...' Haar lach is geforceerd, ze maakt een wegwerpgebaar. 'Je zult het echt wel weten. En Vegas zal vast dolblij zijn.'

Nadat ik mijn witte jas over mijn kleding heb aangetrokken, zie ik dat er nog klei op mijn nagels zit. Ik duik de personeelstoiletten in om ze schoon te schrobben. Daarna zet ik mijn haar opnieuw vast – het is zo zwaar en glad dat het geen verschil maakt hoeveel spelden en haarspray ik gebruik; halverwege de dag hangt er altijd een soort uitgezakte tulband aan mijn hoofd.

Achter me wordt een wc doorgetrokken. Rosalie stapt het hokje uit. Zodra ze me ziet, betrekt haar gezicht. 'Doe maar niet zo veel moeite, hoor,' snauwt ze. 'Deon is visites rijden.'

'Pardon?' Ik trek een speld tussen mijn lippen vandaan en zet er mijn paardenstaart mee vast.

'Wij zijn het maar. Je hoeft niet zo je best te doen.' Ze duwt me zo'n beetje opzij en begint haar handen te wassen.

Ik kijk naar haar via de spiegel. Haar huid is vlekkerig onder de laag sproeten, en haar groene ogen staan troebel. 'Wat is er met jou aan de hand?' vraag ik.

Ze doet alsof ze me niet hoort.

'Is er een reden waarom je gisteren niet hebt doorgegeven dat ik later zou beginnen?'

Onze blikken kruisen elkaar in de spiegel.

‘Ik kreeg op mijn donder van Bob,’ ga ik verder. ‘Het komt niet heel collegiaal over.’

‘O, nee?’ Ze droogt haar handen af en werpt me een geergerde blik toe. ‘Zoals jij hier met je kont loopt te draaien is anders ook niet collegiaal.’

‘Pardon?’ herhaal ik.

‘Het appartement pakt, de auto, alles krijgt wat je vraagt, en dan nog het lef hebt erover te klagen.’

‘Het appartement was een vieze bende toen ik erin trok, Rosalie, en sorry als jij die auto had willen hebben, maar daar kan ik niks aan doen. Dan moet je bij Deon zijn.’

‘Die heeft een nieuw speeltje,’ fluistert ze schor, en dan zie ik de pijn in haar ogen.

Het is niet mijn gewoonte om collega’s te verleiden...

Ik kijk haar even zwijgend aan en zeg dan: ‘Je mag hem hebben, Rosalie.’

‘Dank je, maar hij wil jou. Die gast is *obsessed*,’ zegt ze, en ze wendt zich van me af en loopt weg.

58

Zwarte trainingsbroek, opgeschoren donker haar, blote voeten. Mijn vader lijkt op een acteur, of een personage uit een game. Mijn ogen dwalen af naar de tatoeages op zijn onderarmen. ‘Cool.’

Hij werpt er kort een blik op, alsof hij was vergeten dat hij ze had. ‘Dank je,’ zegt hij, en dan zoekt hij opnieuw oogcontact.

Zo vaak heb ik gefantaseerd over hoe dit moment zou zijn. Hoe hij eruit zou zien, wat we tegen elkaar zouden zeggen. Hoe het zou *voelen.* Zouden we elkaar meteen herkennen?

Nu het eindelijk zover is, sla ik dicht.

Hij zet een paar passen in mijn richting en blijft op armlengte afstand staan. 'Ik heb me sinds je geboorte verheugd op deze dag.'

'Ik ook.' Mijn handen trillen. Ik weet niet goed waar ik mijn armen moet laten, ze over elkaar slaan komt zo ongeïnteresseerd over. Ik laat ze langs mijn lichaam hangen.

'Gek is dit, hè?'

Ik vind zijn lachrimpels mooi. Zijn ogen lijken echt veel op de mijne, net zo blauw. En we hebben dezelfde mond, met hoeken die een beetje naar boven buigen, alsof we een binnenpretje hebben. Mijn vader ziet er in elk geval niet uit als een loser. Daar was ik misschien nog het bangste voor, dat hij zo'n magere gast in een te grote jeans zou zijn, zo'n figuur met plakhaar die de hele dag sjekkies zit te draaien. Ik hoor mijn hele leven al dat mijn vader de verkeerde keuzes heeft gemaakt en dat ik daarom beter af zou zijn zonder hem, maar hij ziet er juist heel gezond uit. En knap. Alleen aan de rimpels bij zijn ogen kun je zien dat hij al vijfendertig is.

Ik kijk om me heen, neem de zaal in me op. Mijn blik blijft even hangen aan het reclamedoek waarop hij is afgebeeld met een energiedrankje. 'Dus dit is allemaal van jou.'

'In deze zaal geef ik les. Kickboksen, boksen.' Hij wijst omhoog. 'We zijn aan het uitbreiden. Hierboven komt een fitnessruimte met apparaten en een nieuwe yogastudio.'

'Mama zei dat dit jouw sportschool is.'

'Klopt, ik heb hem vijf jaar geleden overgenomen.'

Vijf jaar. Toen was ik negen, een kindje, we woonden nog bij opa en oma.

Ik voel me ineens minder nerveus.

En minder blij.

Mijn vader heeft deze sportschool al vijf jaar. Allerlei mensen werken voor hem en nog veel meer mensen trainen hier, ook kinderen van mijn leeftijd. Maar zijn dochter mocht hem niet kennen.

'Doe je ook aan sport?' vraagt hij.

'Ik fiets elke dag twaalf kilometer naar school.'

'Dat telt niet.' Hij wijst naar mijn buik. 'Je hebt een goede fysiek. Judo, turnen?'

'Nee.'

'Nooit gedaan, geen enkele sport?'

'Ik zat op hockey toen we nog in de wijk bij opa en oma woonden.'

'En daarna?'

'Vierentwintig kilometer per dag fietsen vind ik wel genoeg sport.'

Dat bevalt hem niet. Ik zie het aan alles. Mijn vader is de hele dag met sport bezig en zijn dochter vindt naar school fietsen al vermoeiend.

Ik stel hem teleur.

Nou, hij mij ook.

'Waarom heeft dit eigenlijk zo lang geduurd?' vraag ik.

'Soms lopen dingen nu eenmaal zoals ze lopen.'

'Lekker makkelijk,' zeg ik. 'Je was er nooit, en nou kan mama me niet meer aan en gaat ze jou bellen.'

Hij knijpt zijn ogen een beetje samen. 'Zo is het ongeveer gegaan, ja.'

'Dat geef je toe?'

'Mensen praten al genoeg bullshit.'

'Dus als ik niet was opgepakt, had ik hier nou niet gestaan?'

Hij blijft me kalm aankijken. 'Waarschijnlijk niet, nee.'

'Wanneer dan wel?'

'Het leek me beter als het vanuit jouzelf zou komen. Als je eraan toe was. Ik wilde niks overhoophalen bij jullie thuis.'

'Ik wist niet eens wie je was, dus hoe kon ik dat doen?'

'Niet.' Hij blijft rustig, alsof het allemaal buiten hem omgaat.

'Je bent hier al vijf jaar,' zeg ik. 'En je hebt nooit eens gedacht: hé, hoe zou het eigenlijk met mijn dochter zijn?'

Hij fronst. 'Tuurlijk wel. Elke dag.'

'Je hebt mama nooit gebeld.'

Zijn ogen worden donkerder. 'Nee, maar –'

Mijn stem slaat over. 'Het boeide je gewoon niet.'

'Wacht even.' Hij loopt weg en pakt iets uit een wandkast. Bokshandschoenen. Ze zijn van zwart met rood leer. Hij gooit ze naar me toe.

Ik vang ze op. 'Wat moet ik hiermee?'

'Aantrekken.'

'Waarom?'

'Het lucht op.' Hij pakt een stootkussen, houdt het voor

zich. Staart me aan, daagt me uit. 'Kom op, Vegas, knal het er maar uit.'

Ik verroer me niet. Kijk nog eens naar de bokshandschoenen. Ze ruiken naar zweet en er zitten scheurtjes in. 'Knal jij effe lekker zelf,' roep ik, en ik gooi de handschoenen van me af, de zaal in.

59

Imre heeft zijn auto op een ventweg stilgezet. Vanaf hier heeft hij goed zicht op het gebouw aan de overkant. Een eenvoudig pand van witte baksteen, drie etages, een smalle parkeerplaats ervoor. Daar staat het blauwe bestelwagentje van Emma, met opzichtige reclame voor Dierenkliniek De Bosrand op de flanken.

Imre trommelt met zijn vingers op het stuur. 'Elysium City Gym... interessant,' mompelt hij voor zich uit.

60

Op schoot grijpen mijn handen in elkaar. Nerveus wrijf ik met mijn duim over mijn knokkels en concentreer me op geluid dat uit de sportzaal komt. Het liefst zou ik mijn oor tegen de deur aan drukken. Voor de tweede keer deze week ben ik – letterlijk – buitengesloten. Wat Jonathan daarbinnen zegt en doet en hoe Vegas op hem reageert, ik ben er geen deelgenoot van. Ik heb mijn dochter overgedragen aan iemand die voor de helft verantwoordelijk is voor haar genetische materiaal, maar die ik nauwelijks ken.

Sinds Vegas weet dat haar vader contact met haar wil is ze helemaal niet meer bezig met de Kinderbescherming en de politie. Voor vertrek maakte ze zich neuriënd op, ze trok steeds een andere outfit aan en kwam zelfs om mijn mening vragen. Het is lang geleden dat ik die sprankeling in haar ogen heb gezien. Bloednerveus voor de ontmoeting met haar vader, tegelijkertijd opgetogen. Ik voel me schuldig dat ik haar dit zo lang onthouden heb.

Stemverheffing uit de sportzaal doet me opschrikken uit mijn gedachten. De deur vliegt met een klap open.

Vegas komt naar buiten gestoven, ze haast zich langs me heen in de richting van de trap. 'Ik wil naar huis, mam.' Haar voetstappen roffelen op het harde meranti.

Jonathan staat in de deuropening. Hij kijkt me aan met een blik die ik niet goed kan peilen.

'Wat is er gebeurd?' vraag ik.

'Ga achter haar aan. Het heeft tijd nodig. Ik bel je morgen, goed?'

61

In de auto word ik gebeld door iemand van de Kinderbescherming; een vrouw die bij ons thuis wil afspreken om afzonderlijk met mij en Vegas te praten. Ze komt nogal zakelijk en bits op me over. Dat ik mijn aandacht moet verdelen tussen haar vragenvuur, het drukke verkeer en Vegas die mokkend naast me zit, maakt dat ik van de weeromstuit niet meer weet wat voor dag het is, en het gesprek nogal stroef verloopt. We hebben morgen in de namiddag afgesproken, zodat Vegas gewoon naar school kan.

'Dus ik moet naar school?' vraagt ze, nadat ik de verbinding heb verbroken.

'Ik wilde die optie openhouden. Wat zou je anders willen?'

Ze haalt haar schouders op.

'Zal ik je brengen? Dan hoef je niet te fietsen.'

'Om me te controleren zeker?'

'Nee, natuurlijk niet.'

In stilte hoop ik dat de Kinderbescherming niet ook met haar decaan gaat praten. Die nam het spijbelen al zo hoog op; nu er inbraak bij is gekomen, wordt ze misschien wel van school gestuurd. Vegas klaagt nu al over de afstand, en de alternatieven liggen verder bij de kliniek vandaan.

'Wat komt die vrouw bij ons thuis doen?' vraagt ze.

'Ze willen uitzoeken of wat je hebt gedaan het gevolg is van je opvoeding en de manier waarop wij leven. Als dat hun conclusie is, grijpen ze in.'

'Huh? Hoe dan?'

Flarden van tv-documentaires schieten door mijn hoofd. Horrorverhalen over onterechte interventies, machtsspelletjes, bureaucratie, wanhopige ouders en verscheurde gezinnen.

'Dit is voor mij geen dagelijkse kost, Vegas,' zeg ik zacht.

Stilte.

‘Maar ik kon toch niet weten dat Denzell zou gaan vechten?’ roept ze ineens.

‘Vond je inbreken al niet erg genoeg?’

Ze wendt zich zwijgend van me af.

Als ik in de buitenspiegel kijk om te zien of ik kan inhalen, valt me een zilvergrijze auto op. Precies zo’n auto zag ik toen ik me bij Elysium City Gym achter Vegas aan naar buiten haastte. Ondanks de commotie trok hij mijn aandacht, omdat hij vanaf de ventweg aan de overkant ineens begon te rijden en bijna een motor schepte. De motorrijder schreeuwde en gaf een klap op het dak.

‘We zouden alleen maar die wiet nakken,’ hoor ik Vegas naast me zeggen.

‘Stélen, bedoel je,’ flap ik eruit.

Ze gaat weer verzitten, met haar armen over elkaar.

Ik zou haar willen vertellen dat die taal niet bij haar past en dat die stoere houding haar niets gaat brengen, maar ik besef dat ik al te veel heb gezegd.

Na een korte stilte vraag ik: ‘Ben je verliefd op die jongen, die Wesley?’

‘Dat zijn mijn zaken.’

‘Natuurlijk. Maar ook een béétje de mijne, toch?’

‘Nou, sorry hoor. Zodra het kan, ben je van me af.’

Als het haar bedoeling was om me pijn te doen, dan is ze daarin geslaagd. Ik bijt op mijn wang, schakel op.

Als ik in de binnenspiegel kijk, zie ik de grijze auto nergens meer.

62

Lara heeft haar mond weer eens niet kunnen houden, en nou weet de hele school dat ik door de politie ben opgepakt. Mijn telefoon zoemt constant.

fleur is het waar? vind het niks voor jou
nina heb je fittie met lara?
wieke ben je geschorst?

Ik wil al die vragen niet beantwoorden. Ze willen alleen dingen over me te weten komen zodat ze weer wat te kletsen hebben. Alsof hun leventjes zo perfect zijn.

Buiten het zicht van mama zet ik het geluid van mijn telefoon uit en stop hem weg.

Ik heb het echt verpest.

Opgepakt voor diefstal, een nacht in een cel gezeten. Veel te vaak gespijbeld. Een grote bek gehad tegen mijn moeder. Mijn enige echte vriendin heeft me verraden.

Maar het ergste van alles vind ik dat mijn vader denkt dat ik een onhandelbare bitch ben. Ik had mijn smoel moeten houden, die bokshandschoenen gewoon aan moeten trekken.

Waarom doe ik steeds van die stomme dingen?

Nou heb ik niemand meer.

63

Ik heb Vegas vanochtend naar school laten fietsen, maar met een knoop in mijn maag. Ik kan alleen maar hopen dat ze na school rechtstreeks naar huis komt, zoals ze me heeft beloofd, zodat ze op tijd terug is voor het gesprek met de Kinderbescherming.

'Ik was haar het liefst stiekem gevolgd,' zeg ik. 'Maar als ze me zou betrappen, vertrouwt ze me nooit meer.'

Jonathan staat met zijn armen over elkaar geslagen naar me te luisteren. Hij draagt een joggingsbroek en een grijze hoody en leunt tegen het keukenblokje in de kliniek. Een kwartiertje geleden meldde hij zich aan de balie, onaangekondigd.

'Je hebt toch altijd goed contact met haar gehad?' vraagt hij.

Ik knik. 'Het is misgegaan toen we hier zijn gaan wonen.'

'Dan komt het wel weer terug.'

'Ze verwijt me zoveel.' Ik kijk naar buiten, naar de dunne berken die wiegen in de wind. 'Misschien heeft ze wel gelijk en heb ik te weinig rekening met haar gehouden.'

'Je bent te hard voor jezelf. Op die leeftijd hangen er hierboven nog aardig wat draadjes los.' Hij grijnst. 'En ik kan het weten. Dat ik nog leef, is een wonder.'

Ik geef hem een beker koffie en schenk thee in voor mezelf. Met Jonathan in de buurt voelt de ochtend lichter aan, vriendelijker. 'Dat wil ik graag geloven, maar ik maak me echt zorgen.'

'Het komt wel goed met haar.'

'Waar baseer je dat op?'

Hij neemt een slok koffie. 'Jij zult het niet als een positieve eigenschap ervaren, maar dat ze haar mond kan houden tijdens een politieverhoor...', hij trekt zijn wenkbrauwen op, knikt goedkeurend, '...wil zeggen dat ze loyaal is en sterk en zich niet laat beïnvloeden.'

'Als ze zich niet laat beïnvloeden, waarom ging ze dan mee stelen?'

'Omdat ze dat wilde,' zegt hij kalm. 'Vegas heeft haar prioriteiten nog niet op orde, haar vrienden zijn voor haar nu het belangrijkste. Weet je toevallig of ze nog vastzitten?'

Ik haal mijn schouders op, sluit mijn handen om de mok.

'Als ze achttien zijn waarschijnlijk nog wel. Dus dan kun je ervan uitgaan dat ze vandaag nog geen contact met elkaar hebben.' Hij laat de koffie in zijn beker rondwalsen. 'Ik zou wel willen weten wat voor gastjes het zijn, die Denzell en Wesley.'

'Ik ook.' Mijn stem klinkt plotseling schor.

Hij kijkt me zwijgend aan.

'Nog geen jaar geleden zei ze dat ze zo blij was dat ik haar moeder ben, en nu komt ze out of the blue met de opmerking dat ze zo snel mogelijk op zichzelf wil. Ze is veertien!' Ik sluit mijn ogen. 'En weet je waar ik bang voor ben? Dat ze... dat –'

'Kom hier.' Jonathan pakt de mok uit mijn handen en slaat zijn armen om me heen.

Verrast door de warmte en rust die van hem af stralen, vlij ik me tegen hem aan. Ik leg mijn hoofd tegen zijn borst en voel zijn hart kloppen – traag, krachtig.

'Het speelt al veel langer en ik had het niet eens in de gaten,' zeg ik. 'Wat voor ouder ben je dan?'

'Een moeder die haar kind vertrouwen gaf.'

'Vanmiddag komt dat mens van de Kinderbescherming. Wat als ze Vegas uit huis gaan plaatsen?'

'Gebeurt niet.'

'Hoe weet je dat zo zeker?'

'Die instanties zijn er voor echte probleemgevallen. Als ze merken dat je het hier verder goed voor elkaar hebt, gaan ze weer een deur verder.'

'Denk je?'

Zijn vingers gaan nu door mijn haar. 'Tuurlijk. Gewoon rustig blijven, laat je niet uit je tent lokken.'

Ik leg mijn handen op zijn borst, die aanvoelt als een warm rotsblok. 'Lief dat je helemaal hierheen gekomen bent.'

'Ik ben van plan om vaker te komen.'

'O?'

'Als jij het oké vindt, zou ik Vegas beter willen leren kennen in haar eigen omgeving. Ik heb het verkeerd aangepakt door haar meteen mijn wereld in te willen trekken en haar mijn standaard op te willen leggen.'

Een kuchje. Geschuifel.

Ik schrik op.

Deon staat in de deuropening.

Hoelang al?

Ik wil me uit de omhelzing losmaken, maar Jonathan houdt me tegen.

'En jij bent?' vraagt Deon. Hij doet zijn witte jas uit.

'Jonathan de Wit,' zeg ik. 'Eh, Jonathan, dit is Deon Niekerk.'

'Kan hij zelf niet praten?' Deon steekt zijn hand niet uit.

Jonathan evenmin – zijn hand ligt nog steeds op mijn onderrug. 'Ik voelde me niet aangesproken.'

'Zo zo.' Deon hangt zijn jas aan de haak naast de deur.

'Wat is je probleem?'

De plotselinge scherpte en de autoriteit die Jonathan in zijn stem legt, herinneren me aan de man die hij kon zijn als het gezelschap hem niet aanstond en de drugs – dat ben ik pas later gaan begrijpen – hem ongevoelig maakten voor mijn kalmerende woorden.

'Deon is mijn werkgever,' zeg ik snel. Ik zet een stap opzij, zodat Jonathan me wel moet loslaten, en richt me op Deon. 'Jonathan is een goede vriend, we zijn in overleg.'

Deon negeert me. Hij blijft Jonathan aankijken en maakt een cirkelbeweging met zijn vlakke hand, alsof hij een bezwering uitspreekt over de vloer. 'Voor alle duidelijkheid: dit is mijn kliniek. Dus dat overleggen doe je maar ergens anders.'

64

Regendruppels glijden langs mijn gezicht en hals zo onder mijn jas. Mijn broek is nou al doorweekt, en ik ben nog niet eens halverwege. De stof plakt aan mijn benen. Ik hijg, blijf doorfietsen met mijn hoofd een beetje gebogen tegen de wind. De lichtbundel van mijn fietslamp gaat schokkerig over het natte fietspad en de boomstammen. Nog acht kilometer en dan ben ik bij het station.

Ik ga niet naar school. Ze zullen me daar aanstaren alsof ik een aapje in een kooi ben. Dat moet wel, want ik heb nog nooit zo veel appjes en berichten gehad. Zelfs mensen die ik niet eens ken vragen of het waar is dat ik gearresteerd ben. Hebben ze zelf geen leven?

Het liefst zou ik helemaal opnieuw beginnen, ergens anders, nieuwe vrienden maken op een plek waar niemand me nog kent. Misschien wel in Amersfoort.

Toen ik vanochtend opzocht hoelang je erover doet om er te komen met het ov, schrok ik. Met de auto was het maar een uurtje. Ik schrok ook van de prijs van een retourtje, dat ga ik echt niet betalen. De kans dat ze je pakken is toch hartstikke klein.

Ik omklem mijn handvatten, stamp op de trappers. Dit is de saaiste weg *ever*. Vier kilometer lang rechtdoor, met aan de rechterkant het bos en links van me de weg voor de auto's met een berm met kale struikjes en bomen. Mijn stuur trilt bijna uit mijn handen door de boomwortels die tussen het asfalt omhoogkomen – ze mogen dit fietspad wel eens opknappen. Of zijn ze daar al mee begonnen? Verderop staat een wit busje, half in de berm. Een van de achterdeuren is open. Er komt een man uit gesprongen met donkere kleding. Hij houdt een stuk gereedschap vast, een hark of een spade, ik kan het niet goed zien.

Als ik dichterbij kom ziet de man mij ook. Hij zoekt oogcontact, zegt iets tegen me – ik zie tenminste zijn mond bewegen.

Ik versta hem niet, ik heb oortjes in. Omdat ik niet onbeleefd wil zijn roep ik 'Hallo' in het voorbijgaan en fiets dan harder door. Die man had een vreemde vibe. Het leek wel of hij iets van me wilde, zoals hij naar me keek.

Ik druk mijn kin naar mijn borst. Het is harder gaan regenen, de druppels vallen op het asfalt als een ruisend gordijn. Ik tel de dagen af tot ik zestien word en eindelijk een scooter mag.

Achter me komt een auto aangereden. De koplampen verlichten de natte stammen van de bomen. Ik zing hijgerig mee met de muziek die door mijn AirPods klinkt. '*You should see me in a crown, I'm gonna run this nothing town, watch me make 'em bow... one by, one by, one, one by, one by...*' Mama vindt Billy Eilish te somber. Ze snapt het niet, haar muziek is geniaal.

Die auto rijdt wel heel sloom, die had me nu onderhand al gepasseerd moeten zijn. Ik probeer over mijn schouder te kijken wat er aan de hand is, maar mijn capuchon zit in de weg.

Mijn fiets wordt van achteren geraakt. Gekraak van metaal, getinkel van stukjes plastic en glas die over het wegdek schieten. Het stuur klapt uit mijn handen en ik kom voorover op het natte asfalt terecht. Mijn fiets valt half op me. Het gaat zo snel en onverwacht dat ik nauwelijks besef wat er gebeurt. Ik trek mijn been onder mijn fiets vandaan en druk mezelf omhoog, maar voor ik kan opstaan word ik ruw onder mijn oksels vastgegrepen en over het fietspad naar achteren toe gesleurd.

65

Ik pak Jonathan bij zijn mouw. 'Kom.'

Hij verstart even en laat zich dan meenemen langs de balie en de wachtkamer naar de zijingang.

Pas daar laat ik hem los.

'Heb je iets met die gast?' vraagt hij.

'Niet echt.'

'Niet echt, of echt niet?'

'Eh... Het stelde niets voor.'

'Daar denkt hij anders over.' Jonathan werpt een donkere blik in de richting van waar we vandaan komen. 'Vind jij dit normaal?'

'Deon is intens.'

'Gestoord, bedoel je. Ik herken een psycho als ik er een zie.'

'Die directheid van hem moet je –'

'Hij spoort niet, Emma.' Jonathan maakt een cirkeltje bij zijn slaap. 'Loco.'

'Dat kan wel zo zijn, maar hij is ook mijn werkgever. En ik huur mijn appartement van hem.'

'Daar ben je dan mooi klaar mee.'

'Deon is best te doen als je hem beter kent,' zeg ik zwakjes.

Achter Jonathan zoekt Marleen contact met me. Ze steekt drie vingers omhoog en wijst daarna naar mij: *drie patiënten in de wachtkamer, voor jou.*

'Ik moet weer aan het werk,' zeg ik. 'Wat spreken we af?'

'Zullen we zondag iets leuks gaan doen met z'n drieën? Naar de Efteling of zo? Ik trakteer.'

Ik schiet in de lach. 'De Efteling, serieus? Zouden we niet beter eerst naar K3 gaan?'

Hij kijkt me niet-begrijpend aan.

'Je krijgt Vegas echt niet mee naar een pretpark. Met vrienden en klasgenoten gaat ze wel, maar niet met mij.'

Vanuit mijn ooghoeken zie ik Bob naar de balie lopen. Hij wisselt een paar woorden met Marleen en komt dan in een rechte lijn op ons af. 'Is er iets?' vraagt hij aan mij, en hij knikt Jonathan vriendelijk toe.

Ik stel de mannen aan elkaar voor, opgelucht dat er tenminste één collega in het pand is die zich sociaal opstelt.

Bob neemt Jonathan nieuwsgierig op van achter zijn brillenglazen. De mannen zijn ongeveer even lang, allebei tegen de één meter negentig, voor de rest kan het contrast niet groter zijn. Bob met zijn rozige huid, lichtelijk bekakt accent en Hilfiger-polo; Jonathan hoekig, direct en rauw, een en al fysieke kracht.

'Dat ik jou niet eerder gezien heb, ligt vast aan mij?' vraagt Bob.

'Ik ben hier vandaag voor het eerst.'

Bob knijpt zijn ogen tot spleetjes. 'Ik meen te horen dat je niet uit de regio komt.'

'Klopt, ik woon in Amersfoort.'

'Aha.' Hij knikt, kijkt verrast. 'Dat ligt behoorlijk uit de richting. Waar ken je Emma van?'

'Genoeg gekletst, dames,' zeg ik.

Binnenkort zal ik mijn collega's vertellen dat Jonathan Vegas' vader is, maar daarvoor vind ik het nu nog te vroeg.

Jonathan begrijpt mijn hint. Hij haalt zijn telefoon tevoorschijn en werpt er een blik op. 'Ik ga ervantussen. Er staat zo een klasje op me te wachten.'

'Klasje... ben je leraar?' vraagt Bob.

'Sportleraar. Ik geef boks- en kickbokslessen.'

Bobs gezichtsuitdrukking verandert. 'Dus ik moet met jou geen ruzie maken.'

Jonathan grijnst alleen maar, zegt niets.

'Ik moet nu echt naar m'n patiënten,' zeg ik.

'En ik naar mijn les.' Jonathan drukt Bob de hand ten afscheid en knipoogt naar me. 'We houden contact.'

66

Ik probeer mezelf los te worstelen en trap wild om me heen, maar ik word opgetild alsof ik niets weeg en in de laadruimte van het busje gesmeten. De man is meteen bij me, ik hoor hem hijgen, binnensmonds vloeken. Hij trekt mijn handen op mijn rug en bindt mijn polsen aan elkaar. Daarna plant hij zijn knie in mijn onderrug, hij leunt er met zijn hele gewicht op. Mijn ruggengraat kraakt en de tranen schieten in mijn ogen. Ik kan nauwelijks ademhalen. Mijn enkels worden aan elkaar vastgemaakt. Ik probeer te schreeuwen, maar er komt bijna geen geluid uit mijn keel.

De man grijpt me bij mijn haar en trekt me half omhoog. 'Sst, stil,' sist hij, en hij drukt iets kleverigs tegen mijn mond. Het is tape – een rol die hij om mijn hoofd heen wikkelt, over mijn oren, mijn achterhoofd, en nog eens over mijn mond. Hij rolt me op mijn zij en rukt de rits van mijn jas open, doorzoekt mijn zakken. Mijn telefoon steekt hij bij zich en dan springt hij weer uit de bus. Ik kan mijn mond niet openen, ik kan me amper bewegen. Snuivend haal ik adem. Ik hoor het geratel en getik van mijn fietsketting en het volgende moment wordt mijn fiets in de laadruimte gesmeten, mijn rugzak met boeken erachteraan, mijn bidon. De man schuift de deur dicht en alles wordt donker.

67

'Ik wist niet dat jij omging met dat soort mensen.'

'Dát soort mensen?' Ik trek een wenkbrauw op.

Bob kijkt nieuwsgierig langs me heen naar buiten, waar Jonathans pick-up het terrein af rijdt.

'Nou, een kickbokser...'

'Er is vast nog wel meer dat je niet van me weet,' snauw ik. Bob is een schat en ik heb hem hoog zitten als collega, maar hij moet niet denken dat zijn persoonlijke normen en waarden bepalend zijn voor de rest van de wereld. Dit is precies de reden waarom ik Bob zo weinig heb verteld over de problemen met Vegas. Daar komt bij dat hij bij verschil van mening niet, zoals Deon, een discussie met je aangaat. Hij laat eerder stilzwijgend zijn afkeuring blijken. Dat vind ik duizend keer erger, omdat hij me daarmee het gevoel geeft dat hij boven me staat. Het zou best goed zijn voor de realiteitszin van Bob en Thérèse als er bij hen óók eens iets mis zou gaan, bedenk ik zuur, iets waarop hij geen antwoord heeft, zodat hij eindelijk eens begrijpt dat je de weg die je bewandelt simpelweg niet altijd in de hand hebt.

Weinig kans natuurlijk.

Bij sommige mensen schijnt de zon altijd.

'Wel een beetje oppassen met zulke types, Emma.'

Ik draai me met een ruk om.

Deon is bij ons komen staan. 'Voor je het weet sta je pitbulls op te lappen of renpaarden te drogeren voor zijn matties.'

'Waar bemoeien jullie je mee?' Ik kijk van de een naar de ander. 'Dit gaat echt veel, véél te ver.'

Ik stuif langs Deon heen naar de wachtkamer. Als ik mijn eerste patiënt wenk om met me mee te lopen, klinkt zijn bulderende lach door het hele pand.

68

Imres werkbus hobbelt over het karrenspoor dat langs een vervallen champignonschuur naar de boerderij leidt. Die stond al lange tijd leeg toen Imre haar voor een habbekrats kon kopen. Daarvóór hadden er seizoenarbeiders in gewoond, drie, vier mannen per kamer. Hun bedden stonden er nog en de vloer lag bezaaid met tijdschriften, lege verpakkingen en kledingstukken die niemand miste. Overal op het terrein kwam hij wodkaflessen en platgetrapte bierblikken tegen tussen het puin en het onkruid. Het maakte niet uit, hij had de tijd.

Inmiddels zijn alle elektra en de waterleidingen vernieuwd en is het dak dicht. Als hij in dit gestage tempo doorwerkt, is het over twee jaar af.

Imre keert, rijdt de schuur in en stapt uit. Ver boven zijn hoofd klettert de regen op het golfplaten dak. Hij loopt naar de zijkant van de bus en trekt de schuifdeur open.

Het meisje ligt met haar hoofd ter hoogte van de bagagedrager van haar fiets. Grote ogen, angstig, haar huid grauw. Vloekend springt hij de bus in en snijdt de tape los. Ze hapt meteen naar adem. Hij haalt de rest van de tape weg, en kan niet voorkomen dat er plukken haar aan blijven kleven. Daarna diept hij de rol tape op uit zijn jaszak en plakt opnieuw een paar lagen over haar mond. Zorgvuldiger; ze kan nu vrij door haar neus ademen.

'Zo, Vegas,' zegt hij zacht.

Ze wendt haar gezicht af en trekt haar knieën op in een aandoenlijke poging zich onzichtbaar te maken.

69

Ik heb niet tegen Deon gezegd dat ik een paar uurtjes eerder naar huis ging. Nog natrillend van woede heb ik mijn patiënten weggewerkt en ben ik zonder me af te melden naar boven gegaan. Ik zet het dakraam in Vegas' kamer open en pluk de vuile was en glazen van de grond, stofzuig alle kamers en werk de vaat weg. Daarna leeg ik de kattenbak en maak hem schoon met chloor. Mevrouw Laak van de Kinderbescherming zal zelf kunnen ervaren dat het hier geen huishouden van Jan Steen is. In een hoek van de woonkamer staat een plant met verdorde bladeren. Ik knip de lelijke takken eruit en dompel de pot onder in een emmer lauw water – alles floreert in Huize Van Eerd. Al doende kom ik steeds meer dingen tegen. Een mand met verschillende losse sokken, de badkamerspiegel vol tandpastavlekken. Op een gegeven moment sta ik zelfs mijn boeken te sorteren; ik zet de werken van Hawking, Darwin en Harari prominent op ooghoogte en verban de Crossfire-reeks van Sylvia Day naar de slaapkamer.

Als ik daarmee klaar ben is het halfvier en is Vegas nog steeds niet thuis. Ik bel haar nummer – voicemail. Waarvoor geef ik haar een duur abonnement als ze toch nooit bereikbaar is als ik haar nodig heb?

In de badkamer haal ik een borstel door mijn haar en doe het in een staart. Nee, te simpel. Ik haal het weer los en zet het vast in een knot. Chiquer.

In mijn kast hangt amper nette kleding. Snel trek ik mijn zwarte broek aan en de groene blouse die ik met kerst droeg – er ontbreekt een knoop van de manchet, zie ik nu, en op de andere mouw zit een vlek. Ik sla de mouwen om tot boven mijn ellebogen en kijk voor de tiende keer op mijn telefoon. Geen berichtje, niks. Verdorie.

Is ze bij die jongens?

Nee, natuurlijk niet. Die zitten nog vast.

Ik bel Vegas nog eens. *'Goedendag, dit is de voicemail van 0653…'* Ik stoot een kreet uit en gooi de telefoon van me af. Hij maakt een zachte landing op de bank.

De bel gaat.

Binnensmonds vloekend loop ik de trap af. Ik probeer

een zo vrolijk mogelijk gezicht op te zetten en open de buitendeur.

70

Mijn ontvoerder draagt een bivakmuts en zijn donkerblauwe donsjack is tot bovenaan dichtgeritst, zodat zijn gezicht bijna helemaal verborgen is. Maar het litteken op zijn neus heb ik gezien – een soort weerhaakje. Eerder vandaag heb ik bruine krullen onder zijn muts vandaan zien komen. Toen viel er van boven nog daglicht naar binnen – er zitten dus gaten of ramen in het dak van deze loods of werkplaats, of wat het ook is.

Het ruikt hier naar natte aarde en vers hout, en af en toe hoor ik regen op het dak ratelen. Soms klinken er geluiden van buiten, gedempt door de wanden van het busje. Een schuurmachine, gehamer. Ik moet plassen.

Hoelang ik hier al lig weet ik niet, maar ik denk al de hele dag. De man is al drie keer bij me wezen kijken. Ik hoor hem altijd aankomen: gekraak van een grote deur, voetstappen, gekuch, en dan schuift hij de zijdeur van het busje open. Hij blijft steeds staan, net als nu, en kijkt alleen maar naar me met zijn zwarte, dicht bij elkaar staande ogen. Zegt niets. Na zijn inspectie schuift hij de deur dicht en is alles weer aardedonker.

71

'Ik verwacht haar elk moment thuis,' zeg ik.

Mevrouw Laak kijkt me aan met een uitdrukking die het midden houdt tussen ongeloof en minachting. 'U hebt haar naar school laten fietsen?'

Ik probeer te glimlachen, maar ik weet niet of ik erin slaag. 'Ze fietst altijd naar school.'

Laak werpt een blik uit het raam, kijkt naar de bomen en de parkeerplaats. Haar manier van doen heeft iets vogelachtigs; de abrupte hoofdbewegingen en de bijna verongelijkte blik. 'Maar het is nu wel een uitzonderlijke situatie, vindt u niet? Uw dochter is momenteel zeer kwetsbaar.'

Ik voel me licht in het hoofd worden. Misselijk ook.

'Zeker.' Een van mijn mouwen zakt naar beneden. Ik stroop hem omhoog. Mijn handen beven, en ik vrees dat de stress op mijn stem is geslagen.

Pure faalangst; ik word gewogen én berecht in mijn eigen huis. Wat deze vrouw van mij vindt is van cruciaal belang voor alles wat er hierna met mij en mijn kind gebeurt.

Vegas, waarom laat je me zitten? Je weet toch hoe belangrijk dit is?

Laak staat nu mijn woonkamer te scannen, een map onder haar arm geklemd. Ik volg haar blik en zie dingen die ik vergeten ben op te ruimen. Een nagelschaartje op tafel, een vies glas in de vensterbank, opengescheurde post onder de salontafel.

'We kunnen een nieuwe afspraak maken bij mij op kantoor.'

'Graag,' zeg ik, net iets te snel.

Ze kijkt me peilend aan. 'Maar ik moet dit wel meenemen in de weging.'

'Uiteraard,' hoor ik mezelf piepen, en ik noteer de afspraak in mijn agenda – Mevrouw Nel Laak, volgende week dinsdag om halfvier.

Nadat ik haar heb uitgelaten ga ik met mijn rug tegen de deur staan en sluit ik mijn ogen. *Vier seconden inademen, zeven seconden vasthouden, acht seconden uitademen...* Ik blijf de ademhalingsoefeningen herhalen tot ik merk dat de spanning afneemt. Weer binnen word ik zo ongeveer besprongen door Anubis. Ik knip het licht in de keuken aan en vul zijn etensbakje.

Het is al bijna donker buiten. 'Waar blijf je nou?' fluister ik voor me uit.

Prompt begint mijn telefoon te zoemen. Maar de opluchting die door me heen stroomt wordt meteen tenietgedaan als ik zie dat het berichtje van Deon afkomstig is.

deon sorry van vanochtend, emma
was flauw van me

Ook dat nog.

deon wil het goedmaken
zin/tijd om hapje mee te eten?
je dochter uiteraard ook welkom

Ik blaas lucht uit en begin te typen.

emma excuses aanvaard, maar ik heb al plannen
fijn weekend. zie je maandag

Blauwe vinkjes. Gespannen staar ik naar het schermpje.

Deon gaat weer offline – gelukkig.

Ik stop mijn telefoon weg en loop naar het raam. Het waait hard, natte sneeuw geselt de bomen en het grind. Is Vegas onderweg naar huis? Fietst ze daar ergens in die sneeuwbui?

Ik haast me terug de gang op, trek mijn jas aan en pak mijn autosleutels.

72

De weg is lang en donker en de sneeuw beneemt me af en toe het zicht. Bij elke fietser die ik tegenkom laat ik mijn gas los in de hoop dat het Vegas is. Het zijn de langste kilometers die ik ooit heb afgelegd.

Ik zet de auto stil bij de scholengemeenschap, een gebouwencomplex met veel glas. Er brandt licht daarbinnen en er is nog steeds beweging. Met enige regelmaat komen leerlingen naar buiten. Weggedoken in hun winterjassen verdwijnen ze in de richting van de fietsenstalling of de bushalte. Is Vegas daar nog ergens, in een van die gebouwen? Moet ze nablijven, of heeft ze een toets in te halen? Ik stap uit en loop op een drafje naar de stalling. Er staan nog een stuk of twintig fietsen, maar die van Vegas is er niet bij. Er komt een inktzwarte gedachte in me op: stel dat ze vanochtend helemaal niet naar school is gegaan?

Zodra het kan, ben je van me af.

In een flits zie ik een AMBER Alert voor me. Een portretfoto van mijn dochter met de tekst: 'Vegas heeft schouderlang donkerbruin haar en droeg op de dag van haar verdwijning een zwarte jas, een spijkerbroek en zwarte, halfhoge laarsjes met zilverkleurige gespen.' Ik loop terug naar mijn auto en kijk naar het schoolgebouw, de wind trekt aan mijn haar. Natuurlijk kan ik de conciërge bellen om naar Vegas te informeren, maar als ze de afspraak simpelweg is vergeten en na school met een vriendin mee naar huis is gefietst, zet ik er alles onnodig mee op scherp. Na haar furieuze aftocht bij Elysium City Gym van gisteravond ga ik er niet van uit dat ze naar haar vader is gegaan, toch stuur ik Jonathan een appje met de vraag of ze bij hem zit.

In sommige klaslokalen gaan de lichten uit. Wat moet ik doen? Het is pas vijf uur – er is nog steeds een kans dat ze naar huis komt.

Of al thuis is?

Ik stap weer in en rijd de weg van school naar huis terug. Het is opgehouden met sneeuwen, het wegdek sist onder mijn banden. Net als op de heenweg speur ik naar fietsers en laat ik het gas los als ik iemand zie die op Vegas lijkt.

Bij de kliniek rijd ik door naar de zijingang. Vegas' fiets staat niet onder het afdakje.

Het is tien voor halfzes.

Wanneer mag ik me echt zorgen gaan maken? Vanaf welk tijdstip is het geoorloofd om alsnog de school te bellen – of de politie?

Ik weet te weinig van de mensen met wie Vegas momenteel omgaat. Haar vriendschap met Fleur en Yentl is bekoeld sinds ze van hockey af is. Ik heb die twee al een hele tijd niet meer bij ons thuis gezien. Vegas had het laatst over ene Soraya, een buurmeisje van Lara, maar met haar had ze niet zoveel, zei ze. Vegas is geen meisje met een brede vriendenkring, integendeel: zij en Lara waren zo dik bevriend dat er nauwelijks ruimte was voor anderen.

Vijf voor halfzes.

Ik start de auto en rijd terug naar de weg.

73

Dit heeft met de diefstal te maken, dat kan niet anders. Wesley zei dat die oude man een hippie was, en dat was hij misschien ook wel, maar wat als hij die planten niet voor zichzelf kweekte, maar voor een stel criminelen?

Ik heb alle seizoenen van *Mocro Maffia* gezien, dus ik weet heel goed waartoe die in staat zijn als je ze kwaad maakt. Fucked up shit.

Wat gaat er met me gebeuren? Waar wacht die man op? Ik doe mijn uiterste best om niet te gaan huilen, want dan loopt mijn neus vol en kan ik niet meer ademen.

74

'Jou had ik hier niet verwacht, Emma.'

David staat met zijn armen over elkaar in de deuropening. Zijn afstandelijkheid raakt me diep, maar ik pas ervoor daar iets van te laten blijken.

'Ik zou graag even met Lara praten,' zeg ik. Vanuit het huis klinkt getinkel van glazen, bestek, geroezemoes, de tv staat aan.

David kijkt een beetje moeilijk naar me. 'Ze is eh... met haar huiswerk bezig.'

'Het duurt niet lang.'

'Waar gaat het over?'

'Wesley. Ik heb zijn achternaam en adres nodig.'

Zijn gezicht betrekt.

'Ik wil weten met wie ik te maken heb,' ga ik verder. 'Dat moet jij toch begrijpen, als vader.'

'Wij willen het liever laten rusten.'

'Dat is voor jullie wat makkelijker dan voor mij.'

Net als ik denk dat hij de deur voor mijn neus dicht wil slaan, draait hij zich om en roept zijn dochter.

Ze komt schoorvoetend vanuit de woonkamer naar voren. Op haar T-shirt staat een afbeelding van een rockband uit de jaren tachtig, haar blonde haar zit in een paardenstaart. Zodra ze me ziet slaat ook zij de armen over elkaar en ineens treft me de gelijkenis – David en zijn blonde, vrouwelijke *mini me.*

'Hoe heet dat mannetje, die Wesley, met zijn achternaam?' vraagt David aan Lara.

'Weet ik niet,' zegt ze, zonder een van ons aan te kijken.

Ik moet me inhouden om haar niet aan te vliegen. 'Dat weet je wel, Lara.'

'Kalhoven of zo,' haast ze zich te zeggen.

'Wesley Kalhoven?'

'Eh... ja, ik denk van wel.'

'Is hij al vrij?'

'Hoe kan ik dat weten?'

David legt een hand op de schouder van zijn dochter. 'Emma, voor de goede orde: wij hebben met die hele zaak niets te maken, en ik wil ook niet dat Lara er door jou bij betrokken raakt.'

'Even voor jouw informatie, David,' snauw ik, terwijl ik naar Lara wijs. 'Vegas heeft die jongens via jóuw dochter leren kennen, en niet andersom. Het zou haar sieren als ze daar eerlijk over was.' Ik wend me nu rechtstreeks tot Lara. 'Dit valt me vies van je tegen, meisje.'

Ze kijkt me met grote ogen aan. *Schuldig*, staat met kapitalen op haar voorhoofd geschreven. Vanbinnen juich ik, want het betekent dat Vegas eerlijk tegen me is geweest.

'Dus waar woont hij?' vraag ik haar.

Ze trekt haar schouders hoog op en laat ze daar; een schildpad die zich verschuilt in haar schild.

Ik zou haar graag door elkaar rammelen. 'Ik zal niemand vertellen dat ik het van jou heb gehoord. Je hebt mijn woord.'

'Wes woont in Oss,' zegt ze zacht, haar blik op de grond gericht.

'In welke straat?'

'Weet ik niet. Het is vlak bij het spoor, hij woont er met zijn vader.'

'Dááf, het eten is klaar! Laartje, dek jij de tafel?'

Lara maakt zich meteen uit de voeten.

Petra komt de gang in gelopen. 'Ik vind het vervelend wat er is gebeurd, Emma, maar ik denk dat we het hierbij moeten laten. Het is allemaal al ingewikkeld genoeg zonder dat wij, ouders, ons hiermee bemoeien. Sterkte ermee.' Ze trekt David naar achteren en duwt de deur voor mijn neus dicht.

75

Een deken, daar zou ik nu alles voor over hebben. En water. Helder, stromend water. Iemand die mijn boeien losmaakt, zodat ik weer kan bewegen. Een toilet, zodat ik af ben van die vreselijke druk op mijn blaas.

Mama.

Ik wil naar mama toe.

76

'Als Vegas bij mij zat, had je dat geweten,' zegt Jonathan door de telefoon. 'Is ze wel op school geweest?'

'Ik verwacht van niet.' Ik vertel hem dat ik bij Lara's ouders ben wezen informeren, en nu onderweg ben naar een van de jongens van de diefstal.

'Vermoed je dat ze daar zit?'

'Het is het enige wat ik nog kan bedenken. Anders is ze echt spoorloos.' Bij dat laatste woord breekt mijn stem.

Het blijft stil aan de andere kant van de lijn.

'Jonathan?'

'Ik douch hier gauw even en kom naar je toe,' zegt hij.

77

Imre bekijkt zijn werk van een afstandje. Hij is metselaar, geen timmerman, maar dit kun je gerust vakwerk noemen. De deur is zes centimeter dik en gemaakt van onverwoestbaar eikenhout. Massieve planken, loeizwaar. De scharnieren waaraan het gevaarte hangt, heeft hij zelf gesmeed. Het staal glanst in het felle licht van de bouwlamp. Imre peutert een splinter uit de muis van zijn hand en trekt zijn overall uit.

Daarna werpt hij een blik op zijn telefoon.

Het is tijd.

78

Er is maar één Kalhoven te vinden in Oss. Ik heb geen idee of Wesley en zijn vader op dat adres wonen, maar de straat ligt in elk geval dicht bij het spoor – wat op zich niet alles zegt, want de spoorlijn doorkruist het hele stadje.

De wijk doet rommelig aan, met straten vol rijtjeshuizen waarvan de kozijnen en deuren verschillende kleuren en stijlen hebben. Er is een snackbar, een kringloopwinkel en een kebabzaak. Overal staan auto's, hier en daar zelfs in de voortuin, en alles maakt een aftandse, mistroostige indruk. Niemand lijkt zich hier te bekommeren om de leefomgeving.

Ik stap uit en rits mijn jas dicht. Het is gelukkig droog. Met mijn tas dicht tegen me aan geklemd loop ik naar het middelste huis in de rij. Het heeft een smoezelige blauwe voordeur met gelig glas in vakverdeling. Alle gordijnen zijn gesloten. Op verzakte grindtegels in de tuin staat een scooter waar een paar enorme sloten aan hangen.

De bel maakt geen geluid. Ik probeer het opnieuw en luister ingespannen. Hij lijkt het echt niet te doen. Voorzichtig klop ik op een van de ruitjes. Drie keer, kort achter elkaar.

'Ja?' hoor ik een mannenstem heel dichtbij vragen.

Gedesoriënteerd kijk ik om me heen.

'Hiero!'

Recht boven de voordeur steekt een jongenshoofd uit het raam. Opgeschoren haar, hoge jukbeenderen. Om zijn hals bungelt een dikke ketting.

'Ben jij Wesley?' vraag ik.

De jongen knijpt zijn ogen tot spleetjes. 'Wie?'

'Wesley Kalhoven, dat ben jij toch? Ik ben de moeder van Vegas.'

'Hoezo komt de moeder van Vegas naar mijn huis?'

Hebbes.

De jongen maakt geen aanstalten om naar de voordeur te komen, hij blijft uit het raam naar beneden kijken.

'Ze is na school niet thuisgekomen,' zeg ik. 'En haar telefoon staat uit. Ik maak me erg ongerust.'

Hij pakt zijn telefoon erbij, werpt een blik op het schermpje. 'Ze heeft me vanochtend nog geappt.'

'En daarna?'

Hij schudt zijn hoofd.

'Ben jij haar vriend?'

Hij negeert mijn vraag, richt zich weer op zijn mobiel en typt iets met zijn duimen.

'Weet je zeker dat ze niet bij jou is?'

Hij trekt een wenkbrauw op alsof mijn vraag hem verbaast. 'Heel zeker.'

Op een of andere manier geloof ik hem.

Hij laat me zijn telefoon zien. 'Ik krijg haar voicemail.'

'Ik ook. Heb je een idee waar ze kan zijn? Heeft ze iets tegen je gezegd?'

'Nee, maar eh... ik moet zo weg.' Hij maakt aanstalten om het raam dicht te doen. 'Je hoeft niet ongerust te zijn, Vegas kan echt wel voor zichzelf zorgen.'

'Ze is pas veertien, een kind. Hoe oud ben jij eigenlijk?'

'Achttien,' antwoordt hij, duidelijk met tegenzin. Hij kijkt nog eens de straat in, dan weer naar mij. 'Ik ben geen snitch... maar eh, ik ga ook niet liegen tegen een moeder, snap je? Ze appte me vanochtend dat ze met de trein naar haar vader in Amersfoort ging. Ze vroeg of ik mee wilde, maar ik had andere dingen te doen.'

'Ze is daar niet aangekomen,' zeg ik, met een stem die niet meer op de mijne lijkt.

79

De lichtbundel schijnt recht in mijn gezicht.

Ik wend mijn gezicht af en trek mijn knieën op. Mijn broek is niet meer vochtig, maar de kou is dwars door mijn kleding heen getrokken. Die voel ik tot in mijn botten.

De man knipt het licht weer uit.

'Ik heb dorst,' fluister ik tegen een silhouet.

'Ja, dat zal vast wel.'

'Water, alsjeblieft.'

'Zo meteen.'

'Waarom ben ik hier?'

Hij reageert niet.

'Gaat het om die wiet, die oude man?'

Een paar seconden blijft het stil. Dan zegt hij: 'Ik ga je blinddoeken en dan breng ik je naar binnen.'

Alsjeblieft, laat me gaan, wil ik vragen, maar ik stoot alleen nog wat onsamenhangende klanken uit.

Naar binnen.

Is dat goed, of juist niet?

Een deel van me maakt het allemaal niets meer uit.

80

De sneeuw heeft een laag grijze prut op het wegdek achtergelaten. Ik rijd er veel te hard doorheen – de banden glijden af en toe weg.

'Ze kan nu dus overal zitten,' hoor ik Jonathan door de telefoon zeggen. Hij is net als ik onderweg naar de kliniek.

Vegas is niet gezien bij Elysium City Gym. Dus ze heeft óf vanochtend besloten om iets anders te gaan doen, óf er is haar onderweg naar Amersfoort iets overkomen. Ik klamp me vast aan de eerste gedachte, maar ik heb een naar voorgevoel. Zelfs met haar rammelende puberbrein zal Vegas het huisbezoek van de Kinderbescherming niet gauw vergeten zijn.

'Als ik haar niet thuis aantref, bel ik de politie,' zeg ik. Ons gesprek wordt onderbroken door een reeks piepjes. 'Jonathan? Ik krijg een telefoontje. Bel je zo terug.' Ik druk de verbinding weg.

Een onbekend nummer.

Ik neem meteen op. 'Emma van Eerd.'

'Emma...' De stem klinkt metalig als van een robot, of van iemand die uit een ver buitenland belt, met ruis op de lijn.

'Ja. Hallo?'

'Ben je alleen?'

'Met wie spreek ik?'

'Ik vroeg of je alleen bent.'

De haartjes in mijn nek springen overeind. Ik herken die stem. 'Ik... ik ben alleen.'

'Mis je iemand?'

'Of ik iemand...' begin ik. Dan stokt mijn stem.

Het voelt alsof mijn lichaam gevuld is met helium en alleen het stuur dat ik vastklem me nog verbindt met de werkelijkheid. 'Vegas,' stoot ik uit.

'Stop maar met zoeken, hoor,' klinkt het opgetogen.

Nee...

O, nee!

Mijn luchtpijp wordt dichtgeknepen. De inktzwarte parallelle werkelijkheid waarin ik leef sinds die afschuwelijke nachtdienst heeft een nieuw level van kwaadaardigheid bereikt.

'Heb je je tong afgebeten?'

'Waar is ze? Wat heb je met mijn dochter gedaan?'

'Rustig aan, moedertje, wat haal je je allemaal wel niet in je hoofd?'

'Je moet haar niet...' Licht van de straatlantaarns en het verkeer smelt samen en vormt een verblindende caleidoscoop in wit, geel en rood. Ik rijd met een bonk tegen de stoeprand omhoog, mijn auto komt half op de groenstrook tot stilstand. Achteropkomend verkeer rijdt me woest claxonnerend voorbij.

Ik hoor gemompel, onduidelijk, metalige tonen. En dan, timide, klein: 'Mam?'

Meer gekraak en ruis.

'Vegas? Végas! Waar ben je?'

Het gekraak wordt minder, de stem duidelijker. 'We moeten praten, Emma. Kom alleen, en kom op tijd. Ik hoef je denk ik niet uit te leggen wat er gebeurt als er toch iemand bij je is, of als ik de zaak niet vertrouw.'

81

Ik volg de gesproken aanwijzingen van Google Maps, maar heb nauwelijks door waar ik rijd. De wegen, de bomen erlangs, de huizen, de dorpen: als ik ze al opmerk is het alsof ik ze voor het eerst zie. Alsof ik in een vreemd land ben. Steeds opnieuw hoor ik Vegas' stemmetje.

Mam? Mam? ...Mám?

Ik zit gevangen in een duivels vacuüm, een schemerwereld, en ik kan niemand bellen, niemand waarschuwen. Mijn ouders niet, Jonathan niet. En de politie al helemaal niet.

Tegen de tijd dat ik op de ontmoetingsplek ben aangekomen is mijn ademhaling nog even snel en oppervlakkig. Ik kijk paniekerig om me heen. Wat is het hier donker. Een smalle polderweg met weilanden aan de ene, en bosschages aan de andere kant. Daarachter loopt de snelweg en is een groot benzinestation – het geel en rood van de lichtzuil schijnt tussen de wirwar aan stammen en kale takken door. Als ik een stukje verder rijd zie ik de inham waar de man op doelde, geflankeerd door populieren en struiken. Een enkele lantaarn verspreidt een zwak licht. Ik draai de inham in, rijd een tiental meters door en zet de motor uit.

Prompt wordt het portier aan de passagierskant opengetrokken. De man ploft naast me neer. Hij trekt mijn sleutel uit het contact en drukt de binnenverlichting uit. Om hem heen hangt de geur van vers geschaafd hout, en ook die van nicotine en oud zweet. Hij draagt een werkbroek, zwart en grijs, met witte stiksels.

‘Telefoon.’ Hij houdt zijn gehandschoende hand op. Zijn gezicht is deels verscholen achter een bivakmuts. In het schaarse licht van de lantaarn flonkeren zijn kleine, donkere ogen.

Ik geef hem mijn iPhone.

Hij zet hem uit en legt hem in het dashboardkastje. ‘Wat dacht je? Die gasten zullen me nou onderhand wel vergeten zijn, dus ik stap maar eens naar de politie.’

‘Hè?’ Ik frons mijn wenkbrauwen. ‘Nee, ik –’

Hij steekt zijn hand op. ‘Stop. Geen gelul.’

‘Ik ben niet bij de politie geweest!’

Hij grinnikt schamper. ‘Niet liegen, Emma. Je was er wel degelijk. Urenlang. Niemand is zomaar zo lang op een politiebureau. Dan moet je heel wat te vertellen hebben.’

Hij heeft me al die tijd in de gaten gehouden.

‘Zeg op, wat heb je ze allemaal verteld?’

‘Niks! Ik heb jullie mijn woord gegeven. Ik... ik weet niet wat je gezien hebt, maar het had niets met jullie te maken. Ik was daar voor Vegas.’

‘Je kwam anders alleen naar buiten.’

‘Vegas zat in de cel,’ stamel ik. ‘Ze heeft ingebroken.’

Hij trekt zijn wenkbrauwen op. ‘En dat moet ik geloven?’

‘Vraag het haar zelf! Waar is ze? Vraag het haar!’ Uit pure onmacht ram ik met mijn vuisten op het stuur. Per ongeluk gaat mijn claxon af.

Hij grijpt een van mijn polsen beet. ‘Ben je gestoord of zo?’

Ik trek me los en sluit mijn ogen, mijn hele lijf beeft. Zachtjes fluister ik: ‘Ik heb niets gedaan, ik heb niets gezegd. Ik heb me aan mijn woord gehouden.'

Hij legt zijn hand op mijn been en zet een stemmetje op alsof hij intens met me meeleeft. 'Emma toch, het leven is ook zo verdomde kwetsbaar. Je oogappeltje, elke dag op haar fietsje door dat donkere bos... moederziel alleen. Het is zo makkelijk om –'

Ik trek mijn been weg. 'Ik heb het tegen niemand gezegd. Tegen níemand!'

Stilte. Secondelang.

'Geef mijn dochter terug,' fluister ik schor.

Hij glimlacht geamuseerd, alsof het een spelletje is.

Ik voel een emotie in me opkomen die ik nooit eerder heb ervaren, zo krachtig dat ze de angst wegdrukt. Ik word lichter, scherper. Mijn hart lijkt langzamer te kloppen en ik voel hoe krachtig mijn bloed door mijn aderen wordt geperst en zuurstof naar mijn spieren brengt, naar mijn hersenen. Naar alle zintuigen. Onversneden haat neemt bezit van me. *Gekte.* Ik kan hem aanvliegen, zijn ogen uit zijn schedel krabben, zijn gezicht aan stukken bijten, het vel van zijn botten scheuren tot er niets meer van hem over is. Deze man vernietigen. Ik kan het.

Ik zou hem kunnen vermoorden.

'Ik bel je, zorg dat je bereikbaar blijft,' zegt hij, en het volgende moment stapt hij uit en ben ik weer alleen.

82

Het busje is weer gestopt. De zijdeur wordt opengetrokken en koude, vochtige wind blaast de cabine in. Ik hoor water klotsen.

De man staat als een donker silhouet in de opening. Zijn adem zichtbaar als kleine wolkjes condens.

Ik wil hem vragen waar we zijn, waarom we steeds rijden en weer stoppen, maar er zit nieuwe tape stevig over mijn mond geplakt.

Hij springt bij me in de laadbak en schuift de deur achter zich dicht. Secondelang blijft het stil. In het aardedonker begin ik te twijfelen of ik het wel goed heb gezien, dan hoor ik hem dichterbij schuifelen. Ik pers mijn ogen stijf dicht en zet me schrap. Wat hij ook gaat doen, ik hoop dat het snel gebeurt.

Het volgende moment wordt de tape van mijn mond getrokken en richt hij een zaklamp op mijn gezicht.

83

'Emma! Wat is er aan de hand?' Jonathan schreeuwt zo'n beetje naar me door de telefoon. Hij staat bij mij thuis voor een gesloten deur. 'Waar ben je?'

'Ik...' Het lukt me amper om mijn ademhaling onder controle te krijgen. Uit gewoonte heb ik opgenomen, dat kan ik niet meer terugdraaien, en nu is Jonathan van het ene op het andere moment geen steun meer, maar een bedreiging.

'Waar is Vegas?' vraagt hij.

'Ze is onderweg. Ik leg het later...', mijn ademhaling stokt, '...later uit.'

'No way. Waar zit je? Ik kom naar je toe.'

'Gaat niet.'

Even is het stil, daarna vraagt hij bezorgd: 'Is er iemand bij je?'

'Nee, ik ben alleen. Ga alsjeblieft naar huis. Ik bel je straks, oké?' Ik verbreek de verbinding, leg de telefoon naast me op de zitting en rijd weg uit de inham, achter het felverlichte tankstation langs. Ik heb geen idee waar ik naartoe kan gaan.

Ik moet bereikbaar blijven.

Naast me zoemt mijn telefoon als een nijdige bromvlieg. Ik rem midden op de weg en gris hem van de bijrijderstoel. Jonathan. Ik kan mijn telefoon niet op stil zetten, dit is mijn enige lijn met Vegas. Het apparaat blijft zoemen.

Ik neem op. 'Alsjeblieft, bel me niet meer, anders moet ik je blokkeren.'

'What the f–'

Zo rustig als ik kan vervolg ik: 'Ik leg het later uit, laat me nu met rust.'

'Deel je livelocatie met me. Dan weet ik in elk geval waar je uithangt. Als er iets misgaat –'

'Het gaat niet mis. Ga naar huis, Jonathan. Echt. Alles is goed. Ik hang nu op.'

Nadat ik de verbinding heb weggedrukt, begint mijn telefoon weer te zoemen. Met pijn in mijn hart blokkeer ik Jonathans nummer.

84

De man springt uit de laadruimte, trekt mijn fiets naar zich toe en smijt hem buiten mijn zicht tegen de grond. Ik hoor de bel, het zachtjes tikken van de ketting.

'Hierheen,' zegt hij, een inktzwart silhouet tegen een donkerblauwe hemel. Hij maakt een ongeduldige armbeweging.

Zo goed en zo kwaad als het gaat schuif ik in de richting van de zijdeur.

Ongeduldig graait hij naar mijn broekspijp. Hij snijdt de kabelbinders bij mijn enkels los en sleurt me aan mijn jas het busje uit. Zet me op m'n voeten. 'Lopen.'

Dat lukt niet meteen. Ik heb moeite om overeind te blijven. 'Je moet me geloven, ik heb echt niks gezegd tegen de politie.'

De man duwt me voor zich uit. Ik zie een dijk, een asfaltweggetje, daarachter een enorme rivier. Glinsterende, zwarte golven worden verlicht door een bleke maan.

Dan wordt alles donker. De man heeft iets over mijn hoofd getrokken. 'Doorlopen.'

De weg helt naar beneden. Voorzichtig schuifel ik vooruit, beducht op het water dat zo dichtbij is.

85

Ik rijd verder over de donkere polderwegen, zonder te weten waarheen. Wat moet ik thuis doen, tegen de muren omhoogkruipen? Ik vraag me af of die kerel nu bij Vegas is om mijn verhaal te verifiëren. Als dat zo is, dan hoop ik dat ze hem de waarheid vertelt.

Ongemerkt is de winterkou de cabine in geslopen. Ik zet de verwarming hoger en denk terug aan de ontmoeting van zojuist. Die kerel zat ineens naast me, en hij verdween al even snel en onzichtbaar als hij gekomen was. Ik vermoed dat hij zijn auto op de parkeerplaats van die drukbezochte Shell heeft neergezet en lopend naar de ontmoetingsplaats is gekomen. Dus misschien zijn er camerabeelden van hem – en plein public heeft hij geen bivakmuts kunnen dragen.

Ik knijp in mijn stuur en ontspan dan mijn vingers weer. Het is halfacht. Als hij over een uur nog geen contact met me heeft opgenomen bel ik 112 en geef ik de politie wat ik heb. Het operatieafval, alle aantekeningen. Alles.

86

Om vijf voor acht begint mijn telefoon weer te zoemen. Het is Vegas' nummer. Ik voel me misselijk worden.

'Ja, hallo?'

Opnieuw gekraak, metalige tonen. Secondelang. Dan ineens helder: 'Dus je dochter werkt aan haar streetcredibility.'

Onhoorbaar adem ik uit.

'Nu begrijp ik dat gebazel van haar over die wiet. Je zult wel trots op haar zijn.'

In gedachten zie ik Vegas zitten, vastgebonden in een

kamer, doodsbang opkijkend naar die vreselijke kerel. Ik wil mezelf door de telefoon persen.

'Je kunt haar komen halen,' zegt hij ineens, en daarna vuurt hij een bombardement van instructies op me af.

'Wacht, ik schrijf het –'

'Onthoud het maar. En kom alleen. Als ik het niet vertrouw, zie je haar niet meer terug.'

Hij verbreekt de verbinding.

87

's Zomers is hier volop leven. Dan brengt de veerpont van zeven uur in de ochtend tot 's avonds tien automobilisten, fietsers en dagjesmensen van de ene naar de andere kant van de rivier. Nu is het veer in onderhoud. Aan beide oevers staan de abri's er verlaten bij.

Imre draait aan het wieltje van zijn verrekijker. In de tien minuten die hij nodig had om via de verderop gelegen brug naar de overkant te rijden, heeft Vegas zich van haar blinddoek weten te ontdoen. Prima. Hij wilde alleen voorkomen dat ze zijn kenteken zag. Om diezelfde reden had hij vanochtend op het fietspad spades voor de kentekenplaat gezet.

Daar is Emma al. Het licht van haar bestelautootje zwiept over de abri. Ze remt, springt uit de auto en haast zich naar haar dochter.

Imre heeft vandaag een paar keer op het punt gestaan om zijn waarschuwing kracht bij te zetten. Steeds als hij bij dat meisje ging kijken, was hij even in de verleiding gekomen om haar een beetje te beschadigen. Het is bij gedachten gebleven. Gelukkig maar. Nu Emma Vegas ongedeerd in ontvangst kan nemen, zal de dankbaarheid overheersen. Het is een subtiel evenwicht.

Aan de overkant van de rivier sluit Emma haar dochter in haar armen. Imre hoort niet wat er gezegd wordt, maar hij kan zich er wel iets bij voorstellen. Diep in zijn borst schuurt het. Zijn moeder zou hem nooit zijn komen halen. Hij kan zich niet eens herinneren dat die ijskoude werkverslaafde hem ooit omhelsd heeft zoals die vrouw nu bij haar kind doet.

88

Vegas rilt, haar lippen zijn kleurloos en haar ogen staan dof, maar ze leeft. *Ze is bij me.* Ik heb haar mijn sjaal gegeven en de verwarming op de hoogste stand gezet. Warme lucht blaast de cabine in, de ruitenwissers zwiepen heen en weer.

Ik zou willen dat ik eeuwig met Vegas in deze cocon van staal en glas zou kunnen blijven rondrijden, steeds naar andere plaatsen, waar niemand ons weet te vinden. Niet meer naar huis – *nooit meer naar huis.*

'Ik durfde dat brood eerst niet te eten. Ik was bang dat hij er drugs in had gedaan,' zegt Vegas. Haar lichaam trilt onophoudelijk, net als haar stem. 'Ik heb eraan geroken en een klein stukje geproefd.' Ze haalt haar schouders op. 'Het rook normaal. Ik had echt honger.'

Ze heeft me verteld dat de ontvoerder haar alleen maar heeft aangeraakt om haar te verplaatsen. Verder niet, en daar ben ik hem op een vreemde manier dankbaar voor.

'Hij had de hele tijd bijna niet tegen me gepraat, maar nadat we weer een heel stuk hadden gereden, kwam hij bij me in de laadruimte zitten en begon hij allemaal vragen te stellen.'

'Wat voor vragen?'

Ze trekt haar mouwen over haar handen, plukt aan het textiel. 'Hij zei dat hij met jou had gesproken. Wie is die man, mam?'

'Niet iemand die ik goed ken.'

'Hij zei: je bent al echt een grote meid aan het worden, inbraak nog wel, op zo'n toontje alsof hij trots op me was. Fokking weird.' Ze trekt de zonneklep naar beneden, duwt het schuifje van het spiegeltje opzij en begint de uitgelopen make-up rond haar ogen weg te poetsen. 'Toen ik zei dat ik niet wist waarover hij het had werd hij kwaad en vroeg me wat ik dan op het politiebureau deed.'

'En wat heb jij geantwoord?'

'Dat ik met een paar mensen die ik kende ben meegegaan en dat ik zelf niets heb gejat en alleen de zak heb opengehouden. En dat ik tegen niemand iets erover heb gezegd, ook niet tegen de politie. En dat ik ook niet wist hoe het verder allemaal zat. Hij bleef maar vragen stellen, alsof hij me niet geloofde, hij wilde zelfs weten hoe de cel eruitzag.'

'Het spijt me, lieverd.' Mijn stem klinkt schor. Zonder het te weten heeft Vegas zichzelf gered door de waarheid te vertellen.

'Toen hij me bij de rivier achterliet, zei hij: "Je moeder komt je zo halen. Ik hoop dat ze snapt dat de meesten geen tweede kans krijgen." Wat bedoelde hij daarmee?'

Ik sluit kort mijn ogen en richt me dan weer op de weg. 'Dat het voorbij is.' Mijn hand ligt op haar been, ik geef haar een kneepje.

'Mam, waar ken jij die man van?'

'Je bent veilig nu. Ik ga je thuis meteen in bad stoppen en soep voor je opwarmen.'

'Thuis?' Ze komt een beetje omhoog uit de stoel en kijkt gedesoriënteerd om zich heen. 'Hoezo gaan we naar huis? We moeten naar de politie!'

'Gaat niet.'

Mijn koplampen verlichten de weg en de toog van boomkruinskeletten erboven. Verderop zie ik het witte reclamebord van de kliniek in de berm. *Laat Jonathan alsjeblieft al naar huis zijn.*

'Mám? Doe niet zo eng!'

Ik klem mijn kaken op elkaar. Ze kan op haar leeftijd nog geen langetermijngevolgen overzien. Vegas zou een vriendin in vertrouwen kunnen nemen, het zou kunnen uitkomen.

En dan hoort hij dat ook.

'Hé! Ik ben fokking ontvoerd! Ik heb opgesloten gezeten. Hier!' Ze stoot haar armen naar voren, de striemen staan op haar polsen. 'Bewijs!'

Het grind van de oprit knarst onder de banden. 'Lieverd... ik wil ook naar de politie, maar het kan niet.'

'Doe éven normaal!'

Ik rem en zoek haar blik, pak haar hand vast. 'Lieve schat, ik...' Ik adem diep in. En nog eens. Ik heb zo lang angstvallig gezwegen dat mijn lichaam blokkeert bij alleen al de gedachte dat ik erover praat. 'Wat jou is overkomen heeft niets te maken met die diefstal. Het heeft met mij te maken. Ik heb iets gezien wat ik niet had mogen zien. Die man wil dat ik mijn mond daarover houd. Hij gebruikt jou om mij onder druk te zetten.'

Ze trekt haar hand los alsof ik stroom geef.

'Maar het is nu voorbij,' ga ik door. 'Je hoeft niet bang meer te zijn.' Ik schakel op en rijd weer verder.

Na de scherpe bocht zie ik hem staan. Geleund tegen zijn pick-up in een donker gewatteerd jack, één hand in zijn zak, in de andere heeft hij zijn telefoon. Rosalies motor staat er ook nog.

'Papa!' Vegas duwt het portier open en nog voor ik goed en wel tot stilstand ben gekomen, is ze uit de auto gesprongen en rent ze op haar vader af.

Ik stap snel uit.

Even lijkt het erop dat Vegas haar vader om de hals gaat vliegen, maar halverwege blijft ze staan.

Jonathan zet een paar passen in onze richting. Wolkjes condens ontsnappen uit zijn mond. Hij kijkt gealarmeerd van de een naar de ander. 'Wat is er gebeurd?'

'Jij zou naar huis gaan,' zeg ik scherp. Ik graai naar mijn sleutelbos en pak Vegas bij haar mouw.

'Ik ben ontvoerd!' schreeuwt ze.

Ik trek haar met me mee.

Jonathan staart me ontzet aan.

'Zij wil niet naar de politie!' roept Vegas, die zich probeert los te worstelen.

Ik pak haar bij de schouders en breng mijn gezicht dicht bij het hare. 'Niet doen, alsjeblieft,' fluister ik. 'Je hebt geen idee hoe gevaarlijk –'

'Problemen?' Rosalie staat bij de ingang met haar sjaal om de hals geslagen en een tas over haar schouder. Ik kan niet inschatten wat ze heeft meegekregen. Ze straalt vijandigheid uit, zoals altijd.

Ik probeer te glimlachen. 'Ik eh...'

'Privéaangelegenheid,' hoor ik Jonathan naast me zeggen. 'Kom, we gaan naar binnen.' Hij duwt ons beiden in de richting van de zijingang.

89

'Wie was die man, mam?'

Vegas' stem galmt tussen de groen betegelde muren van de badkamer. Rond haar ogen zitten donkere vegen en het gelige licht van de plafonnière geeft haar huid een ongezonde teint. De minuscule bubbeltjes in het schuimbad ploppen en knappen zachtjes.

'Iemand die ik zo snel mogelijk wil vergeten,' zeg ik, terwijl ik voorzichtig een washandje over haar gezicht haal.

Ik ben ongelooflijk opgelucht dat Vegas' verwondingen beperkt zijn gebleven tot de rode striemen om haar enkels en polsen en de schrammen en blauwe plekken die ze heeft overgehouden aan de val van haar fiets.

Ik heb mijn dochter terug.

De rest is onbelangrijk.

'Waarom gaan we niet gewoon naar de politie?'

Ik knijp het washandje uit en leg het op de badrand. 'Ik weet niet hoe die man heet en waar hij woont, maar hij weet wel veel van ons. Dus wat kan de politie doen?'

'Ons beschermen?'

'Hoe dan, lieverd? Ze kunnen toch moeilijk elke dag iemand met je mee naar school laten fietsen, en mee naar je vrienden en naar de stad. Dat kan wel eventjes, maar als ze hem niet vinden...'

Ze fronst. Het besef van wat ons boven het hoofd hangt lijkt tot haar door te dringen. Dat stelt me gerust, en tegelijkertijd voel ik me er triest onder. Ik knipper mijn tranen weg, ze blijven komen.

Vegas zoekt mijn blik. 'Ik wil dit nooit meer meemaken,' zegt ze ernstig. 'Dus ik zal er met niemand over praten.'

Het water klotst over de rand van het bad als ik Vegas tegen me aan trek. Ik begraaf mijn neus in haar natte haar. 'Ik hou van je. Ik hou zielsveel van je.'

'Ik ook van jou, mam. Ik was zo bang. Ik kan eigenlijk niet geloven dat het echt is gebeurd.'

'Misschien is dat het beste,' fluister ik. 'Doen alsof het niet is gebeurd. Alsof het alleen maar een nare droom was.'

90

Als ik terugkom in de keuken springt Jonathan meteen in mijn nek. Wat hij allemaal vraagt en zegt hoor ik niet eens. Ik open een kastje om soep te pakken. Het blik valt bijna uit mijn handen.

Jonathan neemt het van me over. 'Ga even zitten.'

'Nee.' Met houterige bewegingen haal ik een paar sneden brood uit de broodtrommel en leg ze op de snijplank.

'Zeg maar wat je nodig hebt.'

'Niks,' zeg ik, en ik zet een steelpannetje op het vuur.

Jonathan heeft het blik al opengemaakt en giet de soep erin.

'Ik heb liever dat je naar huis gaat.' Ik pak margarine en kaas uit de ijskast en begin te smeren. 'Je kunt hier verder echt niets doen.'

'Vegas is ook mijn dochter.'

Met trillende handen zoek ik steun op het aanrecht. 'Ja, maar ik –'

'Je kwam naar me toe omdat je haar niet meer aankon, en nu stuur je me weg nadat ze ontvoerd is? ...Ontvoerd, what the fuck.' Zijn mond staat een beetje open, zijn pupillen zijn zo groot dat zijn ogen zwart lijken in plaats van blauw.

Ik doe het dekseltje terug op de margarine.

'Die gast bij wie ze die wiet heeft gestolen,' zegt hij. 'Dat was toch zo'n hippie? Iemand die een paar plantjes had staan?'

Ik knik. Schaaf plakken van de kaas.

‘Klinkt niet als een kinderontvoerder.’

‘Eh... nee.’

‘Hier klopt geen reet van.’

Met trillende handen druk ik de sneden brood op elkaar. Overdreven hard; mijn vingerafdrukken staan erin. ‘Ga alsjeblieft naar huis.’

Hij pakt me bij mijn bovenarmen. ‘Kijk me aan!’

Weifelend kijk ik naar hem op. De frustratie spat van hem af.

‘Onze dochter is ontvoerd,’ zegt hij. ‘Ze wordt verder met geen vinger aangeraakt, er wordt geen losgeld gevraagd en er worden geen voorwaarden gesteld.’ Hij pauzeert even. ‘Dan bellen ze jou om haar te komen ophalen, en dat wás het dan?’ Zijn ogen vernauwen zich. ‘Dit hele verhaal wijst naar jou, Emma.’

De soep begint te koken. Ik ruk me los uit Jonathans greep en zet het vuur uit. Pak een kom uit een bovenkastje.

‘Ik blijf hier tot ik weet wat er aan de hand is.’

Met mijn blik op de pan gericht zeg ik: ‘Laat het rusten, alsjeblieft. Dan waait het over.’

‘O, het waait over,’ zegt hij, met een niet te missen cynisme. Hij maakt een hoofdbeweging in de richting van de badkamer. ‘Bij haar ook?’

De deur wordt op een kier geduwd. Het is Anubis. Hij trippelt langs Jonathan en begint spinnend om mijn benen heen te cirkelen.

‘Ik kan je er niets over vertellen. Het is gevaarlijk als ik erover praat.’

Hij leunt tegen het aanrecht en kijkt me donker aan van

onder zijn wimpers. 'Geef me iets, Em. Een richting. Dit gaat ook mij aan.'

Ik zet de soepkom op een dienblad en leg het brood erbij. Haal een keer diep adem. 'Ik... ik heb iets gezien wat niet voor mijn ogen bestemd was. Ze hebben Vegas ontvoerd om me eraan te herinneren dat ik mijn mond moet houden. Dus als je om ons geeft, vraag dan niet verder.'

'Wat heb je gezien? Waar? Hier in de kliniek?'

Ik pak het blad van het aanrecht, pers mijn lippen op elkaar.

Een paar seconden zeggen we geen van beiden iets. Dan steekt hij zijn hand op. 'Oké, goed. Ik hou erover op. Waar is de logeerkamer?'

'Die heb ik niet.'

'Dan slaap ik op de bank.'

91

Ik word wakker met mijn arm om Vegas heen. In stilte geniet ik van haar nabijheid. De laatste keer dat ze bij me in bed heeft geslapen, zat ze nog in de brugklas. Maar het warme gevoel dat me overspoelt ebt meteen weer weg bij de gedachte aan wat ze heeft meegemaakt. Zal ze ooit nog alleen durven fietsen, alleen durven zijn?

Voorzichtig, om haar niet wakker te maken, laat ik me tussen de lakens uit glijden. Het is al kwart over negen. Ik trek snel een joggingbroek aan onder mijn slaapshirt en fatsoeneer mijn haar enigszins voor ik de gang op stap. Er beweegt iets ter hoogte van de keuken; Jonathan is zich aan het optrekken aan de deurstijl. Ik hoor hem tellen, fluisterend, met een zachte kreun in zijn stem: 'Vijftien, zestien...' Het hout kraakt lichtjes onder zijn gewicht.

Ik blijf staan kijken naar het samenballen van zijn biceps, de soepele bewegingen, zijn gespierde rug. De oefening lijkt hem nauwelijks inspanning te kosten; zijn lijf is krachtiger dan ik me van vroeger herinner.

Snel glip ik de badkamer in. Ik kom mijn ex liever onder ogen zonder vouwen van het kussen in mijn gezicht. Ik was me en poets mijn tanden. Mijn haar laat ik loshangen.

Als ik terug de gang in loop is Jonathan er niet meer. In de woonkamer schijnt de winterzon ongehinderd naar binnen – Jonathan heeft de gordijnen opengetrokken. Mijn slaapzak ligt opgevouwen op de bank. Het voelt onverwacht fijn om niet als enige verantwoordelijk te zijn voor alles. Dat zit hem ook in kleine dingen, merk ik nu.

Ik tref Jonathan aan in de keuken. Hij heeft zich aangekleed en zit te lezen op zijn telefoon. Als hij me hoort binnenkomen, legt hij het apparaat neer. 'Hoe gaat het?'

'Naar omstandigheden goed.'

'En Vegas?'

'Ze slaapt nog.'

'Geen nachtmerries?'

Ik schud mijn hoofd. 'Gelukkig niet.'

'Het kan er later nog uit komen.'

'Ben ik me van bewust.' Ik maak een kop koffie voor mezelf en een kom havermout en schuif aan. 'Moet jij niet naar Amersfoort?'

Hij kijkt op zijn horloge. 'Over een kwartiertje. Ik wachtte op jou.' Zijn blik gaat onderzoekend over mijn gezicht. 'Wil je dat ik blijf?'

'Da's niet nodig. Ik verwacht Vegas niet voor vanmiddag uit bed.'

Hij staat op om zijn mok in de vaatwasser te zetten. 'Goed, dan zie je me rond zessen. Sushi, pizza, Thais?'

Ik neem een hap havermout, houd mijn hand voor mijn mond. 'Dat hoef je allemaal niet te doen, ik kan zelf –'

'Ik doe het graag, Em.' Alsof we nooit anders hebben gedaan, buigt hij voorover en geeft een zoen op mijn wang. Het gebaar is vriendschappelijk, maar haalt me uit mijn evenwicht.

'Bel me als er iets is. Tot vanavond.'

92

'Moest jij dit weekend niet werken?'

'Fuck!' Quincy schiet rechtop in bed en wrijft over zijn gezicht.

Natasja staat met haar jas aan in de deuropening.

Hij draait zijn hoofd naar het raam. Zonlicht dringt door een spleet van de gordijnen. 'Godver!'

'Ja dus,' merkt Natasja droog op.

Quincy grijpt naar zijn telefoon. Tien uur; hij had drie uur geleden op zijn karwei moeten zijn. 'Lul!'

Natasja moet grinniken, maar hij kan er niet om lachen. Hij verslaapt zich de laatste tijd vaker. Tot nu toe belde de chauffeur van het werkbusje altijd even aan als Quincy niet op de hoek van de straat klaarstond met zijn thermoskan en lunchpakket. Vandaag is hij gewoon doorgereden.

'Nou eh... Ik kwam ma effe halen, ze komt zo weinig buiten.'

'Prima, prima,' zegt hij. Het lampje van zijn telefoon knippert. Hij wrijft in zijn ogen, probeert te focussen op wat er op het schermpje te lezen is: drie gemiste oproepen van de aannemer. Hij vloekt nog een keer en stapt uit bed. Eerst die vent bellen, redden wat er te redden valt. Maar zijn hoofd is mistig, hij voelt zich niet lekker.

'Goorlap, je hebt je kleren nog aan.'

'Flikker op,' roept hij tegen zijn zus, en hij trapt zijn kamerdeur voor haar neus dicht.

93

Ik sta in de woonkamer met mijn armen over elkaar te kijken naar de kale boomkruinen die amber kleuren in de winterzon, en besef dat de magie van deze plek is uitgewerkt. Het bos dat ons als een deken omsloot, komt nu vijandig op me over. Achter elke stam kan een inbreker schuilen, een ontvoerder.

Thérèse, Bobs vrouw, zag het goed; dit is geen plek voor een alleenstaande moeder en haar tienerdochter.

Vanwege Bob en Deon heb ik me hier nooit eenzaam gevoeld. Ze hebben me steeds het gevoel gegeven dat ik erbij hoorde, maar nu ze zich zo openlijk tegen Jonathan hebben uitgesproken, heb ik hun ware aard leren kennen. Deon gedroeg zich bezitterig en primitief; als een mannetjesdier dat een rivaal uit zijn territorium verjaagt. En Bob zit vol vooroordelen over mensen die niet net als hij en Thérèse met een hete aardappel in de keel zijn geboren. Van Rosalie kun je zeggen wat je wilt, maar zij is tenminste vanaf het begin consequent onaardig tegen me geweest. Deons jaloerse ex-*booty call*. Wat zei ze ook alweer? *Hij is obsessed*. Ze zal zichzelf bedoelen.

Ik heb hier niets meer te zoeken.

94

Quincy trekt een blik bier open en neemt het mee de woonkamer in. Het is er stil, zijn moeders bed is leeg. Natasja is met Riek naar de stad. Quincy neemt een flinke slok en ploft neer op de bank. Hij heeft een onverwachte vrije dag; een pisnijdige aannemer belde zojuist om te zeggen dat ze iemand anders in zijn plaats hebben ingehuurd.

Vroeger zou hij nu zijn gaan gamen, maar die ellende trekt hij niet meer. Alles draait om schieten en vechten, net als in de films waarnaar hij altijd zo graag keek. Doden en gewonden als entertainment. Zieke shit. Het grijpt hem te veel aan sinds Marko er niet meer is. Alleen al bij het zien van een wapen of bloed breekt het zweet hem uit en begint zijn lijf te trillen. Soms bevriest hij, dan kan hij nauwelijks meer ademen. Heel gênant. Daardoor weet hij het nu zeker: hij kan nooit meer met Imre op pad.

Hij mist hem, zijn beste vriend vanaf de tweede klas vmbo. Ze kwamen uit andere buurten en hadden een totaal verschillende achtergrond, toch trokken ze naar elkaar. Misschien omdat de een iets had waarnaar de ander op zoek was, yin en yang, al begrijpt Quincy nu nog steeds niet goed wat een simpele ziel als hij heeft bijgedragen aan Imres leven.

Imre kwam nooit bij hen thuis, het was altijd andersom. In die smetteloze villa met een eigen oprit en een gazon – het woord alleen al: *gazon* – waande Quincy zich rijk. Op de middagen die hij gamend en blowend bij Imre op de bank doorbracht, ontsnapte hij aan de dichtgetrokken gordijnen, de muffe geur en lege pannen, de ruzies en het gehuil. Het gekkenhuis dat zijn thuis was. Hij wilde zoals Imre zijn. Een donkere prins bediend door personeel en met een kast vol merkkleding die niet van de Zwarte Markt in Beverwijk kwam. Geen verantwoordelijkheden, geen ouders die dingen deden waarvoor hij zich kapot schaamde.

Maar dat Imre enig kind is, merkte je toen al aan hem. Zijn beste vriend is een eenling; andere mensen boeien hem oprecht niet.

Dat maakte hun vriendschap des te specialer.

Quincy giet het laatste restje bier in zijn keel. Hij heeft er moeite mee dat Imre niet meer op zijn telefoontjes en appjes reageert, al kan hij het hem niet kwalijk nemen. Quincy vindt zijn eigen gezelschap al nauwelijks te pruimen. Hij weet dat hij op een of andere manier uit de put moet zien te komen, zodat hij een ander weer wat te bieden heeft.

Maar hoe?

95

'Mam?' Vegas staat in de deuropening met Anubis op haar arm. Ze ziet bleekjes, maar haar ogen zijn helder.

'Hé, ben je wakker?' Ik loop op haar af. 'Hoe voel je je?'

'Beetje raar, maar... verder wel goed, geloof ik.' Ze kijkt om zich heen. 'Waar is papa?'

Papa.

'Lesgeven. Maar hij komt vanavond eten.'

Ze ploft neer op de bank. 'Fijn.'

'Hoe is het met je polsen?'

Ze trekt haar mouwen op. 'Valt wel mee, toch?'

'Absoluut. Ik heb het erger gezien,' zeg ik, terwijl ik terugdenk aan de striemen en de blauwe plekken die ik nog wekenlang heb moeten maskeren. Ik pak een tube arnicazalf uit de la en ga bij haar zitten om het middel in haar beurse huid te masseren. 'Heb je verder nergens last van?'

'Nee.'

'En hier?' Ik tik op haar voorhoofd.

'Ik ben eigenlijk alleen maar pissed. Ik hoop dat hij doodgaat.'

Ik kijk haar zwijgend aan.

'Het ergste vind ik dat ik hem niet heb horen aankomen. Zo stom. Ik denk steeds, als ik nou die oortjes niet –'

'Sshhh.' Ik pak haar hand vast. 'Jij kunt er niets aan doen, Vegas. Niets. Hij was sterker dan jij, en veel ouder. Maar hij is weg en hij zal ons nooit meer lastigvallen.'

'Hoe kun je dat zo zeker weten?'

'Hij heeft zijn punt gemaakt.'

Als mijn telefoon begint te zoemen, is mijn eerste ingeving om niet op te nemen, maar het is Bob op zijn werknummer en hij heeft weekenddienst.

'Emma?' Hij klinkt gehaast. 'Ik sta hier met een buldog in barensnood en de eigenaar is flauwgevallen, kun je even komen?'

96

Mama is weg. Ze verontschuldigde zich wel vier keer en toen is ze naar beneden gehold. Naar haar werk, de dieren. Ik ben niet boos, het komt me juist wel goed uit.

Anubis trippelt met me mee mama's slaapkamer in. Het bed staat in de hoek, met een smal ladekastje ernaast. Voor het raam hangt een rotanstoel aan een beugel, waar ze volgens mij nooit in zit. Eronder ligt een dik, rond kleed en tegen de wand staat een kledingkast van IKEA met schuifdeuren en een spiegel.

Het is raar om hier rond te neuzen als mama er zelf niet is. Toen ik klein was sloop ik wel vaker naar haar slaapkamer. Dan kroop ik in haar bed, dat veel zachter, groter en warmer was dan het mijne. Vannacht heb ik weer in dat bed geslapen en het voelde fijner dan ooit. Mama knuffelde me, zei lieve dingen. Het was bijna weer als vroeger.

Ik heb iets gezien wat ik niet had mogen zien.

Wat heeft ze gezien? Wanneer, waar?

Wie is die man van het busje?

Ik moet het gewoon weten.

Ik kijk om me heen, maar ik heb geen idee waar ik moet beginnen. Bewaart mama hier iets, staan er dingen in haar telefoon – foto's of telefoonnummers? Haar iPhone draagt ze altijd bij zich. Ik ga op mijn buik liggen en kijk onder het bed. Het is stoffig, er liggen tijdschriften en een slipper. Ik ga weer staan en pak een stoel om op de kledingkast te kijken. Niets. Ik schuif een van de kastdeuren open en tast langs de stapels truien en shirts, haal ze naar voren. In de lades staan schoenendozen met schoenen, pleisters en troepjes. *Ertussen?* Ik haal de kledingstukken voorzichtig uit de kast en leg ze weer terug. Niets. Achter de andere schuifdeur hangen mama's zomerjurkjes, een lange jas en een paar nette broeken. Op de bodem staat een plastic bak.

97

Buldogkruising Lola is geïntubeerd en krijgt niets mee van de commotie. Bob staat over de hond heen gebogen en bevrijdt haar pups één voor één uit de glibberige baarmoederhoornen. Sommige kleintjes zijn slap en futloos. Ik moet de luchtwegen vrijmaken en hun lijfjes stevig masseren om hun hartslag en ademhaling op gang te brengen. Een dankbare klus waar de eigenaar meestal bij helpt, maar Lola's baasje zit in de wachtkamer – ze kan de aanblik van haar huisdier in de operatieruimte niet aan.

'Voilà, nummer elf, die fles wijn ben je kwijt,' zegt Bob opgewekt. Hij legt een pup op de celstof onderlegger.

Het beestje is zo groot als mijn hand en wriemelt in zijn vlies. Er hangt een klemschaartje aan het stompje van zijn navelstreng.

Ik pak de pup op, laat het kopje naar beneden bungelen en haal geroutineerd de vliezen weg van het bekje en neusje. Het reutje hapt meteen naar adem. 'Deze heeft er zin in,' zeg ik. Als ik van dichtbij luister hoor ik geen rocheltje, wat betekent dat de luchtwegen vrij zijn. Ik poets het diertje droog en leg hem bij zijn broertjes en zusjes op de warmtemat. De nu nog dove en blinde pasgeborenen zoeken trillerig warmte bij elkaar en stoten zacht knorrende en piepende geluidjes uit.

'Elf stuks, *told you so.* Maak er maar een chablis van,' zegt Bob grinnikend, terwijl hij een hechtnaald uit de verpakking haalt. 'Of twee, want ik wacht nog steeds op de vorige.'

Ik trek mijn handschoentjes uit en doe mijn mondmasker af. 'Ik laat de eigenaar weten dat alles oké is en dan ga ik weer naar boven. Bespreek jij de rest met haar?' Ik loop weg in de richting van de opnameruimte.

'Eh... Emma?'

Ik draai me om.

Achter zijn brillenglazen knijpt Bob zijn ogen tot spleetjes. 'Gaat het wel goed met je?'

'Waarom zou het niet goed gaan?'

Hij haalt zijn schouders op. 'Je lijkt afgeleid, bent kortaf, duikt steeds weg. Het valt Deon ook op.'

'Misschien omdat jullie je met mijn privéleven bemoeien?'

Daar schrikt hij zichtbaar van. 'O, dat? Die eh... vriend

van je is een nogal uitgesproken type, natuurlijk.' Hij legt een knoop in een hechtdraad. 'We vroegen ons gewoon af: waar heeft ze hem vandaan?'

Ik sla mijn armen over elkaar.

'Je moet het niet te persoonlijk opnemen, hou me ten goede, maar ik snap Deon ergens wel. Hij heeft hier een prachtige praktijk opgebouwd en –'

De rest hoor ik niet meer.

Ik loop naar voren, waar ik Lola's eigenares vertel dat alle pups het hebben gered, wat onder de gegeven omstandigheden op zich al een unicum is, en ik bereid haar erop voor dat ze Lola de komende weken zal moeten assisteren met het voeden en verzorgen van haar elftal. 'Soms komt de melkproductie niet meer op gang, en elf kleintjes is wel heel veel, dus ik zou sowieso wat puppymelk meenemen van hier. Maar dat legt mijn collega Bob u zo allemaal wel uit.'

Ik zeg haar gedag en haast me terug naar boven.

98

Wat ruikt het smerig. Ik druk het deksel meteen weer op de bak en probeer door het melkachtige plastic te kijken. Er liggen dichtgeknoopte zakjes in. Op mijn hoede haal ik het deksel er weer af. Ik knijp mijn neus dicht en haal een van de zakjes eruit. Injectiespuiten en vuile watjes; in een ander zakje zitten proppen verbandgaas met bruinzwarte vlekken, en hechtnaalden – die herken ik meteen door de kromme vorm. In de laatste twee zakjes zit nog meer troep. Gadverdamme. Het is operatieafval. Waarom bewaart mama dit onder in haar kast? Met mijn sweater over mijn neus getrokken maak ik foto's en zet alles weer terug in de kast.

Heeft mama een operatie gezien en het afval ervan bewaard als bewijs? Ik schuif de kast dicht en loop naar haar nachtkastje. Eén voor één trek ik de lades open. Zegelboekjes, sieraden, sleutels, een zonnebril. Engelstalige pockets, pennen. Elk doosje maak ik open alsof er iets uit kan springen. Ik *cringe* alleen al bij de gedachte aan wat ze hier allemaal kan bewaren – ik wil echt niet álles weten van mijn moeder. In de middelste lade liggen een stapeltje schriften en een luxe notitieboekje met elastiek eromheen. Ik blader door de schriften; het zijn recepten. Dan haal ik het elastiek van het boekje en sla het open. Aantekeningen in mama's handschrift, met blauwe pen.

MARCO. 22-24J. SPORTER/FITNESSTYPE
TATOEAGE OP RIBBENKAST, RECHTS, LEEUW
OP BORST LETTER M

Een tekeningetje van een leeuw ernaast. Ik blader verder. Nog meer tekeningen.

"MIKE" NOEMDE HEM MARCO, BROERTJE
IS HIJ (OUDERE?) BROER OF GOEDE VRIEND?

Mijn hart bonkt in mijn keel. Is dit het? Heb ik iets gevonden? Ik vergeet bijna adem te halen. Op het moment dat ik mijn telefoon ontgrendel om er foto's van te maken, hoor ik iemand de trap op komen.

99

Vegas ligt nog steeds op de bank, precies op de plek waar ik haar een klein uur geleden achterliet. Ze verdeelt haar aandacht tussen de televisie en haar telefoon.

'Alles goed?' vraag ik.

Ze gromt iets onverstaanbaars.

Als er al iets uit haar houding duidelijk wordt, is het dat ze me niet gemist heeft.

'Ik ben trots op je, schat,' zeg ik, en ik druk een kus op haar kruin.

Ik neem snel een douche en maak me op. Mijn haar föhn ik droog en laat ik los over mijn schouders hangen. Daarna sta ik veel te lang voor de kast te draaien. Ik kies uiteindelijk voor een skinny jeans met een longsleeve en een grofgebreid vest. In de woonkamer steek ik een paar kaarsen aan en de elektrische haard, die een oranje gloed verspreidt.

Jonathan staat iets na zessen voor de deur met een papieren tasje dat geurt naar gember, koriander en kokos. We besluiten in de woonkamer te eten. Jonathan maakt het zich gemakkelijk op het kleed aan de salontafel en trekt een kussen onder zich, Vegas volgt meteen zijn voorbeeld.

Er vallen geen stiltes. We praten aan één stuk door over uiteenlopende onderwerpen als vakanties, werk en school, en af en toe stelt Jonathan een rake vraag aan Vegas. *Wat is je vroegste herinnering? Omschrijf jezelf in drie woorden? Wat is de raarste droom die je ooit hebt gehad?* Vragen die haar zichtbaar aan het denken zetten en waarop ze antwoorden geeft die meer diepgang onthullen dan ik in lange tijd in haar heb kunnen ontdekken. Dit is wat het gezelschap van haar vader met haar doet, besef ik. Vegas geniet zichtbaar van zijn aandacht en ik van het plaatje dat we samen vormen: vader, moeder, kind.

We lijken een normaal gezin, maar het onuitgesprokene zit als een vierde entiteit bij ons aan tafel.

'Is je fiets al gemaakt?' vraagt Jonathan.

Vegas kijkt vragend naar mij, alsof ik vanmiddag in het uurtje dat ik Bob heb geassisteerd ook nog kans heb gezien om haar fiets naar de fietsenmaker te brengen.

'Ik ben er nog niet aan toegekomen,' zeg ik, en bij de gedachte aan het dubbelgeslagen achterwiel voeg ik eraan toe: 'Maar ik vraag me af of hij nog wel te maken is.'

'Als je het goedvindt neem ik hem wel mee om er iemand naar te laten kijken,' zegt Jonathan tegen mij, en dan richt hij zich tot Vegas. 'Durf je straks wel weer te fietsen?'

Ze haalt haar schouders op. 'Denk het wel.'

Ik houd haar strak in de gaten, maar ze lijkt nog steeds redelijk onaangedaan.

Mijn dochter gaat hier beter mee om dan ik; van alleen al het idee dat ze binnenkort weer op haar fiets stapt, slaat mijn hart een slag over. 'Het heeft geen haast, hoor. Ik hou je voorlopig net zo lief thuis. Of je moet graag naar school willen?'

Ze peutert aan een nagel. 'Tuurlijk niet.'

Het loopt al tegen elven als Vegas meer interesse begint te krijgen voor haar telefoon dan voor ons. 'Ik ga naar bed,' zegt ze plotseling. Ze omhelst me kort en geeft Jonathan een onhandige knuffel. 'Welterusten eh... pap.'

Als ze de deur achter zich heeft gesloten, is Jonathan de eerste die iets zegt. 'Ze houdt zich goed.'

'Ik juich niet te vroeg.'

'Snap ik. Probeer alleen je eigen angst niet op haar over te brengen.'

'Ik doe mijn best.'

'Bij Elysium hebben we korte lijnen met een scholengemeenschap en de ggz, en ik geef zelf ook al een jaartje of drie weerbaarheidstrainingen aan kinderen die gepest zijn, of die te maken hebben gehad met grensoverschrijdend gedrag. Er worden goede resultaten mee geboekt.' Hij wrijft over zijn arm. 'Ik ben er redelijk zeker van dat Vegas gebaat is bij een fysieke uitlaatklep. Bovendien kan ik haar leren hoe ze het zo'n kerel een volgende keer een stuk moeilijker kan maken.'

'Kom nou. Zo'n kind wint het toch nooit van een volwassen vent?'

Hij kijkt me bloedserieus aan. 'Techniek doet veel. Ik heb meiden als Vegas ribben zien breken van getrainde kerels.'

'En dat kun jij haar leren?'

'Absoluut.'

Een jaar geleden zou ik er niet over gepeinsd hebben. Geweld maakte geen deel uit van onze wereld, was mijn stellige overtuiging. Wat was dat onvoorstelbaar naïef gedacht.

'Een hele geruststelling,' hoor ik mezelf zeggen.

100

Mijn vaders zware stemgeluid dringt door tot op de gang. Ik luister ingespannen en zet dan een paar stappen in de richting van mama's slaapkamer. Blijf weer staan. Ik wil foto's maken van de aantekeningen in mama's boekje, maar ik durf het niet goed. Mijn ouders kunnen het wel heel goed vinden samen. Stel dat papa weer blijft slapen, en dat mama hem meeneemt naar haar slaapkamer? Dan moet ik me onder het bed of achter de kast verstoppen. Ik ga nog liever dood, geloof ik. Bovendien, als ze me betrappen is het voor hen net zo stom.

Ik haast me naar mijn kamer en duik met mijn telefoon onder het dekbed. Wes en ik *snappen* al de hele dag. Ik heb hem wijsgemaakt dat ik gisteren op weg naar school geschept ben door een auto en dat die vent is doorgereden. Door de aanrijding is mijn telefoon kapotgegaan en daarom kon ik niets van me laten horen. Op zijn vraag waar ik was toen mijn moeder bij hem aan de deur kwam, heb ik geantwoord dat ik bij McDonald's zat met Fleur en Yentl, die me zijn komen ophalen toen mijn moeder aan het werk was.

Ik haat het om te liegen.

Maar het moet.

Gelukkig gelooft hij me meteen als ik schrijf dat Lara de snitch is; ze blijkt het zelf al aan Denzell te hebben opgebiecht.

wesley k vond lara altijd al een meeloper
mis je wel babe morgen chille?

Ik staar naar het schermpje. Mama laat me morgen echt niet de deur uit gaan. Alleen: als Wes me niet kan zien, met wie gaat hij dan chillen? Akkelijn? Het zit me niet lekker dat hij met haar omgaat, maar Wesley reageert chagrijnig als ik erover begin, dus vraag ik er niet meer naar.

vegas nee kan niet weg ☹
wesley maandag na scorro?
vegas gaat niet ☹ me fiets is nog steeds kapot

Ik zou hem zo graag vertellen wat er echt is gebeurd. Lara zou ik het meteen hebben verteld, tot in detail, daar had mama écht niets aan kunnen veranderen. Ik snap nog steeds niet hoe het zo mis heeft kunnen gaan.

Wesley vraagt me hoe ik dan op school kom, en ik antwoord dat mijn moeder door dat ongeluk overbezorgd is en ze me waarschijnlijk zal brengen en halen.

wesley dan zeg je tog dat je later uit bent kom ik daarheen
vegas zeker weten? we kunnen elkaar maar een uurtje ofzo zien dan
wesley heb ik wel voor jouw over ;-)

Ik stuur mama meteen een appje om haar te laten weten dat ik maandag toch naar school wil.

101

'Nou wil ze ineens weer wel.' Ik leg mijn telefoon weg. 'Snap jij dat?'

'School geeft afleiding, anders zit ze hier maar.'

Ik gaap achter mijn hand. 'Sorry. Ik ben doodop.'

'Is het oké als ik nog een nachtje blijf?' Zijn ogen blijven even op me rusten, lichtblauw, met donkere wimpers, lachrimpels. Zo vertrouwd, en ook weer niet.

'Ja... ja, natuurlijk.' Ik sta op van de bank en wil gaan afruimen, maar hij is me voor.

'Ga maar naar bed. Ik regel het wel.' Hij wijst met zijn kin naar de slaapzak die nog opgevouwen op een hoek van de bank ligt.

Ik vind eigenlijk dat ik hem een bed moet aanbieden.

'Die bank slaapt prima,' zegt hij, alsof hij mijn gedachten kan lezen.

Misschien kan hij dat nu ook wel, ben ik zo uitgeput dat alle emoties ongefilterd op mijn gezicht te zien zijn. Mijn oren suizen.

Jonathan heeft de glazen en schaaltjes op elkaar gestapeld. 'Ik heb nagedacht over wat je gezegd hebt.'

'Over wat?'

'Over die gasten. Aangifte doen is inderdaad geen goed idee, er kan te veel fout gaan. Maar ze ermee weg laten komen is het andere uiterste.'

‘Ik heb geen keus.’

‘Jawel.’ Zijn kaken verstrakken. ‘Geef me hun namen, Emma. Vertel me wat je weet.’

‘En dan?’

Hij ontwijkt mijn blik. ‘Geef ze maar gewoon. En daarna hebben we het er niet meer over.’

102

Het altaartje vormt een koepel van kaarslicht in de verder donkere kamer. Quincy’s blik glijdt over de foto van Marko, met zijn eeuwige grijns en die vuist in de lucht, en daarna over Maria, die er geduldig naast staat, de handen vroom gevouwen. Riek heeft een rozenkrans om de waxinelichtjes heen gedrapeerd en aan de andere kant van het portret staat een dikke rode kaars op een standaard. Gedurende de nacht doven de waxinelichtjes, maar de kaars blijft branden. ‘We houden de herinnering aan je broer levend,’ zegt ze steeds. ‘En ooit zullen we hem weer zien. Ik eerder dan jij, want zo hoort het te gaan.’

Quincy drinkt zijn blik bier in een paar lange teugen leeg. Met de rug van zijn hand veegt hij zijn kin droog. Misschien komt het wel nooit meer goed, denkt hij. De plotselinge huilbuien, afgewisseld met leegte, totale gevoelloosheid. Misschien gaan die klotedromen en dat klotegevoel nooit meer over. Dat nare, drukkende, duistere besef dat hij heeft gefaald. Schuldig is aan de dood van Marko.

Imre zou hem kunnen helpen. Het zou al schelen als

hij alleen maar naar hem zou willen luisteren. Zijn beste vriend is sowieso de enige bij wie hij zijn verhaal kwijt zou kunnen.

Quincy pakt zijn telefoon en scrolt door de berichtjes die hij Imre heeft gestuurd. Het zijn er meer dan honderd. Niet één is er beantwoord. De keren dat hij hem heeft gebeld zijn bijna ontelbaar. Imre belde nooit terug.

Quincy drukt het koele blik tegen zijn wang en sluit zijn ogen. Hij zou willen dat hij kon janken, maar het lukt niet meer.

103

Natuurlijk heb ik Jonathan geen namen gegeven. Ook al kom ik niet verder dan Marco, Mike en een karige verzameling uiterlijke kenmerken, ik kan en wil geen enkel risico nemen.

Jonathan heeft voor de tweede achtereenvolgende nacht op de bank geslapen en vanochtend hebben we met z'n drieën ontbeten. Daarna zijn vader en dochter naar Amersfoort vertrokken, waar Jonathan Vegas zijn huis heeft laten zien, haar de beginselen van het kickboksen heeft geleerd en ze samen zijn gaan lunchen. Tegen zessen kwam Vegas opgetogen thuis, vol verhalen en vastbesloten om vaker met haar vader te gaan trainen. Toen bleek dat ze ook naar de plek waren geweest waar ze is ontvoerd. Vegas heeft haar vader daar in detail verteld wat haar is overkomen, waarna ze foto's hebben gemaakt en hebben gezocht naar stukjes glas en plastic. In eerste instantie reageerde ik bezorgd: hoewel die vreselijke man waarschijnlijk alleen maar op die plek heeft staan wachten vanwege de strategische ligging op de route naar school, kan ik niet uitsluiten dat hij daar vaker komt, of er af en toe voorbijrijdt. Als hij Vegas daar dan samen met een of andere gespierde kerel foto's ziet maken, zou dat hem ongetwijfeld alarmeren. Jonathan heeft dat risico niet meegewogen, zei hij later; hij wilde zijn dochter helpen met de verwerking.

Het steekt me dat hij dat niet eerst met mij heeft overlegd, maar ik heb er niets van laten blijken. Ik zou het moeten toejuichen dat die twee het zo goed kunnen vinden. Samen tijd doorbrengen, één op één, ze hebben er recht op. Ze hebben allebei veel in te halen.

104

'Je ontloopt me.' Deon verspert de weg naar de ok.

Ik til mijn patiënt, een rode kater die al onder zeil begint te raken, demonstratief omhoog. 'Kan dat een andere keer?'

Deon gaat opzij, maar volgt me dan naar binnen en schuift de deur achter ons dicht. 'Ik assisteer wel.'

'Niet nodig.' Ik leg de kat op de tafel en knip de lamp aan.

'Wat moet er gebeuren?'

'Gebitssanering. Ik ben hier nog wel even bezig.'

Hij fronst. 'Dat kun je toch aan Anky overlaten?'

'We hoeven niet alle routineklusjes door de paraveterinairen te laten doen.’ Ik bind een mondmasker voor en zet een veiligheidsbril op. ‘Moet je niet naar je patiënten?’

‘Kom op, Emma,’ zegt hij scherp. ‘Als je vindt dat ik te ver ben gegaan, zou ik dat graag willen weten.’

Ik zet de operatietafel met het voetpedaal op de juiste werkhoogte. ‘Ik vind absoluut dat je te ver gegaan bent, ja, maar dat geldt net zo goed, of misschien nog wel meer, voor Bob.’

Hij reageert niet.

Ik kijk op en realiseer me dan pas dat dit helemaal niet over Jonathan gaat. ‘O, dát? Méén je dat nou? Wil je feedback? Zal ik een recensie achterlaten op Tripadvisor?’

Zijn gezicht betrekt.

Verdorie. Waarom kon ik nou mijn mond niet houden? Deons stekeligheid kan ik er nu echt niet bij hebben.

‘Sorry,’ zeg ik snel. ‘Het ging niet te ver, ik heb gewoon veel aan mijn hoofd. Vegas vreet energie.’

Hij blijft een paar seconden stil en zegt dan, kalm: ‘Als je wilt kan ik wel met haar praten. Vreemde ogen dwingen.’

‘Lief van je, maar ze is een puber. Volwassenen zijn de vijand.’

‘Je onderschat mijn overtuigingskracht.’

Ik probeer te glimlachen. ‘Zeker niet, maar ik ken mijn dochter.’ Ik pak de dentale unit en sluit hem aan, buig me over de patiënt heen. ‘Eh... ik heb weinig geslapen vannacht. Dus laat me maar even.’

Hij zegt niets meer. Net op het moment dat ik denk dat hij me alleen zal laten, vraagt hij: ‘Of houdt die kickbokser je wakker?’

'Wát?'

'Hij is het hele weekend bij jullie blijven slapen.'

'Ben je me aan het stalken of zo?'

'Het is dus waar,' zegt hij, met een teleurstelling in zijn ogen die me razend maakt.

'Deon, dit is niet oké,' zeg ik zo kalm mogelijk. Inwendig tril ik. 'Mijn privéleven gaat je niets aan. Je bent mijn werkgever, niet mijn baas.'

'Ik meen me anders te herinneren dat je er behoorlijk lekker op gaat als iemand de baas over je speelt. Dat orgasme was niet gefaket.'

Ik sluit mijn ogen, blaas hoorbaar lucht uit.

'Dat is niet iets om je voor te schamen. En, Emmetje, ik zou het niet eens hebben overwogen om je zo stevig aan te pakken als ik de sporen op je polsen niet had opgemerkt. Die hebben je verraden.'

Ik doe of ik hem niet hoor en richt me op mijn patiënt.

'Ik weet trouwens niet welke amateur je daarmee opgezadeld heeft, maar ik kan je wel vertellen dat hij zich nodig eens moet gaan bijscholen. Respectloos, om een vrouw op zo'n manier terug het dagelijks leven in te sturen, sorry.'

Ook dat nog. 'Je punt is gemaakt. Laat me nu met rust.'

Hij tikt met zijn nagels op de operatietafel. 'Ik zou je nog graag willen meegeven dat je in deze scene een beetje moet oppassen. Er lopen behoorlijk wat vage types in rond.'

Ik hef mijn kin. 'En jij bent natuurlijk door en door te vertrouwen.'

'Op dat gebied zeker,' zegt hij ernstig. 'En aangezien je me sindsdien ontloopt –'

'Het was leuk, Deon, ik heb geen klachten. Maar ik wil het bij die ene keer laten. Onze verhouding is ongelijk. Het gaat nooit werken.'

Hij kijkt me donker aan.

'Ik denk dat je beter weer kunt gaan afspreken met Rosalie of zo,' flap ik eruit.

'Wat is er met Rosalie?'

'Ze is dol op je.' *En net zo koekoek als jij.*

'Dat met Rosalie was niet serieus, dat weet ze zelf ook,' snauwt hij. 'Dus je kiest voor een hersenloze vechtsporter?'

Het ligt op het puntje van mijn tong om te zeggen dat Jonathan de vader van Vegas is, maar die informatie gun ik hem niet. Hij stikt maar lekker in zijn vooroordelen.

Ik buig me weer over Garfields gebitje en beweeg het vibrerende tipje geconcentreerd over het tandsteen.

'Waren die blauwe plekken van hem?'

'Deon, sodemieter op.'

Hij mompelt een verwensing en beent naar de deur. 'Je maakt een fout, een heel grote fout.'

105

Honden schudden stress letterlijk van zich af. Na een ruzie met een soortgenoot of een reprimande van de eigenaar is dat het eerste wat ze doen, en hóp, de spanning is uit hun lijf voordat die zich heeft kunnen vastzetten. Voor mensen zou het ook een uitkomst zijn, denk ik, als ik Garfield in een van de kooien in de opnameruimte leg. Mijn nek en schouders zitten muurvast.

De rest van de ochtend ben ik druk in de weer met mijn patiënten. Deon is in geen velden of wegen te bekennen. Het is makkelijk om boos op hem te zijn, maar ik ben vooral boos op mezelf.

Om kwart voor twee zie ik door het raam van de volle wachtkamer Jonathan het terrein op rijden. Zijn auto is niet te missen: lichtrood, met op de zijkant in zwarte letters ELYSIUM CITY GYM AMERSFOORT en een silhouet van een boksende man en vrouw.

Ik haast me naar de zijingang, waar de pick-up de halve oprit in beslag neemt.

Jonathan springt uit de cabine en geeft me een kus op mijn wang. 'Vegas al thuis?'

'Nee, ik ga haar straks ophalen.'

Hij tilt haar fiets uit de laadbak. 'Het viel mee. Alleen het achterwiel en het spatbord moesten worden vervangen.'

'En dat regel jij even op een maandagochtend?'

Hij knipoogt. 'Connecties.'

Achter Jonathan zie ik Deon aan komen rijden. Zijn gezicht staat op oorlog. Hij loopt eerst in de richting van de hoofdingang, blijft dan staan en kijkt onze kant op. 'Die asobak neemt plaats in voor drie klanten,' roept hij. Zijn ogen haken zich vast in de mijne. 'En wat doe jij buiten? Ik word verdomme gebeld omdat ze het niet bijgebeend krijgen, en jij staat een beetje te lummelen.' Dan beent hij naar binnen.

'Die vent is niet goed,' zegt Jonathan.

Ik kijk nietsziend voor me uit. Deon heeft er nooit een punt van gemaakt als ik tussendoor even een pauze nam of weg moest, blijkbaar heeft hij dat privilege ingetrokken. 'Ik moet Vegas straks van school halen.'

'Hoe laat?'

'Om vier uur.'

'Weet je dat zeker? Dan maakt ze wel heel lange dagen.'

Ik denk terug aan vanochtend. 'Ik ben pas om vier uur uit, hè?' zei ze bij het uitstappen. 'Niet vergeten!'

Pás...

Ik haast me naar binnen en ren de trap op, met Jonathan in mijn kielzog. In de woonkamer klap ik mijn laptop open en start Magister op. Heel wat ouders raadplegen vrijwel dagelijks het leerlingvolgsysteem, maar voor mij heeft het altijd als bespioneren gevoeld. Als ik mijn eigen kind al niet kan vertrouwen, wie dan nog wel? Inmiddels zou ik beter moeten weten.

'Tien over twee,' zeg ik schor.

We kijken elkaar zwijgend aan.

Houdt het dan nooit op?

Jonathan legt een hand op mijn arm. 'Ga jij die psycho beneden nou maar tevredenstellen, ik rij wel even naar die school.'

'Ik weet niet of –'

'Komt goed,' zegt hij, en hij pakt mijn gezicht beet en drukt totaal onverwacht een kus op mijn mond.

106

Terwijl ik Jonathan het terrein af hoor rijden haast ik me naar de badkamer. Ik werp water in mijn gezicht, haal een borstel door mijn haar en doe het opnieuw in een staart. Het elastiekje schiet tot twee keer toe uit mijn hand. Ik moet moeite doen om niet in huilen uit te barsten. Dat Vegas me besodemietert na wat we samen hebben gedeeld vind ik onbegrijpelijk. Het doet fysiek pijn.

En Deons reactie van zojuist ging werkelijk alle perken te buiten. Ik lijk wel gek dat ik me zo door hem laat opjagen – *hij wacht maar even.*

Ik ga met een kop koffie in de woonkamer op de bank zitten. De regen slaat tegen de ruiten en het geroffel vult mijn woonkamer, die er leger door lijkt, eenzamer. Ik gris een stapeltje ongeopende post van de salontafel. De eerste envelop, een brief van school, leg ik opzij. Bij de Postcodeloterij heb ik een ontbijtkoek gewonnen die ik bij de supermarkt kan ophalen. De volgende brief is van Stichting Hulphond, geadresseerd aan 'Dhr. dr. T. van Dam'. Teun van Dam is de dierenarts voor wie ik in de plaats ben gekomen. Die brief was natuurlijk voor de kliniek bedoeld. Maar het adres is wel het mijne: Kruisweg 23a. Mijn vingers volgen de letters en cijfers op de envelop. Je kunt je vergissen in een huisnummer, maar een 'a' zet je er niet per abuis bij.

107

'Dus jij bent Wesley.'

Wesley kijkt argwanend op naar mijn vader.

Die stond ineens voor onze neus, hier in de uiterste hoek van de fietsenstalling waar we schuilen voor de regen.

Ik houd de joint die Wes voor me gedraaid heeft achter mijn rug. Die moet ik zien kwijt te raken zonder dat mijn vader het merkt.

Wes heeft de zijne duidelijk zichtbaar tussen zijn duim en wijsvinger vast. Hij heeft schijt. 'En wie ben jij?'

Mijn vader blijft rustig, hij beweegt nauwelijks. 'Ik ben de vader van Vegas.'

Ik moet proberen de joint de struiken in te schieten, tussen de spijlen van het hekwerk door. Als mama hoort dat ik op school sta te blowen, laat ze me nooit meer met rust.

'Haar pa woont in het buitenland.'

'Niet meer,' zegt mijn vader.

'Hij is mijn vader, Wes,' fluister ik.

Ik wou dat ik in de grond kon verdwijnen.

'Dus, Wesley...' Mijn vader pauzeert, hij laat zijn ogen lang op hem rusten. 'Ze hebben jou ook weer losgelaten.'

Wes kijkt nerveus naar mij, alsof hij wil zeggen: hoezo weet deze gast dit?

Papa kijkt nu mij recht aan. 'Je hebt tegen je moeder gezegd dat je pas om vier uur uit bent.'

'Tussenuur.' Ik voel aan mijn neus, in mijn andere hand houd ik de joint buiten het zicht.

Mijn vader richt zich weer op Wesley. 'En dan ga je hier

in de kou met je chickie staan blowen... Stoer.'

Wesley verplaatst zijn gewicht van de ene op de andere voet. Wat lijkt hij klein naast mijn vader. En bleek.

'Nee, meneer.'

'Wat is dat dan?' Mijn vader wijst naar de joint.

Terwijl hij dat doet, gooi ik de mijne achter mijn rug weg. Ik kan alleen maar hopen dat hij in de struiken terechtkomt.

'O, niks,' zegt Wesley. Zijn stem trilt een beetje, zijn handen ook. Hij laat de joint op de grond voor zijn voeten vallen en gaat er met de zool van zijn sneaker overheen.

'Beter,' zegt mijn vader. 'Dan neem ik Vegas nu mee naar huis. Dat vind je wel goed, toch?'

'Ja, ja. Tuurlijk. Chill. Je bent haar pa.' Hij houdt zijn vuist omhoog om mijn vader een boks te geven, maar mijn vader negeert hem en zoekt oogcontact met mij.

'Kom, we gaan.'

108

Marleen pakt de brief die ik op de balie heb gelegd. 'Van Dam,' leest ze hardop. 'Geef maar hier, ik stuur hem wel door.'

Ik gris de envelop uit haar hand. 'Dat doe ik zelf wel.'

'Het is geen moeite.'

'Voor mij ook niet.' Ik pers er een glimlach uit. Achter me zit de wachtkamer nog zeker halfvol, maar ik kan niet aan de slag voordat ik dit uit mijn systeem heb. 'Dus eh...

mijn voorganger heeft ook in het appartement gewoond?'

'Een jaar of twee.'

'Wanneer is hij weggegaan?'

Marleen blaast een denkbeeldige lok van haar voorhoofd en begint haar bril te poetsen. 'Een paar maanden voordat jij hier kwam werken. Het ging toen al een poos niet goed met hem.' Dan kijkt ze me aan met een blik die ik niet zo goed kan plaatsen. 'Trouwens knap hoor, dat je dat voor elkaar hebt gekregen.'

'Wat bedoel je?'

'Ik moest wel even slikken toen ik hoorde dat jij het van hem kreeg.'

'Dat ik wát kreeg?'

Haar gezicht betrekt. 'Het appartement. Wat anders?'

Eerst Rosalie, nu Marleen. Ik kan het hun niet kwalijk nemen: ook ik dacht dat ik de jackpot had gewonnen. Dat het appartement buiten ruim en mooi ook heel eenzaam, gehorig en een beetje eng is, daar kom je pas achter als je er woont.

'Wilde jij het dan? Dat wist ik niet.'

'Je hebt niet door dat je een streepje voor hebt bij de baas? Ik vroeg er Deon al om vóórdat Teun er introk. En toen het zo misging met 'm, heb ik het nog eens gevraagd.' Ze tikt op haar borst. 'Ik voel het wel hoor, het verschil. Jullie houden elkaar allemaal de hand boven het hoofd.'

Ik frons. 'Jullie...'

'De artsen.' Ze trekt haar wenkbrauwen hoog op alsof ze wil zeggen: hoezo snap je dat niet?

'Deon heeft Rosalie net zo goed gepasseerd.'

Ze maakt een afwerend gebaar en richt zich weer op haar beeldscherm. 'Ander verhaal.'

'Wat mankeerde Teun eigenlijk?'

Ze schudt haar hoofd zonder me aan te kijken.

De stilte blijft even tussen ons in hangen.

'Maar je hebt zijn nieuwe adres wel, begrijp ik?'

'Ja,' zegt ze, en ze houdt haar hand op. 'Geef die envelop maar hier, ik moet zo meteen toch de post wegbrengen. Het is geen moeite.'

'Voor mij ook niet.'

'Dan kijk ik wel even voor je,' zegt ze, met een lichte irritatie in haar stem. Haar vingers ratelen over het toetsenbord. Ze pakt een notitieblaadje en schrijft er in haar keurige handschrift een adres in Nijmegen op. Ik moet me inhouden om het velletje niet uit haar hand te trekken. 'Wat was er dan loos met die man?'

'Laten we het er maar op houden dat hij niet helemaal stabiel was.'

109

'Wat zat er in die joints, wiet of hasj?' vraagt mijn vader. Zijn handen liggen losjes op het stuur.

De ruitenwissers zwiepen heen en weer.

'Eh...'

'Dit blijft tussen ons, erewoord.'

Ik weet niet goed wat ik moet zeggen. Met mijn knieën opgetrokken kijk ik naar buiten, waar de straten grauw en nat zijn. In de cabine is het lekker warm en de motor maakt een heleboel lawaai – mijn vaders auto is kapot dik.

'Hé, meissie, ik meen het. Ik ben niet anti of zo. Toen ik jouw leeftijd had, blowde ik ook.' Hij grinnikt. 'En we tikten regelmatig Flügeltjes weg in de pauze.'

Ik schiet in de lach. 'Flügels op school? Da's écht weird!'

Zijn mondhoeken krullen omhoog. 'En fokking stom. Ik ben twee keer blijven zitten en ben daarna teruggezet naar het vmbo.'

Mijn telefoon trilt de hele tijd. Wesley. Hij is pissed dat ik niet opneem.

'Wiet,' zeg ik. 'Rookte jij dat toen ook?'

'Soms, maar vooral hasj, iets milder. Blow je elke dag?'

'Nee. Alleen als ik met Wesley ben.'

'Dus het is een ding van jullie samen?'

'Nou... ik rook soms ook thuis, als ik me kut voel.'

Hij knikt alsof hij me begrijpt.

Ik kijk weer naar buiten. Meerijden met papa is zoveel vetter dan ritjes in mama's auto. Zijn pick-up ruikt naar leer en is belachelijk groot. En hoog. Je kijkt over alle auto's heen. 'Ik had een beste vriendin,' zeg ik. 'We waren een soort zussen. Zij kreeg fix met Denzell, de beste vriend van Wesley, en dat is uitgegaan omdat Denzell vreemdging en toen wilde zij niets meer met hun te maken hebben.' Ik peuter aan een velletje van mijn duim, bijt erop. 'Ik haat haar en ik mis haar tegelijkertijd. Zo stom. Ik kan er soms niet van slapen.'

'En als je blowt, hoef je daar niet aan te denken.'

Ik draai mijn gezicht met een ruk naar hem toe. 'Ja! Precies.'

Papa snapt het echt. Dit zou ik nooit aan mama kunnen vertellen, die begrijpt dit soort dingen niet. Ze zei laatst dat ik Lara maar moest vergeten, dat er genoeg andere leuke meiden zijn die vrienden met me willen worden. Alsof me dat zomaar lukt. Zij was de belangrijkste persoon in mijn leven.

'Je blowt nog niet zo lang, toch?'

Ik schud mijn hoofd.

'Wat betaal je daar nou tegenwoordig voor, per gram?'

'Ik koop het nooit zelf, Wesley geeft het altijd.'

'Handig.'

Ik kan bijna niet geloven dat ik dit gesprek heb met een volwassen iemand.

'Wat voor opleiding doet hij, of werkt hij al?'

Daar moet ik even over nadenken. Wesley is gestopt met zijn stage, ik heb eigenlijk geen idee wat hij nu doet. 'Hij zegt dat hij rijk gaat worden.'

'En jij? Denk jij dat ook?'

Ik kijk naar buiten, naar de regenachtige straten. 'Ik weet het niet.'

110

'Teun van Dam? Die heeft hier gewoond, ja.' Bob legt zijn broodje carpaccio terug op zijn bord. 'Het verbaast me dat jij dat zo'n ding vindt.'

'Nou nee, ik eh... vroeg het me gewoon af.'

'Niet gewoon, toch?' zegt hij, met volle mond. 'Je komt behoorlijk opgefokt over.'

Hij heeft gelijk. Ik had er beter aan gedaan om niet meteen de keuken in te stormen, maar ik kan alleen maar denken aan het moment dat die criminelen hier binnenvielen. Steeds ben ik ervan uitgegaan dat ze De Bosrand hadden uitgekozen vanwege de afgelegen ligging, en dat ze een mannelijke dierenarts hadden verwacht vanwege seksisme. Maar ze kwamen dus wel degelijk voor een man.

'Heeft hij hier lang gewerkt?'

'Niet zo heel lang. Nog geen twee jaar.'

Deon stapt de keuken in. Hij pikt de spanning op en kijkt van Bob naar mij en weer terug. 'Wat is er?'

'Niets,' zeg ik snel. 'Ik hoorde van Marleen dat Teun van Dam in mijn appartement heeft gewoond.'

'Ja, en?'

'Dat wist ik niet.'

'Dan weet je het nu.'

'Wat was hij voor man?'

Deon giet water in het koffieapparaat. 'Zo'n vage geitenwollensok, maar hij deed zijn werk goed. Het eerste jaar tenminste. Daarna werd het een drama.'

'Hij kon de werkdruk niet aan,' voegt Bob eraan toe. Zijn strakke, op Deon gerichte blik vat ik op als een woordeloze beschuldiging naar zijn werkgever – maar dat kan aan mijn perceptie liggen.

Deon schept koffie in het apparaat. 'Eh... nog even over daarnet. Sorry, ik had niet zo tekeer moeten gaan.'

Ik knik. 'Excuses aanvaard' krijg ik echt niet over mijn lippen.

Bob begint met Deon te praten over een stukje dat hij voor onze website moet schrijven. Ik blijf even staan wachten, maar besef dan dat het momentum voorbij is en ik het onderwerp Teun van Dam voor vandaag moet laten rusten.

Als ik om halfzes thuiskom zijn Vegas en Jonathan aan het koken. Door de herrie van de afzuigkap en het tv'tje horen ze me niet binnenkomen.

'Ruikt lekker,' zeg ik.

Ze kijken tegelijkertijd over hun schouder.

'Papa leert me spaghetti maken.'

'Met groenten waar geen HARIBO op staat,' zegt Jonathan.

Vegas rolt met haar ogen. Ze krijgt een speelse por van Jonathan.

'Alles goed gegaan?'

'O, ja hoor,' antwoordt Vegas opgetogen. 'Weet je wat papa heeft?'

Jonathan schudt gegeneerd zijn hoofd.

'Een tattoo met mijn naam!' gaat ze verder. 'Kijk, hier.' Vegas legt haar hand op de schouder van haar vader.

'Ik zal hem straks uitgebreid showen, nu aan het werk,' zegt hij, met enige autoriteit in zijn stem.

Tot mijn verbazing draait ze zich zonder morren om en gaat door met courgette snijden.

111

Het is tien uur als Vegas naar haar kamer gaat met de mededeling dat ze nog huiswerk heeft. We zijn na het eten de hele avond in de keuken blijven zitten kletsen, de vaat staat nog op het aanrecht.

‘Hoe zat dat nou vanmiddag?’ vraag ik, terwijl ik een vuil bord in de vaatwasser zet.

Jonathan haalt een doekje over het werkblad en het fornuis. Je ziet aan al zijn bewegingen dat hij fysiek sterk is, en dat hij het gewend is om te werken.

‘Ze had afgesproken met dat vriendje.’

‘Wesley?’

Hij knikt.

‘Lekker dan.’

‘Ze kan hem moeilijk hierheen laten komen.’

Ik adem een keer diep in door mijn neus. De jongen met zijn zilveren ketting en quasistoere straattaal is dus mogelijk een blijvertje. ‘Dat ze hem überhaupt nog wil zien, na alle ellende.’

‘Ze heeft het nodig om ergens bij te horen. Ze is haar beste vriendin kwijtgeraakt, dat heeft er stevig bij haar in gehakt.’

‘Lara...’ Ik leg mijn hoofd in mijn nek. ‘Verdorie, die griet heeft alles bij elkaar gelogen.’

‘Ze liegen allemaal, Em. Dat lijkt er ook een beetje bij te horen. Maar die fase gaat voorbij en wat je erin hebt gestopt, komt er uiteindelijk ook weer uit. Dat vertrouwen moet je hebben.’

'Heb je die jongen ontmoet?'

'Ja.'

'Wat vind je van hem?'

'Te oud voor haar,' zegt hij kalm. 'Verder kan ik er weinig over zeggen. Ik zou hem een keer in de ring moeten hebben om te zien hoe hij reageert.'

'Hij is bad news.'

'Dat was ik destijds ook.' Hij houdt het doekje onder de kraan, wringt het uit. 'Toen ik je op dat buurtfeest zag staan dacht ik meteen: dat meisje hoort hier niet. Ik wilde je beschermen tegen het gajes dat er rondliep.' Hij lacht vreugdeloos. 'Maar ik was zelf de ergste van allemaal.'

'Dat viel toch wel mee?'

Hij kijkt van me weg alsof hij er totaal anders over denkt maar geen discussie wil. Dan zegt hij: 'Hou maar in je achterhoofd dat Vegas zich verloren voelt, net als jij destijds. Ze is onzeker en zoekt houvast, erkenning, en dat maakt zo'n oudere jongen voor haar interessant.'

'Ze laat zich te veel beïnvloeden.'

'Maar ze heeft ook een stabiele, krachtige kern en daar kan ze ver mee komen.' Zijn lippen krullen omhoog; nu lachen zijn ogen mee. 'Je kunt je dochter niet verwijten dat ze de aard naar haar moeder heeft.'

'Ik vind juist dat ze op jou lijkt.'

'Uiterlijk misschien. Maar Vegas is mentaal net zo sterk als jij. En al even introvert.'

Ik duw de klep van de vaatwasser dicht. 'Dus... eh, ik moet die jongen hier maar gewoon binnenlaten, is dat wat je wilt zeggen?'

'Da's het andere uiterste. Maar verbieden heeft geen zin, dan gaat ze alleen nog maar meer liegen.' Hij pakt een pan en draait de warmwaterkraan open. 'De tijd zal het leren. Je kunt je soms vergissen in zulke jongens.'

Ik herinner me ineens de tatoeage waar Vegas tijdens het koken over begon, en vraag hem ernaar.

'Hij is niet zo best gezet.' Hij grijpt zijn T-shirt met beide handen beet en trekt het over zijn rug omhoog. Toont me zijn schouder. VEGAS staat er, vuistgroot, in sierlijke blauwe letters. De inkt is een beetje uitgelopen. 'Ik moet hem nodig laten bijwerken,' zegt hij, en hij doet zijn shirt weer goed.

'Wanneer heb je hem laten zetten?'

'Op haar eerste verjaardag.'

'Wat mooi,' zeg ik alleen maar, en dan klap ik dicht.

In stilte werken we door; hij wast de pannen met de hand af, ik droog ze en zet ze in het kastje. Als we daarmee klaar zijn, zeg ik: 'Je hebt de dag weer gered.'

'Doe ik graag.'

'Stuur je me een tikkie voor de fiets?'

'Die paar tientjes? Ik peins er niet over. Ik heb nog veertien jaar in te halen.'

'Maar dat was onze afspraak.'

'Nee, Emma, we waren nauwelijks droog achter onze oren en we hadden geen idee van de gevolgen. Dat realiseerde ik me vanochtend, dat ik niet alleen mijn dochter heb laten zitten, maar jou en je ouders net zo goed. Ik had alsnog mijn verantwoordelijkheid moeten nemen en het niet zo lang op zijn beloop moeten laten.'

'Ik heb net zo goed mijn kop in het zand gestoken.'

Hij legt de theedoek weg en neemt mijn gezicht in beide handen.

Een deel van me wil zich verliezen in de kracht die van hem afstraalt en zich wentelen in zijn heerlijke, mannelijke geur, zijn lippen proeven – en meer. Veel meer.

'Wacht,' fluister ik.

'Te laat.' Jonathans lippen raken de mijne. Ze zijn sterk en zijdezacht tegelijkertijd en voeren me vijftien jaar terug in de tijd. Er ontsnapt een kreun uit zijn keel. 'Ik vind je nog steeds fantastisch, Em.'

'Ik... ik wil dit niet kapotmaken.'

'Je maakt niets kapot.'

'Jawel. We moeten dit niet doen.'

'Waarom niet?'

Ik pak hem bij zijn polsen en duw hem met zachte dwang bij me vandaan. 'Ga naar huis, Jonathan.'

Hij kijkt me donker aan, zijn mond een beetje open. 'Vertrouw je me niet?'

'Ik vertrouw mezelf niet,' zeg ik zacht.

112

Het boekje ligt er nog. Ik haal het elastiek los en sla het open. De aantekeningen zijn met blauwe en groene pen geschreven. Sommige tekeningetjes zijn rood ingekleurd.

Het is te donker om goede foto's te kunnen maken; m'n camera heeft moeite met focussen. Ik knip mama's nachtlampje aan en maak van elke pagina een zo scherp mogelijke foto.

Dan leg ik het boekje weer in de la, knip het licht uit en sluip terug naar mijn kamer.

113

Het is een twee-onder-een-kapdoorzonwoning uit de jaren zeventig. Gele bakstenen, witte kozijnen, een gedeelde oprit met de buren. Ik wandel erlangs in Google Street View, zoom in. In de beslotenheid van mijn slaapkamer probeer ik een beeld te vormen van de wereld van Teun van Dam. Ik had graag een gezicht bij zijn naam gehad, maar hij heeft geen profiel op social media, zelfs niet op LinkedIn.

Niet helemaal stabiel.
Drama.
Hij kon de druk niet aan.

Werkdruk lijkt in Dierenkliniek De Bosrand een eufemisme voor het trotseren van de nukken van de baas. Maar stel dat Teun te maken had met druk uit een andere hoek? Dat het daarom is misgegaan met hem? Het zou veel, zo niet alles verklaren.

Wat zou ik graag naar dat huis op Google Street View willen rijden om het de bewoner op de man af te vragen. Maar dat gaat niet. Nooit. Als de criminelen erachter komen dat ik navraag ben gaan doen, zijn de gevolgen niet te overzien.

Op de tast trek ik mijn la open en graai naar mijn notitieboekje. Het ligt niet op zijn plek. Ik laat me half uit bed zakken en vind het alsnog, verder naar achteren.

In het schijnsel van mijn bedlampje sla ik het open en schrijf ik op wat ik vandaag te weten ben gekomen. Het geeft me het gevoel dat ik niet helemaal machteloos sta.

114

Quincy schiet rechtop in bed. Zijn hart hamert in zijn ribbenkast en zijn hele lichaam staat strak van de spanning. Hij bedekt zijn gezicht met zijn handen. In de beslotenheid van zijn slaapkamer probeert hij zijn ademhaling onder controle te krijgen.

Weer die droom. Steeds dezelfde.

Toen het net was gebeurd had hij er af en toe last van, inmiddels herbeleeft hij elke nacht opnieuw die ene afschuwelijke nacht in november.

Quincy stapt uit bed. Op de overloop blijft hij even staan luisteren of hij zijn moeder hoort. Dan loopt hij de trap af en opent de koelkast. In de la ligt nog bier. Hij pakt een blik en drukt het koele metaal tegen zijn bezwete voorhoofd. Eigenlijk drinkt hij te veel. Zijn oog valt op de grote pot eiwitshake. Hij trekt het deksel eraf en vist een flesje tussen het poeder vandaan. Bekijkt de enigszins stroperige, doorzichtige vloeistof in het licht van de koelkast. Prima spul. Hij kan er altijd goed op slapen.

115

Bob assisteert me met de operatie van DJ, een herdershond die gecompliceerde breuken heeft opgelopen. Het is een hele puzzel en we zijn geconcentreerd aan het werk, elk aan een kant van het dier. Ik zou willen dat het dagelijkse leven me net zo makkelijk afging als dit deel van mijn vak waarin de keuzes die ik intuïtief maak, vanzelfsprekend de juiste zijn.

'Ik ga dichtmaken, hoever ben jij?' Bob rolt zijn kruk bij de patiënt vandaan om hechtdraad te pakken.

'Paar minuten.'

Hij buigt zich weer over DJ en begint te vertellen over de verjaardag van een van zijn zoontjes die hier laatst in de kliniek was. Floris wordt deze week acht. 'Thérèse heeft een springkussen besteld en taartjes met een fotootje van Floris erop. En daarna gaan we met het hele spul per limo naar de film.'

Ik heb een schroef in het dijbeen van de herder geplaatst. Voor een buitenstaander ziet het er heftig uit, maar dit soort wonden geneest doorgaans goed en snel. Het zelfhelend vermogen van dieren is soms verbazingwekkend groot.

'Emma? Luister je wel?'

Ik kijk op. 'Sorry, vroeg je iets?'

'Of ik straks even je auto kan meenemen om naar de HANOS te gaan.'

Bob gebruikt mijn auto wel vaker om boodschappen te doen, want dan kan hij tanken op kosten van de zaak – die waanzinnige verjaardagsfeestjes moeten natuurlijk ergens door gecompenseerd worden. 'Ik heb hem zelf nodig, sorry.'

Vanmiddag is het gesprek met Laak op het kantoor van de Kinderbescherming. Jonathan gaat mee, hij haalt ons op. Ik vind het een fijn idee dat ik er straks niet alleen voor sta.

Van de politie zelf hebben we niets meer gehoord, wat volgens Jonathan niet ongewoon is. 'In dit soort zaken worden die kinderen soms bij verstek veroordeeld, dan krijg je een brief thuis en dat was het dan,' zei hij erover. Politie, rechtszaken, jeugdzorg: Jonathan doet er laconiek over, misschien door zijn omgang met jongeren die veel ergere dingen uitvreten dan Vegas. Toch is zijn nonchalance welkom. Die geeft een beetje lucht.

116

Wesley appt me steeds. Ik heb m'n telefoon op stil gezet, maar ik zie de berichtjes achter elkaar binnenkomen.

wesley k weet dat je dit leest
ben gekapt met akkelijn

Zo raar, dit. Ik wilde zo graag dat Wesley voor mij koos en nou het zover is, weet ik het niet meer. Toen ik hem naast mijn vader in de fietsenstalling zag staan leek hij ineens zoveel minder stoer en volwassen. En hij noemde hem ook nog 'meneer'.

Hier in dit boerengat kent iedereen Wesley, maar ik denk dat hij in Amersfoort niet eens zou opvallen. Er wonen daar superveel leuke mensen. Ik heb er genoeg gezien op mijn vaders sportschool. Allemaal jongens die met hun lijf bezig zijn en met gezonde voeding en zo.

Wes heeft nog nooit van zijn leven gesport.

wesley zit me niet te kutte

Mijn vader zegt dat ik talent heb voor kickboksen. Hij is onder de indruk van mijn trapkracht en lenigheid en wil me persoonlijk gaan trainen, zodat ik heel goed ga worden en misschien zelfs wedstrijden kan gaan vechten. En dan hoef ik nooit meer bang te zijn dat iemand me van mijn fiets trekt.

wesley neem op!

Ik wil opnieuw beginnen. Ik ben klaar met roken en met de Kinderbescherming en die stomme loservrienden die de hele dag buiten rondhangen. En ik ga Lara laten zien dat ik haar niet nodig heb. Haar niet, en die bitches van school al helemaal niet.

wesley k kom nr je toe

Echt?

vegas gaat niet
k ga zo uit eten met me ouders

Ik voel me warm worden.

Mijn ouders. Hoe vet is dat.

117

'Je hoort er nooit meer iets van,' zegt Jonathan. Hij zit tegenover ons in Foodbar La Folie, waar het schemerig is en gezellig druk. We hebben zojuist gedrieën Nel Laak en haar vragenvuur getrotseerd, en dat moet gevierd worden.

'Ze stelde belachelijke vragen,' zegt Vegas, terwijl ze aioli op een nog warm stukje brood smeert.

'Vind je?' vraagt Jonathan.

'Jij niet dan? Of mama me ooit 's nachts alleen laat en er mannen bij ons over de vloer komen.' Ze rolt met haar ogen. 'En of ze alcohol drinkt. Dat doet iederéén wel eens.'

Jonathan stroopt de mouwen van zijn vest op. 'Veel kinderen willen hun ouders niet verraden. Via de reacties op zulke vragen krijgen ze dan toch een beeld.'

'En geven daar een eigen draai aan,' voeg ik eraan toe. Ik ben geschrokken van wat ik online heb gelezen over dit soort huisbezoeken en rapportages – een glas wijn per dag kan al als alcoholisme worden uitgelegd.

Ik geef Vegas een por. 'Goed dat je zei dat ik alleen op verjaardagen drink.'

'En in de lach schoot toen ze vroeg of je moeder wel eens

een joint opsteekt,' voegt Jonathan eraan toe.

De serveerster verschijnt aan tafel, een twintiger met een vrolijke uitstraling en blonde krullen. 'Kan ik nog iets te drinken voor jullie inschenken?'

Jonathan bestelt een alcoholvrij biertje, Vegas vruchtensap. De serveerster kijkt mij afwachtend aan.

Ik twijfel. Het voelt ineens verkeerd om een tweede glas wijn te nemen.

'Doe nog maar zo'n rioja voor mijn ex.' Jonathan knipoogt naar me. 'En een flesje water.'

De serveerster kijkt ons verrast aan. 'Zijn jullie éxen van elkaar? Dat zou ik nou nooit hebben gedacht, jullie lijken zo verliefd!' Meteen slaat ze haar hand voor haar mond. 'Sorry, ik flap er altijd alles uit.'

'Het zijn mijn ouders,' zegt Vegas. Haar ogen glanzen.

Het is al bijna elf uur als we thuiskomen. Vegas verdwijnt meteen naar haar kamer – ze heeft morgenvroeg weer gewoon school.

Ik zet een glas cola voor Jonathan neer en schenk voor mezelf een wijntje in – nummer drie, uit pure baldadigheid – en ga ermee op de bank zitten. Mijn blik glijdt onwillekeurig over de tatoeages op Jonathans armen. 'Heb je die al lang?'

'Al even. Een vriend van me is *tattoo artist*.'

'En een goede ook, zo te zien,' zeg ik, en tegelijkertijd besef ik dat de ondergrond waarop de realistische afbeeldingen zijn gezet mijn mening aanzienlijk kleurt.

Jonathan was als twintigjarige een wervelwind van testosteron en charme die een magische aantrekkingskracht uitoefende op iedereen in zijn omgeving. Nu, vijftien jaar later, kan ik alleen maar vaststellen dat die aantrekkingskracht nog helemaal intact is. Sterker nog, in deze gerijpte, kalmere en wijzere versie laat Jonathan alle andere mannen ver achter zich. Zoals hij daar zit in zijn olijfgroene jogger en het zwarte shirt dat strak om zijn torso spant, met zijn ogen die bijna zonder te knipperen op me gericht zijn, is hij aantrekkelijker dan ooit.

'Ik heb je nooit gevraagd naar je liefdesleven,' zeg ik.

Hij glimlacht traag, neemt een slok van zijn cola. Blijft me aankijken. 'Ik kwam jou tegen op Tinder.'

'Je hebt me gestalkt?'

'Af en toe.'

Waarom verbaast me dit? Omdat ik hem zelf nooit online heb opgezocht? 'Ik zit niet meer op Tinder.'

'Heb je een relatie?'

Ik schud mijn hoofd.

'Ook niet met die psycho?'

'Dat was eenmalig, dat weet je.'

'Is er een ex?'

'Alleen jij.'

'Dat kan ik moeilijk geloven.'

Ik glimlach vreugdeloos. 'Geloof het toch maar. En jij? Je hebt samengewoond, begreep ik?'

Hij zet zijn glas terug op tafel en begint zijn sneakers uit te trekken. 'Vier jaar. Het is uit sinds de kerst.'

'Wil je kwijt waarom?'

'Femmie is yogalerares. Ze wilde met een camper door Europa gaan trekken, elke dag ergens anders slapen, lesgeven op verschillende plekken.' Hij gaat verzitten, trekt een voet onder zijn been. 'Maar ik heb lang genoeg in het buitenland gewoond. Van Elysium City Gym een succes maken, op die ene plek, dat voelt gewoon goed.'

Femmie. Ik krijg visioenen van een lenig, lichtvoetig hert in een strak pakje.

Ze moeten een prachtig stel hebben gevormd.

'Voel je je al wat rustiger?' vraagt hij.

Ik knik naar mijn wijnglas. 'Nou, dát scheelt wel.'

'Alleen dat?'

'Je hulp ook,' geef ik toe.

'Ben je je ervan bewust dat je de hele avond al met opgetrokken schouders zit?'

Ik laat ze nadrukkelijk zakken. Het doet bijna zeer.

'Dat is wat stress fysiek met je doet,' gaat hij verder. 'Die zet zich vast in je bindweefsel.'

'Dat weet ik.' Ik leg hem uit dat honden instinctief stress van zich afschudden voordat die zich kan vastzetten in hun lijf. 'Mensen zouden daar ook van opknappen, lekker even schudden,' grap ik.

'Met yinyoga kun je in het lichaam opgeslagen stress vrijmaken en opruimen. Ik vond dat vroeger allemaal onzin, maar ik heb het met mijn eigen ogen zien gebeuren.'

'Hoe dan?'

'Cursisten van Fem die emotioneel werden, spontaan begonnen te huilen.' Hij wrijft met zijn hand over zijn nek. 'Als je eenmaal weet waar je op moet letten, zie je het overal om je heen. Mensen die alles maar opkroppen gaan naarmate ze ouder worden steeds krommer lopen. Ze torsen op een gegeven moment hun rug en schouders als een soort schild mee.'

'Is dit jouw manier om me te vertellen dat ik een kromgebogen oud vrouwtje word?'

'Het is nog niet te laat.' Hij staat op en komt naast me zitten, legt zijn handen op mijn schouders en duwt ze zachtjes naar beneden. 'Laat me maar even.' Met zijn duimen maakt hij cirkelende bewegingen. Zijn krachtige vingers vinden feilloos de plekken waar de spanning zit. Ik laat hem begaan, sluit mijn ogen. Hij masseert mijn nek en duwt aan weerszijden van mijn hoofd, dat ik als vanzelf naar voren laat hangen.

'Goed zo,' zegt hij.

Hoe hij het voor elkaar krijgt weet ik niet, maar ik voel mijn weefsel wijken, zachter worden, en een warme tinteling verspreidt zich door mijn lichaam.

Dit is wat ik nodig heb, schiet het door me heen. Niet Deons duistere, agressieve seksualiteit, waardoor ik zo werd overweldigd dat ik niet eens meer kon denken, maar iemand die lief voor me is. Die me respecteert. *Iemand die voor me zorgt.*

'Het zit muurvast, Emma. Heb je olie en een grote handdoek?'

Ik ben al onderweg naar de badkamer. Als ik terugkom zijn de lichten gedimd en heeft Jonathan de rugkussens uit de bank gehaald om meer plaats te maken.

Hij pakt de spullen van me over en drapeert de handdoek over de bank.

Weifelend blijf ik staan. Jonathan kent mijn lichaam, maar ik ben ouder geworden. En de striae van de zwangerschap heeft hij nooit gezien.

'Het is praktischer als je je kleren uittrekt,' zegt hij.

'Eh, ja.'

Met mijn rug naar hem toe schud ik mijn blouse van mijn schouders en stap snel uit mijn broek. Ik ga op de handdoek zitten en trek mijn sokken uit. Mijn string en bh houd ik aan.

'Ga maar op je buik liggen.'

Ik ga liggen met mijn gezicht van hem afgewend en mijn armen langs mijn lichaam.

'Niet schrikken.' Hij haalt mijn haar opzij en maakt geroutineerd mijn bh los.

Het volgende moment voel ik de olie, nog koud van het badkamerkastje, op mijn rug druipen. Sterke handen verspreiden de vloeistof, en beginnen me te kneden. Het is ongelooflijk wat hij doet. En heerlijk. Zijn duimen drukken precies op de goede plekken, ze cirkelen en wrijven, de tintelingen schieten door mijn lijf.

'Goed zo,' zegt hij zacht. 'Ik wist wel dat ik je rustig zou krijgen.' Meer olie. Zijn handen glijden via mijn ruggengraat naar beneden. 'Ik was vergeten dat je dat litteken had.' Hij cirkelt er zacht omheen. 'Een ongeluk met schaatsen, toch?'

'Ja,' mompel ik, half gesmoord door de handdoek. 'Op mijn twaalfde.' De lucht wordt uit mijn longen gedrukt door de kracht van zijn handen. Hij masseert mijn onderrug, mijn taille, dwaalt verder af, streelt mijn heupen. Dit is geen ontspanning meer, wat ik ervaar. De tintelingen die nu door me heen trekken zijn van een andere orde. Jonathans vingers glijden achteloos over mijn billen en onder mijn string, alsof die geen grens aangeeft, en masseren daarna mijn dijbenen, mijn bovenbenen, tot aan mijn kuiten en voeten, voetzolen, tenen.

'Mijn god,' kreun ik. 'Weet je zeker dat je kickboksleraar bent?'

'En masseur. Ik heb in Spanje flink wat meters gemaakt.'

Als hij mijn bh-bandje weer vasthaakt, voel ik me alsof ik een week op vakantie ben geweest. En ik voel nog veel meer.

'Zijn we klaar?' fluister ik.

'Dat ligt eraan.'

Ik draai me om.

Zijn ogen zijn donkerder geworden. Hij kijkt naar mijn buik en streelt over mijn striae, zijn vingers nog glad van de olie. 'Tijgerstrepen... mooi.'

Ik houd mijn adem in als zijn blik naar boven gaat, hij me in zich opneemt, en dan laat ik in een opwelling de schouderbandjes van mijn bh zakken.

'Ik weet niet of dit verstandig is,' zegt hij schor.

'Misschien wil ik wel niet verstandig zijn.'

118

Badend in het zweet schiet Quincy wakker. Hij hijgt, zijn borst gaat snel op en neer. Het duurt even voor hij zich realiseert dat hij niet in de loods is, maar in zijn slaapkamer.

Hij gaat rechtop zitten.

'Quince? Alles goed?' hoort hij zijn moeder roepen. De muren zijn van papier in dit huis.

'Ja, ma.' Hij stapt uit bed en loopt het gangetje op.

'Ik hoorde je schreeuwen. Je riep om Marko,' klinkt het van achter een deur.

'Sorry ma, ga maar weer slapen.'

119

'Hoe is dit gebeurd?' Ik laat mijn vingertoppen over het littekentje gaan dat Jonathans gewelfde lip ontsiert. 'Dat had je vroeger niet.'

We liggen in mijn bed, naakt, huid op huid, en ik voel zijn opwinding tegen mijn buik drukken. We nemen allebei de tijd, willen het onvermijdelijke uitstellen.

'Slechte beslissingen.' Hij vangt een van mijn vingers tussen zijn tanden, zuigt erop.

Ik grinnik, trek mijn vinger terug en aai over zijn neusrug, die overduidelijk gebroken is geweest. 'Dit ook?'

'Een en al slechte beslissingen,' gromt hij, en hij zoent me, bijt zachtjes in mijn onderlip. En terwijl zijn fluweelzachte tong trage cirkels om de mijne maakt, glijdt zijn hand tussen mijn benen. Hij brengt zijn vingers bij me naar binnen. Eerst voorzichtig, aftastend, totdat hij merkt dat mijn lichaam er meer dan klaar voor is en hij het tempo en de intensiteit opvoert.

Ik druk mijn bekken omhoog en pers mezelf tegen hem aan, maar het is niet genoeg. 'Meer,' fluister ik.

'Zeker weten?'

'Honderd procent,' zeg ik schor.

Als hij me opvult grijp ik me vast aan zijn schouders en sla mijn benen om zijn heupen heen. Hij stoot steeds dieper, harder, begraaft zijn gezicht in de holte van mijn hals. Alles aan hem is nog hemelser dan ik me herinner. We bewegen vloeiend, als één organisme, en er is geen boven of onder meer, geen zwaartekracht en geen tijdsbesef, alleen nog een intens gevoel van pure verrukking en verbondenheid.

'Mijn god, Em,' kreunt hij, en dan stopt hij abrupt en manoeuvreert me in een snelle, krachtige beweging bovenop zich. 'Laat me je zien.'

Ik richt me op, het dekbed zakt van mijn schouders.

'Je bent totaal niet veranderd, ongelooflijk.'

Ik berijd hem, met mijn handen op zijn sterke borst, die hard en warm aanvoelt, terwijl hij me met zijn duim bewerkt. Hij weet feilloos waar hij moet zijn, voert de druk op en moedigt me aan, en ik laat me opjagen, ga sneller en sneller, een mist van zweetdruppeltjes op mijn huid, tot ik zijn borst loslaat en mijn rug krom, en de ontlading zo rauw en allesomvattend door me heen beukt dat ik een schreeuw niet meer kan onderdrukken.

Jonathan grijpt mijn billen vast, stoot één, twee keer, en leegt zich met een haast dierlijke grom in me.

120

'Je bent gek,' fluister ik, en ik trek mijn raam verder open.

Wesley klimt naar binnen. Hij ruikt naar zijn scooter en naar buitenlucht. Zijn sneakers maken natte plekken op de vloer. Ik duw het raam weer dicht. Leg mijn vinger tegen mijn lippen. 'Mijn vader is er.'

'Ik zag z'n auto staan.'

'Hij breekt je benen als hij dit weet.'

Een glimlachje. 'Maar hij weet het niet.'

Onwennig kijk ik hem aan. Ik dacht dat ik niks meer voor hem voelde, maar het is toch niet helemaal weg. Wes ziet er goed uit, hij ruikt lekker.

'Over Akkelijn... Ik snap dat je pissed bent,' zegt hij. 'Zou ik ook zijn.'

Ik haal mijn schouders op. 'Je hebt altijd gezegd dat je geen vaste relatie wilde.'

'Dat was stom.' Hij laat een stilte vallen, kijkt me aan van onder zijn wimpers. 'Weet je, ik eh... denk dat ik bezig was met andere meisjes omdat ik jou te leuk vind. Ik wilde gewoon niet verliefd worden, snap je? Je bent pas veertien, dus...' Hij kijkt verontschuldigend van me weg.

Wesley heeft een paar keer geprobeerd verder te gaan dan zoenen. Ik was nieuwsgierig en vond het spannend, maar zodra hij mijn broek wilde openmaken, hield ik hem tegen. Ik merkte aan alles dat hij meer gewend was dan ik, dat dit voor hem normaal was, en dat hij meteen all the way zou willen gaan en misschien niet meer zou kunnen stoppen of zo. Dat maakte me bang.

Akkelijn vond het vast prima allemaal. Zij is ook twee jaar ouder dan ik. Dus ik snap niet goed dat Wesley haar voor mij heeft gedumpt.

'Maar ik moet steeds aan jou denken,' gaat hij door. 'Ik kan er eigenlijk alleen maar respect voor opbrengen.'

'Respect voor wat?'

'Dat je duidelijk bent.'

Ik weet me geen houding te geven en sla mijn armen over elkaar.

'Hé, ik vind je lekker, oké. Daar ga ik niet over liegen. Maar ik kan wachten.'

'Hoelang?'

'Maakt niet uit. Ik wacht op jou.'

Zoiets liefs heeft hij nog nooit gezegd.

'Maar als het nou heel lang duurt?' vraag ik. 'Een jaar. Of langer?'

Hij glimlacht zo lief dat ik ervan smelt. 'Zien we dan wel weer. Ik wil je niet kwijt.'

'Je bent achttien.'

'En jij bijna vijftien. Dus eigenlijk schelen we maar drie jaar. En volgend jaar, als jij zestien bent en ik negentien, vindt niemand het meer gek.'

Wesley is dichterbij gekomen. Ik geloof dat hij me wil zoenen, maar ik hoor mama's stem. Stel dat we worden betrapt? Mama heeft Wesley nog niet eens ontmoet.

‘Ik denk dat we dit niet moeten doen,’ fluister ik.

‘Natuurlijk wel.’

‘Nee. En je moet ook niet op me wachten, want dan ga ik me schuldig voelen.’

‘Schúldig? Hoeft niet, echt niet. Jij...’ Hij pakt mijn hand vast – die van hem voelt ijskoud. ‘Jij verdient gewoon de wereld.’

‘Ik moet nadenken. Er is zoveel gebeurd dat ik het even niet weet.’

‘Gebeurd? Wat dan?’

Really?

‘Op welke planeet leef jij? Ik heb in een fókking politiecel gezeten door jou, ben bijna van school getrapt, heb mijn vader leren kennen.’ *En ik ben ontvoerd toen ik naar school fietste!* ‘Je moet naar huis gaan, Wes. Ik wil nou gewoon niet meer drama in mijn leven.’

121

In de woonkamer flakkeren de waxinelichtjes rondom Maria en Marko. Eén ervan is gedoofd. Quincy pakt een aansteker en steekt het lontje opnieuw aan. Zijn blik glijdt over de rozenkrans, die tussen de kaarsjes gedrapeerd ligt. De kraaltjes schitteren.

Hij is zo moe. Het kan zo niet langer meer.

Zou bidden helpen?

Na pa’s overlijden – ingezet door een cocktail van drank, ketamine en coke – werd ma door haar zus meegesleurd naar de kerk. Sindsdien gebruikt Riek niets meer, behalve de door de huisarts voorgeschreven pijnstillers en tabletjes om rustig te blijven. Quincy was bang dat zijn moeder door de dood van Marko in haar oude gewoontes zou terugvallen, maar dat is niet gebeurd. Ze heeft houvast aan het geloof. Aan Maria.

Toeval, dacht Quincy steeds.

Nu hij in de schemerige woonkamer het lieve gezichtje van Maria bestudeert, is hij daar niet meer zo zeker van.

122

De opwinding heeft plaatsgemaakt voor vertrouwen. Ik lig opgekruld tegen Jonathan aan met mijn hoofd op zijn borst en luister naar zijn hartslag. Pas als ik moeite krijg om door mijn neus te ademen, besef ik dat ik huil.

Hij trekt me dichter tegen zich aan. 'Was ik zó slecht?'

Ik kan er ondanks alles om lachen en ga rechtop zitten, pak een tissue om mijn neus te snuiten. 'Sorry. Er komt veel los.'

'Je hebt behoorlijk wat voor je kiezen gehad.'

Ik nestel me weer tegen hem aan.

Hij streelt mijn haar, fluistert: 'Je hoeft het niet alleen te dragen, Em.'

De seconden tikken weg zonder dat iemand iets zegt. Ik denk regelmatig terug aan het moment in mijn keuken waarop Jonathan me een spiegel voorhield. *Vegas is mentaal net zo sterk als jij. En al even introvert.* Het is waar.

Mijn dochter en ik delen allebei weinig over wat er in ons omgaat en proberen alles zelf op te lossen. Of misschien is oplossen niet het juiste woord. We gieten er een laag beton overheen en gaan door met ons leven.

In een opwelling zeg ik: 'Ik moest iemand opereren. Hierbeneden, tijdens mijn nachtdienst.'

Hij verstart.

'Zijn handlangers hadden een pistool, en dreigden Vegas iets aan te doen.' Ik begin weer te huilen.

'Hé, hé... Sshh...' Hij gaat rechtop zitten en strijkt een lok achter mijn oor.

'Maar ik kon...' Mijn stem stokt. 'Het was...'

'Wat kon je?'

'Ik heb hem niet kunnen redden. Hij was te zwaar gewond. Het was...' De tranen stromen nu over mijn wangen. 'Het was afschuwelijk.'

'Klootzakken,' gromt hij. 'Met hoeveel waren ze?'

'Drie.'

'En Vegas was erbij?'

Ik schud mijn hoofd. 'Alleen ik.'

'Zijn het bekenden van je?'

'Nee.'

'Waarom kwamen ze dan bij jou?'

Ik vertel hem wat ik steeds heb vermoed: dat ze vanwege de ligging voor deze kliniek hebben gekozen. En dat een van hen wel eens een klant zou kunnen zijn, of een verkoper buitendienst of een leverancier, omdat ze als vanzelfsprekend de zijingang namen. 'Maar gisteren ben ik erachter gekomen dat mijn voorganger in dit appartement heeft gewoond. Volgens mijn collega's was hij labiel en kon hij de werkdruk niet aan.'

Jonathan streelt met zijn duim de nattigheid van mijn wang. 'Hoe heet hij?'

'Teun van...' Ineens besef ik waar ik mee bezig ben. En wat de consequenties kunnen zijn.

'Teun wie?'

Ik kijk van hem weg.

'Je weet toch wel hoe hij heet?'

'Je snapt het niet,' fluister ik.

Hij pakt me bij mijn schouders en bestookt me met vragen: hoe heet hij, wat voor mannen waren het en zijn me accenten opgevallen, wat voor auto hadden ze bij zich?

Ik geef geen antwoord, schud alleen mijn hoofd en sla mijn ogen neer.

Een brandje is zo gesticht.

'Ik wil het er niet meer over hebben,' zeg ik zacht. 'Vegas is ontvoerd omdat iemand van hen me bij de politie heeft gezien en ze dachten dat ik aangifte deed. Ze houden ons blijkbaar in de gaten.'

'Het zijn vuile lafaards, Emma. Je moet ze hier niet mee weg laten komen.'

'Ik wil het vergeten. Als je om ons geeft, respecteer dan mijn beslissing.'

123

'Emma,' prevelt Quincy. Zijn ogen schitteren koortsachtig. Hij heeft er geen weet van hoelang hij hier al zit, geknield, zijn vingers verstrengeld. Zijn benen slapen en zijn mond is droog, maar hij voelt het niet.

Het flakkerende kaarslicht veroorzaakt bewegende schaduwen over het gladde porseleinen gezichtje. De kleine neus, de zachtaardige oogopslag, waar zowel pijn als liefde uit spreekt – hij snapt niet dat deze overeenkomsten hem niet eerder zijn opgevallen. Maria en Emma; ze zijn allebei moeder. Maria schonk het leven aan Jezus, die zijn bloed voor de mensheid gaf; Emma gaf dat van haar aan Marko. De overeenkomsten zijn te groot om het af te schuiven op toeval. Het is allemaal voorzien.

Quincy neemt een slok bier, zet het blik weer weg en vouwt zijn handen voor zijn borst. Buigt zijn hoofd. 'Wees gegroet, Maria, vol van genade...' De laatste keer dat hij deze woorden uitsprak zat hij nog op de basisschool. Hij was samen met zijn tante in de kerk om te bidden voor mama en papa en voor het kleine zusje. Marko was nog niet eens geboren. 'U zijt de gezegende onder de vrouwen...', in zijn borstkas roert zich iets. Er komt beweging in wat daar lange tijd muurvast heeft gezeten, '...gezegend is Jezus, de vrucht van uw schoot. Heilige Maria...' De trillingen worden sterker, en er verschijnen meer barsten en kieren in de massieve blokkade daarbinnen, een stuwdam die het begeeft onder de overweldigende druk van de watermassa. 'Bid voor ons zondaars, nu en in het uur van onze dood...'

De vloedgolf overspoelt hem. Druppels wellen op in zijn ogen, rollen over zijn wangen.

Maria spreidt haar armen. Haar boodschap komt luid en duidelijk bij hem binnen: er is vergeving mogelijk, zelfs nu nog.

Zo veel goedheid is nauwelijks te bevatten.

Jouw taak zit er nog niet op.

Hij is mijlenver afgedreven van het jongetje dat met zijn tante mee ging bidden. Hoe heeft dat kunnen gebeuren? Hij schaamt zich voor wat hij heeft gedaan. De mensen bij wie Imre en hij langsgingen hadden net zo goed hun zorgen, geliefden, een ziel. En al ging Quincy nooit zo ver als Imre, ook hij heeft die mensen pijn gedaan. Hun bloed kleeft ook aan zijn handen. Hun geschreeuw vult zijn oren.

Hij ziet het nu heel helder: het waren verleidingen, beproevingen van hogerhand, en hij heeft gefaald. Hij had alleen oog voor het geld waarmee hij een beter leven voor zichzelf en voor zijn moeder wilde kopen. Hij dacht dat hij daar goed aan deed, maar het is niet aan hem: met haar ziekte doet Riek boete voor haar zondige leven, voor het verwaarlozen van haar kinderen. Ze zit haar straf uit tijdens haar leven hier op aarde, zodat ze later, als het haar tijd is, niet naar de hel hoeft, maar daarboven een mooie plaats krijgt vlak naast Marko, die daar al is.

124

'Hé, je bent wakker. Ik wilde je laten liggen.' Jonathan komt de slaapkamer in met een handdoek om zijn middel geslagen. Zijn haar is nog vochtig van het douchen.

'Moet je werken?'

'Afspraak waar ik niet onderuit kan.' Hij kust me en trekt me met een tevreden kreun tegen zich aan.

Ik wentel me in zijn geur, geniet van de warmte en hardheid van zijn lichaam.

'Ik moet ervandoor, tijger.'

Met tegenzin laat ik hem los.

Hij laat de handdoek op de grond vallen, stapt in zijn boxer en trekt met soepele bewegingen zijn shirt aan. Mijn ogen dwalen af naar zijn heupen, zijn benen. Op zijn linkerkuit heeft hij een rode tatoeage die mijn aandacht trekt.

Ik voel me ineens koud worden.

Mijn oren beginnen te suizen; onaangename tintelingen verspreiden zich over mijn gezicht als speldenprikken. Ze gaan over in mijn nek en schouders, over mijn armen en rug, en het volgende moment klapt het bed met de vloer als een valluik onder me vandaan. De geur van bloed en zweet vult mijn neusgaten en ik kijk in de loop van het pistool dat op me gericht is, nauwelijks een armlengte bij me vandaan. De glinsterende ogen van de schutter daar vlak achter, donker, klein. Koud. Voor hem heb ik geen waarde. Ik ben een gebruiksvoorwerp dat zijn nut heeft verloren en vernietigd kan worden.

'Doe iets!' hoor ik achter me.

Ik kijk met afgrijzen naar de patiënt die tussen mij en de schutter op de operatietafel ligt. Uit zijn grauwe huid stulpt de vers gehechte wond omhoog als een kartelige bergketen op een landkaart. Bloedvegen over de tatoeage van de leeuw. Daar vlakbij een rode M met scherpe hoeken, een dikke rode stip erboven.

Dezelfde M.

Dezelfde punt.

Hij is dood.

Ik kan niets meer doen.

'Emma?' Een mannenstem, aan de rand van mijn bewustzijn, uit een andere tijd. Het voelt alsof er twee werkelijkheden over elkaar geschoven zijn. Twee verschillende tijden, warm, koud. Ik zie de operatiekamer, ik hoor...

'Wat is er aan de hand?'

Het getintel trekt weg. Mijn hart gaat tekeer alsof ik uren heb gerend. Buiten slaat de regen tegen het raam.

'Em?'

Verdwaasd knipper ik met mijn ogen. Ik sta op van het bed.

Jonathan steekt zijn handen naar me uit. 'Emma, je –'

'Raak me niet aan!'

Hij blijft staan.

'Ik vertrouwde je,' zeg ik zacht.

'Dat kun je ook. Het leek wel of je... eh...', hij beweegt zijn hand heen en weer voor zijn gezicht, '...of je even weg was, wat is –'

'Praat niet tegen me!'

'Wat is er aan de hand? Je bent jezelf niet.'

'Ik wil dat je nu weggaat,' zeg ik zo kalm mogelijk.

Hij kijkt me verbaasd aan, of is het eerder verontwaardigd?

'Donder op!' schreeuw ik, en ik duw hem tegen zijn borst.

Hij zet een stap naar achteren. 'Jezus, Em. Wat doe je?'

'Mijn huis uit!'

Even blijft hij roerloos staan, en dan, alsof hij plotseling van gedachten verandert, komt hij in beweging en grist zijn telefoon van tafel. In de deuropening draait hij zich naar me om. 'Ik geef om jullie. We komen er wel uit. Ik bel je gauw.'

125

'Ze weet het van Teun. Wat moeten we daarmee?'

'Niets.'

'Stel dat ze hem gaat opzoeken en vragen gaat stellen? Dan heb jij een probleem.'

'Jij net zo goed, of ben je dat vergeten? Maar Teun houdt zijn mond wel. Ik ben duidelijk genoeg geweest.'

126

Op het scherm van mijn laptop staan afbeeldingen van rode M's. Ik heb er honderden bestudeerd, maar niet één heeft de uitgesproken hoekige vormen van de M die op het lichaam van Jonathan en dat van Marco is getatoeëerd, en ik ben er ook nog geen tegengekomen met een stip erboven of de grijze streepjes en kruisjes eronder – die naar wat ik vermoed Romeinse cijfers zijn die samen '2018' vormen. Googelen op 'M met stip' levert niks op.

Ik moet weten waar die M voor staat. Niet voor de naam Marco in elk geval. Is het het logo van een motorclub of een crimineel verbond? Als ik daarachter ben wordt het me misschien duidelijk waar Jonathan en Marco elkaar van kennen, en wat Jonathan met die criminelen te maken heeft.

Ik steek mijn hand voor niemand in het vuur, maar we zijn ouder geworden, verstandiger. De echte brokkenmakers vallen af voor hun vijfentwintigste.

Die mooie sportschool van hem, zijn pick-up... hij moet dat ergens van bekostigen. Sterrenstof? Misschien is hij er wel nooit mee gestopt. Weet hij het alleen beter te verbergen.

Zou Jonathan het al die tijd al hebben geweten, van de operatie? Hij wist in elk geval waar ik woonde en werkte. Kan het zijn dat hij met zijn vriendjes heeft gesproken over mij en Vegas? Zijn ze daarom hierheen gekomen?

Ik snap het gewoon niet.

Buiten hoor ik grind knerpen. Zonder uit het raam te kijken weet ik wie het is; ik herken het geluid van Deons auto. Nog zo'n topkeuze van me. Dat ik een zwak heb voor foute mannen is zonneklaar. Kwalijker is dat ik mijn dochter meesleur in al die verkeerde beslissingen, en haar blijkbaar ook nog eens inspireer om hetzelfde te doen. Van alle jongens die ongetwijfeld voor haar in de rij staan, pikt ze er eentje uit die haar aanzet drugs te gebruiken en haar mee uit stelen neemt.

Van alle deprimerende gedachten die nu door me heen gaan, is de pijnlijkste van allemaal dat die nare Nel Laak van de Kinderbescherming het uiteindelijk zo slecht niet heeft gezien.

Ik ben een vreselijke moeder.

127

'Ma belde, ze had moeite met uit bed komen en je reageerde niet op haar geroep.' Natasja beent langs Quincy heen en schuift met nijdige rukjes de gordijnen open. Ochtendlicht valt tussen de vazen door de kleine woonkamer in.

'Niks gehoord,' fluistert hij. Zijn stem klinkt schor. Hij kijkt naar Maria. Ze beweegt niet meer. Op de foto naast haar ramt Marko zijn vuist in de lucht, een gestold moment in de tijd.

Natasja legt een hand op zijn schouder. 'Je moet stoppen met drinken, Quince,' zegt ze zacht, en dan pakt ze het flesje GHB van tafel. 'Wat is dat nou weer voor spul? Niet pa en ma achternagaan. Kom, help me even mee. Wil jij stofzuigen? Dan maak ik gauw schoon. Ma hoeft er niets van te merken.'

128

‘Mam?’

Ik kijk op van mijn laptop.

Vegas staat in de deuropening van de keuken, ze draagt een jeans en een hoody en heeft zich opgemaakt om naar school te gaan.

Ik spring op, gris de autosleutels van het aanrechtblad. ‘Verdorie, helemaal vergeten, sorry.’

Ze steekt haar hand op. ‘Nee, mam, ik ga zelf.’

‘Weet je dat zeker?’

‘Mijn fiets is gemaakt, dus...’ Ze loopt langs me heen en begint brood te smeren, snijdt een tomaat in plakjes. ‘Papa zei dat als je in de ring knock-out gaat, je er zo snel mogelijk weer terug in moet voor een winervaring. Anders durf je het misschien nooit meer.’

Wat jou is overkomen is wel een paar graden ernstiger dan knock-out gaan tijdens een sportwedstrijd, wil ik zeggen, maar ik houd mijn mond en ga weer aan tafel zitten.

‘Eh, mam...’ Ze is even stil, haar blik is op de snijplank gericht. Daarna kijkt ze mij aan. ‘Waarom gaan we hier niet gewoon weg?’

‘Ergens anders gaan wonen, bedoel je?’

Haar gezicht klaart op, ze knikt. ‘Ik vind het hier verschrikkelijk. En jij ook.’

‘Waarom denk je dat?’

‘Die dingen zijn hier gebeurd.’ Ze wijst naar beneden. ‘In de kliniek.’

Op mijn schoot grijpen mijn handen in elkaar. ‘Hoe kom je daar nou bij?’

‘Ik ben niet achterlijk.’

Plotseling moet ik denken aan mijn notitieboekje, dat niet op de plek lag waar ik het steeds op de tast heb kunnen vinden. Toeval? Ik kan haar niet vragen of ze in mijn spullen heeft gesnuffeld, want dan beken ik schuld. ‘We hebben afgesproken dat we het zouden laten rusten.’

Ze kijkt me ernstig aan. ‘Dat is niet afgesproken, dat heb jij besloten.’

Scherp.

Na een korte stilte vraag ik: ‘Waar zou je dan naartoe willen?’

‘Misschien...’, de emoties wisselen elkaar af op haar gezicht, ‘...naar Amersfoort? Het is daar heel leuk.’

Precies waar ik bang voor was. ‘Maar ook ver weg.’

‘Daarom. Dan kan ik opnieuw beginnen, op een andere school waar niet iedereen me aangaapt.’

‘En je vrienden dan?’

‘Die heb ik niet echt meer, hè.’ Ze pakt haar brood in en stopt het in haar rugzak. ‘Maar opa en oma ga ik wel missen.’

Vegas is er voor zichzelf al uit. Ze stelt zich haar toekomst voor in Amersfoort, de stad van de man die ik een uur geleden de deur heb gewezen. Ik moet het haar vertellen voordat ze het van hem hoort. Maar niet nu, net voordat ze naar school gaat.

Ik schraap mijn keel. ‘Of het Amersfoort wordt, weet ik niet, maar we hoeven hier ook niet per se te blijven. Laten we het er vanavond verder over hebben, goed?’

Opgewekt neemt ze afscheid. Vanuit het keukenraam zie ik haar over het grind wegfietsen, het winterse bos in.

Ik veeg mijn tranen weg en bel de kliniek. Marleen neemt op. 'Ik kan vandaag niet komen werken,' zeg ik.

'Ziek?'

'Eh, ja. Ik moet zo meteen naar de huisarts.'

'Zal ik Bob en Rosalie vragen je patiënten over te nemen?'

'Ja, doe maar,' zeg ik, en ik druk de verbinding weg.

Ik klap mijn laptop dicht, pak mijn sleutels en gris mijn jas van de kapstok.

129

Een paar meisjes uit mijn klas zitten vlak bij me in de aula. Ze hebben het over *Temptation Island.* Dat kijk ik ook altijd, maar niemand vraagt mij iets. Eigenlijk vind ik het ook niet meer zo interessant. Ik wil liever over mijn vader praten en over de mensen die ik op zijn sportschool heb leren kennen. Toen hij me lesgaf, trainde er ook een meisje van mijn leeftijd. Ze was heel aardig en zou zomaar een nieuwe vriendin kunnen worden. Ik neem een hap van mijn boterham. Er zit hummus op, met sla en tomaat en een laagje mayo. Ik moest er altijd van kokhalzen, van die rare dingen die mama eet, nu smeer ik het zelf op mijn brood. Ik wil voortaan alleen nog maar gezond eten en drinken.

De volgende training is pas zaterdag, over drie dagen. Ik zou liever vandaag al gaan. Als ik had kunnen kickboksen, dan zou die kerel me nooit in dat busje gekregen hebben.

In een opwelling stuur ik een appje.

vegas papa als mama de trein betaald kan ik dan vnv komen trainen dat jij mij op het station ophaalt?

Blauwe vinkjes.

Daarna gaat hij offline. Eén minuut, twee minuten.

vegas ik snap het hoor als het niet kan
maar ik heb gewoon veel zin om te trainen ☺

De telefoon begint te trillen. Ik neem op.

'Heb je vanochtend nog met je moeder gepraat?' vraagt hij.

'Nee?'

Stilte.

'Hoezo? Wat is er dan?'

'Meissie, ik moet lesgeven nu.'

'Eh... ja... Maar kan ik vanavond dan niet langskomen?'

Hij antwoordt niet.

'Papa?'

De zoemer gaat. Iedereen pakt zijn tas en staat op.

Ik blijf zitten. 'Is er iets?'

'Sorry, je moet bij je moeder zijn. Luister goed naar wat ik zeg: je bent hier altijd welkom. Oké? Onthoud je dat? Altijd.'

Hij hangt op.

130

Ik had het achter me willen laten, maar dat gaat nu niet meer. Jonathan is erbij betrokken en daar kan ik mijn ogen niet voor sluiten.

Ik graaf niet, praat ik mezelf moed in, ik stel geen vragen. Niemand kan me dat verwijten. Ik wil hem alleen maar in de ogen kijken, de man die in mijn appartement heeft gewoond. Misschien kan ik iets opmaken uit zijn uiterlijk of zijn reactie.

131

Imre legt de laatste hand aan de muur van zijn woonkamer. Met een voegspijker duwt hij het cement trefzeker tussen de bakstenen en drukt het aan. Hij vindt het jammer dat de klanten bijna allemaal gestuukte wanden willen. Voor een metselaar is daar geen eer aan te behalen. Van een afstandje bewondert hij het resultaat van zijn inspanningen. Schoonmetselwerk heet dit, een term die perfect de lading dekt. De stenen liggen kaarsrecht, het vakmanschap is zichtbaar in elke voeg. Die boerderij van hem wordt een kasteel. Maar zijn keukenapparatuur en de spullen voor zijn badkamer zal hij net als ieder ander in een winkel moeten kopen, en de bodem van zijn bankrekening is in zicht.

Hij veegt de voegspijker schoon en trekt zijn handschoenen uit. Rekt en strekt zijn vingers. Hij heeft zich nu wel lang genoeg koest gehouden, vermoedt hij. Na de begrafenis van Marko is er geen politie bij hem aan de deur geweest en Quincy en zijn familie hebben ze evengoed met rust gelaten. De dood van Marko heeft blijkbaar geen prioriteit binnen het overbelaste politiekorps. En van Emma van Eerd heeft hij ook niets meer te vrezen.

Weer op pad; hij moet glimlachen bij de gedachte. Mensen bang maken is makkelijk, zeker het type waar Quincy en hij op af worden gestuurd. Onnozelaars die helemaal niet bedacht zijn op geweld. Imre verheugt zich op hun angstige smoelwerken, op de uitvluchten die ze verzinnen, en het lekkere gevoel dat hij ervan krijgt om die sukkels de stuipen op het lijf te jagen. Maar hij verheugt zich vooral op het geld.

Morgenmiddag pakt hij de draad weer op, zonder Quincy. Die jongen is te soft geworden, te sentimenteel – eigenlijk was hij dat altijd al. Hij zou alleen maar in de weg lopen.

132

Het huis maakt een vermoeide indruk, alsof er iemand woont die hoogbejaard is, of die tijdelijk huurt en dus niet investeert in zijn woonomgeving. Naast de deur hangt het cijfer 30, oranje aardewerk met een zwarte rand. Ik bel aan, kijk om me heen. Verzakte grindtegels, algaanslag. Oude hulst en andere veel te groot geworden struiken die de indruk wekken dat je je in een bos bevindt in plaats van in een woonwijk uit de seventies.

Als de deur abrupt wordt opengedaan, kijk ik in twee waterige ogen. De man heeft halflang peper-en-zouthaar, een bleek, ingevallen gezicht en draagt een geblokt overhemd.

'Bent u Teun van Dam?'

'Vraagt wie?'

'Eh, Emma van Eerd. De nieuwe bewoner van het appartement boven Dierenkliniek De Bosrand.'

Hij schrikt zichtbaar.

Ik steek de envelop van Stichting Hulphond omhoog. De brief is een zwakke aanleiding, maar het is de enige die ik heb. 'Ik heb post voor u.'

'Wie heeft u mijn adres gegeven?'

'Marleen.'

Zijn gezicht betrekt. *'The secretary from hell.'*

Achter hem verschijnt een man in de gang. Gedrongen postuur, priemoogjes. Hij heeft een theedoek in zijn hand. 'En wie ben jij nou weer?'

'Emma van Eerd, ik werk in Kliniek De Bosrand.'

Zodra hij die naam hoort, fronst hij zijn wenkbrauwen. 'Deon Niekerk heeft je gestuurd,' concludeert hij.

'Nee. Hij weet niet eens dat ik hier ben.'

'Wat kom je dan doen?'

'Post brengen.' Ik wapper met de brief.

De man reikt langs Teun en grist de envelop uit mijn hand. Kijkt ernaar. 'Een reclamedingetje?'

'Eh... als ik eerlijk ben, wilde ik van de aanleiding gebruikmaken om Teun te vragen naar zijn ervaringen bij de kliniek.'

Ik richt me op Teun, die er nu verloren bij staat. Hij lijkt me nauwelijks te horen.

'Mijn contract loopt binnenkort af en ik moet een keuze maken,' ga ik door.

De vriend vouwt de envelop dubbel. 'Wil je ervaringen horen? Teun heeft een burn-out van het getreiter van die Zuid-Afrikaan.'

'Sorry,' zeg ik, en ik probeer oogcontact met Teun te maken. 'Zat het in de persoonlijke sfeer?' Ik hef mijn handen in een overgavegebaar. 'Excuses dat ik dit vraag, ik begrijp het als jullie er niet over willen praten. Jullie kennen mij natuurlijk niet.'

'Laat me je dit meegeven,' zegt de vriend plotseling, en hij priemt met zijn wijsvinger naar me. 'Die baas van je heeft totaal geen moreel kompas! Geloof maar niet dat hij van eerlijk geld zo'n chique praktijk heeft kunnen optuigen.'

'Pieter!' roept Teun geschrokken.

'We hebben nou wel lang genoeg onze mond gehouden,' briest hij. 'Het moet een keer over zijn. Ik ben er helemaal klaar mee.'

Alle bloed lijkt uit Teuns gezicht weggetrokken. Hij pakt de arm van zijn vriend vast. 'Niet doen.'

Ik sta als aan de grond genageld.

Deon.

Die kerels kwamen niet vanwege de ligging bij ons, en ook niet vanwege Teun van Dam. Ze kwamen voor Deon zelf.

'Heeft het te maken met het opereren van gewonde mensen?' vraag ik. Als Deon gevaarlijk is, dan wil ik het weten. Mocht hij ook maar zijdelings te maken hebben met de ontvoering van Vegas, dan stap ik vandaag nog naar de politie. En als Jonathan er op een of andere manier ook bij betrokken is en hij door mijn aangifte in de problemen komt, dan is dat maar zo.

'Gewonde mensen?' Pieter grijpt in zijn theedoek, die hij met twee handen voor zijn borst vasthoudt. 'Nou nog gekker.'

Teun schiet ineens naar voren en klampt zich aan me vast. 'Wij willen hier niets mee te maken hebben! We hebben niks gezegd, níks! Je bent hier niet –'

Pieter slaat zijn armen van achteren om zijn vriend en trekt hem bij me vandaan. 'Je komt over als een aardige meid. Mag ik je een tip geven? Maak dat je daar wegkomt,' zegt hij, en hij duwt de deur voor mijn neus dicht.

133

Mama neemt haar telefoon niet op. Lekker dan. Ik kan wel ergens dood liggen te gaan. Mijn appjes heeft ze ook niet gelezen.

Wat nu? Ik moet met iemand praten.

Maar ik heb niemand meer.

Oma en opa kan ik niet bellen. Ze weten niet eens dat papa en mama weer daten. Mama wil hun dat pas vertellen als ze papa beter heeft leren kennen.

De leerlingen drommen langs me heen, op weg naar hun lokalen. Mijn les begint ook zo, dus ik hoop dat mama gauw opneemt. Als je maar één minuut te laat in de les komt krijg je al een aantekening. Dat kan ik er nou echt niet bij hebben.

'Ja?'

'Mám!' Ik bedek mijn telefoon met mijn hand om het gepraat en geroep buiten te sluiten.

'Is het dringend, lieverd?'

'Ja! Wat is er gebeurd tussen papa en jou?'

Stilte.

'Mam?'

'Heeft je vader je gebeld?' Ze klinkt boos.

'Nee, ik belde hém, om te vragen of ik vanavond mocht komen trainen. Ik wilde –'

'Wat zei hij?'

'Niet veel.' Ik sta helemaal te trillen. 'Hij deed raar, alsof er iets ergs gebeurd was, en hij zei dat ik aan jou moest vragen of ik naar hem toe mag.'

Een paar seconden blijft het stil. Net als ik denk dat de verbinding is verbroken, zegt ze: 'We hebben het erover als je thuis bent. Ik kan je dat niet door de telefoon vertellen.'

'Hebben jullie ruzie?'

'Eh... zoiets.'

'Waarom maak jij ruzie met mijn vader! Ik dacht dat jullie elkaar weer leuk vonden.'

'Sorry lieverd, dit was niet mijn keus. Je bent om tien over drie klaar, toch?'

'Ja. Maar mam –'

'Ik kom je ophalen. Tot straks.'

134

Mijn gedachten schieten alle kanten op. Ik moet de politie inlichten, daar ontkom ik nu echt niet meer aan. Vegas en ik moeten ons verhaal gaan doen. Maar hoe gevaarlijk is dat voor onszelf? Criminelen worden niet op basis van een enkele getuigenis opgepakt. Eerst moet er bewijs worden verzameld, worden er meer getuigen gehoord. Een deel van dat bewijs kan ik leveren: Marco's bloed en zijn DNA. En ik kan de politie mijn aantekeningen geven; misschien weten zij wel waar die tatoeage voor staat. De politie zal ook met Teun van Dam willen praten. Alleen, wat zijn de woorden waard van een boze ex-werknemer die zo labiel is als hij?

Dat Deon bij die criminelen hoort verklaart niet alleen waarom ze naar de kliniek kwamen met hun gewonde vriend, maar ook waarom het beveiligingsprogramma juist op die cruciale avond kuren vertoonde. Ik vraag me af wat die vijf mannen bindt. Deon lijkt Jonathan niet te kennen, niet eens te mogen, maar wie zegt me dat ze geen toneelstukje hebben opgevoerd?

Ik ben bijna thuis als mijn moeder belt. 'De buurvrouw zei dat ze jou en Vegas in de stad had zien lopen met een man.' Ze grinnikt. 'Een knáppe man. Dat zei ze er expliciet bij.'

'O, dat kan wel,' zeg ik zo luchtig mogelijk.

'Iemand die we kennen? Je vader en ik zijn stiknieuwsgierig, dat snap je.'

Ik voel iets knappen in mijn binnenste.

Er is niets wat ik nu liever zou doen dan naar mijn ouderlijk huis toe rijden. Uithuilen in de armen van mijn moeder. Mezelf opkrullen op de bank, duim in mijn mond. Dekentje, soep. Meer dan ooit mis ik het kind-zijn, de totale onbezorgdheid van mijn jeugd. *Ik zou er op mijn knieën naar terug willen kruipen.*

'Emma? Ben je daar nog?'

'Ja, mam.' Mijn stem klinkt schor.

'Was dat een speciaal iemand? Ik zei nog tegen je vader: als dat zo was, dan zou ze ons dat toch wel hebben verteld?'

'Ja, natuurlijk. Het was een collega, mam, niet noemenswaardig.' De weg wordt wazig. Ik snuif.

'Huil je nou?'

'Nee, joh. Ik ben verkouden.'

'Hè, wat rot. Het heerst. Slaap je wel goed?'

Ik mompel iets bevestigends en rijd de oprit van de kliniek op. Deons auto staat er, en ook die van Bob en Marleen, en Rosalies motor. Het gebouw ziet er dreigend en vijandig uit in het sombere winterlicht. *Hoe heb ik dit ooit mooi kunnen vinden?*

'Sorry, mam, ik moet weer verder.'

'Tot gauw, schat,' hoor ik haar nog zeggen voor ze de verbinding verbreekt.

Via de zijingang loop ik naar binnen. Er is volop bedrijvigheid in het pand, geroezemoes, ik hoor een hond piepen. Met mijn blik op de grijze tegels gericht haast ik me naar mijn voordeur. In het tussenhalletje adem ik uit, maar als ik de deur achter me wil dichttrekken, wordt die tegengehouden.

Rosalie.

'Gefeliciteerd,' zegt ze.

'Waarmee?'

'Hij is voor jou. Ik heb ontslag genomen. Na alles wat ik voor hem heb gedaan, ben ik er klaar mee.'

Het lukt me niet om medelijden op te brengen; het vaatje met empathie is leeg. En dat met geduld ook. '*Girl*, ik heb al gezegd dat ik hem niet hoef,' snauw ik.

Ze stapt op me af en te laat besef ik wat ze van plan is. Ze haalt met vlakke hand uit. 'Kútwijf!'

Ik voel aan mijn wang. Hij gloeit. 'Ik hoop dat het oplucht,' zeg ik schor. 'Jullie zijn allemaal knettergek.'

135

Vegas kijkt naar me alsof ik spontaan voor haar ogen in brand vlieg. Even ben ik bang dat ze uit de auto zal stappen. 'Mam, doe normaal, hij is mijn vader!'

'Ik weet het, ik vind het ook verschrikkelijk,' fluister ik, en ik probeer haar hand vast te pakken.

Ze trekt hem weg.

Toen ik Vegas bij de ingang van de school zag staan, voelde ik me enorm opgelucht. Het zou me niet hebben verbaasd als ze op de trein naar Amersfoort was gestapt. Of die naar Oss. Zwijgend hebben we haar fiets achter in de auto geladen.

'Dus papa heeft iets te maken met mijn ontvoering?'

'Dat denk ik niet, maar ik vermoed wel dat hij die mannen kent. En daarom moeten we even afstand van hem houden.'

Ze kijkt nukkig naar buiten.

'Je weet dat er een reden was waarom je vader zo lang buiten beeld is gebleven,' zeg ik voorzichtig.

'Je hebt nooit verteld waarom precies.'

'Je vader deed dingen die...', ik zoek naar woorden, '...die misschien nog wel erger waren dan wat jij hebt gedaan.'

Ze draait zich naar me toe. 'Erger dan wiet stelen?'

'Ja.'

'Wat dan?'

'Hij...' begin ik, en dan kijk ik van haar weg. Doe ik hier wel goed aan? Ik heb dit al die jaren voor haar verzwegen.

'Mam? Zeg het gewoon! Ik ben geen kind meer.'

Dat ben je wel, denk ik. Je bent mijn kind.

'Drugs. Je vader handelde erin.'

'In wiet?'

'Nee, harddrugs. Troep. Daar heeft hij veel geld mee verdiend. Hij gebruikte zelf ook.'

Ze kijkt me geschrokken aan. 'Mijn vader is een cokedealer. Zeg je dat?'

'Het was vóór jouw geboorte. Ik dacht dat hij ermee was gestopt, daarom durfde ik wel weer contact met hem te leggen.'

Ze knikt, maar maakt een wezenloze indruk. Murw, besef ik.

In stilte besluit ik dat ik naar de politie stap, wat de gevolgen ook mogen zijn. Vegas heeft te veel op haar bordje gekregen, ze heeft professionele hulp nodig.

'Hij is er dus niet mee gestopt,' concludeert ze.

'Nou, ik... heb iets gezien waardoor ik denk dat hij...'

‘Wát? Wat heb je gezien? Heb je hem zien dealen of zo, bedoel je dat?’

‘Nee.’

‘Zeg het dan!’ Ze stompt met haar vuisten op het dashboard. ‘Hou op met me als een kind te behandelen!’

Ik grijp haar arm, probeer haar tot bedaren te brengen. ‘Rustig nou.’

‘Nee!’ Ze trekt haar arm los. ‘Ik word niet rustig! Ik word helemaal gék hiervan! Ik ben superblij dat ik mijn vader heb leren kennen en nou haal jij hem weer bij me weg!’ Dat laatste schreeuwt ze zo hard dat het buiten de auto te horen moet zijn.

‘Rustig, lieverd, rustig nou...’

Haar gezicht is betraand, haar stem schor. ‘Zeg gewoon wat er aan de hand is.’

‘Je vader heeft dezelfde tatoeage als iemand...’, mijn handen liggen gebald in mijn schoot, ‘...iemand die bij jouw ontvoerder hoort. Een soort bendetattoo. Ik weet niet op wat voor manier hij ermee te maken heeft, maar dat ga ik uitzoeken.’

Ze staart nietsziend door de voorruit.

‘Ik ga je vanaf morgen weer met de auto naar school brengen.’

‘Het was toch afgelopen? Ik was veilig, zei je.’

‘Ja, maar jij fietst niet.’

‘Papa zou ons nooit iets aandoen.’

‘Hij niet. De mensen met wie hij omgaat misschien wel. Maar ik ga het uitzoeken, en het komt goed.’

136

Mama heeft twee tatoeages getekend. Eentje van een leeuw en de andere is een M met een stip erboven. Ik vergroot de foto met mijn vingers. 'Rood' staat erbij geschreven, en bij de leeuw 'realistisch'. Mama had het over de M-tatoeage, denk ik. Dat had ik bijna gezegd, maar ik hield op tijd mijn mond. Als ze erachter komt dat ik tussen haar spullen heb gesnuffeld, vertrouwt ze me nooit meer.

Ik kan niet geloven dat mijn vader een crimineel is. Hij helpt juist mensen. Hij is echt geen dealer. Misschien vroeger, nu niet meer.

Hij heeft zijn blauwe vinkjes uit staan, dus ik weet niet of hij de appjes die ik heb gestuurd heeft gelezen. Ik moet echt met hem praten.

137

Het is even na middernacht en akelig stil in de praktijk als ik met mijn witte jas losjes over mijn schouders voorbij de balie naar achteren loop. Ik heb het licht aangedaan en probeer de indruk te wekken dat ik een patiënt verwacht – het is mijn nachtdienst. Met een schuin oog kijk ik naar de camera die op de wachtkamer en de balie is gericht en loop verder, voorbij mijn spreekkamer naar die van Deon.

Mijn mond voelt droog als ik de deur open en weer achter me sluit. Ik knip het licht aan.

Deons spreekkamer is de grootste en meest persoonlijke

van de vier, en bestaat uit twee gedeeltes. In het voorste deel ontvangt hij de klanten. Die ruimte is net zoals de andere spreekkamers wit en grijs met een behandeltafel in het midden en een bureautje met vaste computer in de hoek. Aan de wanden hangen posters met allerlei soorten katachtigen, slangen en papegaaien, en oorkondes en diploma's die Deon in de loop van de tijd heeft verzameld. Het is een indrukwekkende galerij. In de ruimte erachter, afgescheiden met een matglazen deur, is zijn privékantoor. Daar kom ik bijna nooit. De eerste keer was bij de rondleiding tijdens mijn sollicitatiegesprek, de tweede en laatste keer dat ik hier was lag ik voorover op het antieke houten bureau, met mijn broek op mijn enkels en Deons handen op mijn heupen. Aan de wand achter zijn bureau hangt een rechthoekige vitrinekast met een smoezelig slaghout erin dat zo groot is als mijn arm; een gesigneerd bat van een beroemde Zuid-Afrikaanse cricketspeler van wie de naam me niets zei. 'De Cruijff onder de cricketspelers,' vertelde Deon me terwijl hij me van achteren penetreerde. 'Mijn overgrootvader.' Zijn stem stokte even. 'We zijn een familie van winnaars.'

Tegen de muur rechts van het bureau staan lage archiefkasten. Waarnaar ik op zoek ben weet ik niet, maar als in de kliniek al iets te vinden is, dan verwacht ik het hier.

Ik schuif de deur van een van de kasten opzij en laat mijn vingers over de ruggen van de mappen gaan. Op de meeste staan alleen data. Ik pak er een map tussenuit en blader hem door. Er zitten doorslagen van contracten in, veelal opgesteld in het Engels en in juridische taal. Adressen in Zuid-Afrika, wetenschappelijke namen van dieren die ik niet ken, en achterin een pak formulieren. Ik herken het logo: het zijn kopieën van CITES-vergunningen.

Bedreigde, in het wild voorkomende diersoorten kunnen alleen internationaal worden verhandeld als er een CITES-vergunning bij zit, waaruit blijkt dat het dier legaal verkregen is. Bijna alle landen hanteren dezelfde standaard en houden zich aan deze afspraken. Ik heb er zelden mee te maken, Deon uiteraard vaker, al verbaast het me dat hij dit soort documenten bewaart. Ze horen bij de importeurs van de dieren.

De tweede map die ik opensla zit vol met kopieën van EU-certificaten. Wat moet Deon hiermee? Ik pak er nog een map bij. Daarin vind ik vooral bankafschriften waar flinke bedragen op staan: tienduizend, vijftigduizend, honderdduizend. Steekproefsgewijs ga ik door de rest van de mappen heen. Vergunningen. Hier en daar een stempel. Nog meer formulieren. Veel dieren zijn afkomstig uit Zuid-Afrika en omliggende landen: Namibië, Zambia. Zo veel klanten heeft Deon niet eens. Ik vind formulieren waarop data zijn doorgestreept en namen zijn aangepast. Mijn hart klopt inmiddels in mijn keel. Ik ben niet echt ingevoerd in de handel in exotische dieren, maar genoeg om te weten dat dit een handelaarsadministratie is. Invoer, uitvoer, betalingen van transporten en afspraken.

Dan stuit ik op kopieën van e-mails.

I HEREBY SEND YOU THE COORDINATES OF THE SPECIES YOU LIKE
SO YOU CAN PHOTOGRAPH THEM THERE

Een kaartje van een gebied in Congo, een cirkel.

Waarom denk ik nu dat dit helemaal niet over fotograferen gaat?

JOSH FLIGHT TO EUROPE IS NEXT WEEK OCT. 26TH

Als ik verder blader vind ik een kopie van een foto: opeengestapelde reptielen in een krat, van bovenaf gefotografeerd. Het krat staat op een modderige ondergrond, een stel vuile bergschoenen is nog net zichtbaar.

'Interessante lectuur?'

Ik laat de map met een klap op de grond vallen.

138

Omgeven door het duister lopen Quincy, Marko en Imre langs het harmonicagaas naar het huis met de loods. Ze stoten wolkjes condens uit in het snelle tempo van hun ademhaling. Alle drie dragen ze bivakmutsen, hun capuchons zijn ver over hun hoofd getrokken.

Ze zijn nerveus, opgefokt ook. Korte passen, scherpe blikken, tot het uiterste gespannen.

Bij de toegangsdeur houdt Quincy zijn broertje tegen. Marko draait zich naar hem om, opgewonden, vergrote pupillen – hij is op avontuur met de mannen naar wie hij het meest opkijkt. Voor Marko moet dit voelen als een hyperrealistische computergame, denkt Quincy.

Dat is het eigenlijk ook.

Het is niet gevaarlijk. Dat is het nooit.

Daarbinnen, in de hal die vastzit aan de stoffige jarentachtigvilla van rode bakstenen en een grijs pannendak, is een kantoor met eiken meubels, Perzische tapijten, een kroonluchter, een bar en een tv. Het is de vaste hang-out van het Brabantse echtpaar van in de zestig dat al decennialang in deze uithoek van het bedrijventerreintje woont en werkt. Die twee zitten daarbinnen nu ongetwijfeld hun geld te tellen – stapels briefjes van twintig en vijftig. Een biertje erbij, de tv aan, of een radiozender met smartlappen. Ze zijn ongewapend; dit gaat al zo lang goed. Slechts een handjevol mensen weet af van de transacties, die één of twee keer per jaar plaatsvinden. En die mensen worden er allemaal wijzer van, stuk voor stuk. Dus niemand praat zijn mond voorbij.

Tot vorige week.

'Kom,' fluistert Imre. Hij heeft het slot geforceerd.

Quincy en Marko glippen achter hem aan naar binnen. Er brandt weinig licht. Hoge stellingen, de meeste leeg, een vorkheftruck. Donkere cementvloer. Ze lopen langs pallets met schuttinghout, zelfbouwvolières en geïmpregneerde palen en slaan de hoek om.

Daar staat een kerel. Kalend, hangwangen, borstelige wenkbrauwen. Een gebreid vest zit strak om zijn forse buik.

Bij de aanblik van de drie gemaskerde mannen schrikt hij, en vlucht weg – opvallend rap voor iemand van zijn omvang en leeftijd.

'Gerda!' schreeuwt hij.

'Terug, terug!' roept Quincy, maar Imre negeert hem en zet de achtervolging in.

Een vriend laat je niet alleen – Quincy rent achter Imre aan, vergeet Marko, die hen volgt, lichtvoetig, hij heeft de beste conditie van allemaal.

'Gerda!' schreeuwt de man nog eens.

Imre heeft hem bijna ingehaald als er een vrouw in het gangpad verschijnt. Stevig gebouwd, een bril en kort grijs haar. Ze heeft een pistool vast dat veel te groot is voor haar handen.

'Laat mijn man met rust!'

'Wegwezen!' roept Quincy.

Imre loopt vloekend verder, voortgestuwd door adrenaline, maar op het moment dat de vrouw het pistool richt, springt hij opzij en laat zich vallen.

De knal legt Quincy's gehoor lam, een hoge fluittoon vult zijn oren. Hij duikt weg, graait in zijn vlucht naar Marko's arm, trekt aan zijn mouw. 'Mee, mee!' roept hij, en ze banen zich samen een weg naar buiten.

De deur door, het terrein op, langs het hek.

'Quince, wacht!' roept Marko.

Op ruime afstand voor hen klautert Imre over het harmonicagaas en verdwijnt de nacht in.

Quincy draait zich om.

In het gelige licht van een lantaarn ritst zijn broertje zijn jas open. Donker vocht glinstert op zijn borst. Hij raakt het aan, zijn hand zit nu onder het bloed.

'Ik voel niks, Quince,' hoort hij Marko zeggen. Ongeloof, totale verbijstering op zijn gezicht.

Daarna zakt hij in elkaar.

139

Het is pas sinds kort dat er bij de diploma-uitreiking van de masteropleiding Diergeneeskunde in Nederland een eed wordt uitgesproken waarin de dierenarts belooft om volgens zijn of haar beste kunnen te handelen 'ten dienste van het dier, mijn medemens en de samenleving'. Dat die eed nog niet bestond ten tijde van mijn afstuderen maakte voor mij geen verschil: mijn keuze om dierenarts te worden was de meest bewuste van alle keuzes in mijn leven. Ik voelde en voel nog steeds de verantwoordelijkheid en wil die graag dragen. Naïef ben ik niet: er bestaan artsen die hun kont afvegen met de eed en alleen maar voor het geld gaan, of de weg van de minste weerstand kiezen. Dierenartsen die renpaarden drogeren, een oogje toeknijpen bij slachthuizen, entingsboekjes van illegaal gefokte puppy's antidateren. Maar van mijn collega's had ik zoiets nooit verwacht, laat staan van mijn werkgever. Hoe geschift Deon op bepaalde vlakken ook is, ik had hem absoluut hoger ingeschat.

Hij staat in de deuropening. In zijn maatpak en smetteloos witte overhemd lijkt hij recht van een feestje of etentje te komen.

Ik raap de map die is gevallen van de grond en druk hem als bescherming tegen me aan. 'Is dit wat ik denk dat het is?'

'Leg jij eerst maar eens uit wat je in mijn kantoor doet.'

Mijn verontwaardiging is groter dan mijn lijfsbehoud. 'Jíj bent hier degene die iets uit te leggen heeft. Ben je zo dol op geld, Deon?'

Hij komt op me afgelopen en blijft op armlengte afstand staan. 'Je hebt je oordeel al klaar, begrijp ik.'

'Het is toch duidelijk genoeg?' Ik maak een weids gebaar naar de mappen.

Hij kijkt me even zwijgend aan. Vraagt dan, zacht: 'Is dat zo?'

'Word je gedwongen dan?'

Hij maakt een misprijzend geluid. 'Degene die mij dwingt, moet nog geboren worden.'

Het dedain. Ik schaam me diep dat ik me met hem heb ingelaten. Dat ik hem zo dichtbij heb laten komen.

In me. *In me!*

Ik zou hem willen aanvliegen.

'Bedreigde dieren... Hoe kún je?' Mijn stem slaat over. 'Waar is je fokking morele kompas?'

'Doe niet zo hysterisch. Wat weet jij nou van een moreel kompas, met je Hollandse roze bril?'

'Hé, ik heb geen –'

Hij wijst naar me. 'Je woont in een van de rijkste landen ter wereld. Hier worden varkens, kippen en koeien met miljoenen tegelijk de dood ingejaagd, allemaal legaal, maar o wee als ergens in Verweggistan een fotogeniek aapje of vogeltje iets overkomt. Dan staat iedereen op zijn achterste poten.'

'Maar dat is –'

'Ánders?'

'Die dieren horen daar! Ze vormen onderdeel van de biodiversiteit en jij werkt eraan mee dat ze bij een of andere perverseling in een kooitje aan hun einde komen. Voor geld!'

'Ja, en? Alles draait om geld. Dit is nou eenmaal zo. In landen waar oerbossen worden gekapt en platgebrand voor palmolie, veevoer, mijnbouw... legáál, hè...' Hij steekt zijn vinger op. 'Dáár leven ook mensen die hun kinderen te eten moeten geven en ze naar school willen sturen.'

Ik schud mijn hoofd. 'Deon, dit is misdadig. Er staat gevangenisstraf op.'

'Da's een formaliteit. Je zanikt over een emmer zout water en sluit je ogen voor de oceaan waarin hij dobbert. De legale roofbouw maakt...', hij gooit zijn armen omhoog, '...zóveel meer kapot.'

Ik had een weerwoord verwacht, maar niet dat hij zo fel in de verdediging zou gaan. Op een of andere manier heeft Deon zijn daden voor zichzelf vergoelijkt. 'Dus dat dieren uit hun natuurlijke leefomgeving worden geroofd en doodgaan tijdens het transport en bij hun nieuwe eigenaars, vind jij prima.'

'Dieren gaan dood aan van alles en nog wat, diersoorten sterven uit, dat is van alle tijden. Ik heb daar niet zo'n moeite mee.'

Ik staar hem perplex aan. 'Je zou dat verschrikkelijk moeten vinden.'

Zijn gezicht is een uitdrukkingsloos masker.

Ik ben bang, maar ik ben nog veel bozer. Deon is geen angstaanjagende crimineel, hij is iemand die ik goed dacht te kennen. We hebben urenlang gepraat, samen gegeten, gedronken, seks gehad. Ik móchte deze man. Het is nauwelijks te bevatten.

'Dit gaat te ver, Deon. Je zit tot over je oren in de criminaliteit en sleurt mij en Vegas met je mee.'

'Overdrijven is ook een vak,' schampert hij.

'Overdrijven? Door dat gajes heb ik een trauma opgelopen voor de rest van mijn leven, en voor Vegas was het nog duizend keer ingrijpender. Dat kind is veertien, wat denk je dat zulke ervaringen met haar doen?'

Hij zet een stap in mijn richting. 'Kan het niet zo zijn dat dat gedoe met je dochter...', met zijn wijsvinger maakt hij een draaiende beweging naast zijn hoofd, '...je een beetje te veel is geworden?'

'Te veel? Ik ben met de dood bedreigd!'

Hij grijpt me vast en trekt me tegen zich aan. 'Jezus, Emmetje, wat een emoties. Ssh... bedaar even...' Deon hypnotiseert me bijna met zijn blik. 'Met de dood bedreigd? Waar heb je het over?'

Zijn stem klinkt zacht, fluisterend. Hij lijkt oprecht. Maar hoeveel waarde moet ik daaraan hechten bij iemand die zo door en door slecht is? In een flits zie ik Teun van Dam voor me. Die moet hetzelfde te weten zijn gekomen, besef ik nu. Toch is hij niet naar de politie gestapt. Ze hebben hem onder druk gezet, net zoals ze bij mij en Vegas hebben gedaan.

Deon heeft me dichter tegen zich aan getrokken.

Als hij zijn lippen op de mijne wil drukken, wend ik mijn hoofd af. 'Wie zijn die mannen?' fluister ik. 'Vertel me hoe ze heten, waar ze wonen. Wie ze zijn.'

140

Quincy slaat het dekbed open en staat op. Hij wrijft over zijn gemillimeterde schedel, zijn T-shirt is nat van het zweet.

Ik voel niks, Quince.

Ik voel niks.

De laatste woorden van zijn broer echoën door de donkere slaapkamer. Bijna elke nacht hoort hij ze opnieuw, zo levendig dat het lijkt alsof Marko uit de dood is opgestaan. Dan ruikt Quincy weer het bloed en ziet hij zijn broer liggen op de operatietafel, aan het infuus. Voelt hij weer de hitte van de vlammen die uit de gestolen Audi slaan, met Marko achter het stuur, waarna zijn gezicht geleidelijk aan het oog wordt onttrokken door de rookontwikkeling.

Quincy loopt op blote voeten de trap af, zachtjes, om zijn moeder niet wakker te maken. Hij kijkt niet naar het altaartje, maar loopt meteen door naar de keuken en trekt een blik bier open. In het schemerdonker blijft hij staan, tegen het aanrechtblad geleund.

Imre was een echte vriend; hij was als een sterkere, oudere, slimmere broer aan wie hij zich kon optrekken. Maar een vriend komt je helpen als je hem nodig hebt.

Quincy giet de inhoud van het blikje in zijn keel en veegt zijn mond droog met de rug van zijn hand. Hij pakt zijn mobiel erbij. Al die appjes die hij naar Imre heeft gestuurd, al die keren dat hij heeft geprobeerd hem te bellen.

Geen reactie.

Niet één.

Imre doet alsof hij niet bestaat.

Quincy heeft het maandenlang weggestopt, nu lukt dat niet meer. De nachtmerries leggen alles bloot. Hij ziet Imre nog wegrennen, ver voor hem en Marko uit, zonder zelfs maar één keer om te kijken. Over het hek, en weg was hij. Quincy zou nog eerder een kogel voor zijn vriend hebben opgevangen dan dat hij ervoor zou zijn weggedoken.

Maar Imre dacht alleen maar aan zichzelf.

141

'Zeg het! Wie zijn die mannen?'

'Dat kan ik je niet vertellen, dat begrijp je toch wel?'

Ik ruk me los en duw Deon van me af. 'Nee, daar begrijp ik geen ene moer van!'

Hij pakt me opnieuw vast, steviger.

Zijn kracht overrompelt me. Nu pas merk ik dat hij zich steeds heeft ingehouden als hij me aanraakte. Deon is verschrikkelijk sterk.

'Ik was dol op je, Emma.' Zijn lippen gaan vederlicht over mijn voorhoofd, mijn neus. 'Hmm...' Hij duwt me naar achteren tot ik met mijn billen tegen zijn bureau aan sta. Ik voel zijn erectie tegen me aan drukken. Deons greep is zo krachtig dat mijn bloedsomloop wordt afgekneld.

'Was?' piep ik. 'Niet meer dan?'

'Jij mag het zeggen.' Abrupt laat hij me los en neemt mijn gezicht in zijn handen. 'Ik dacht dat we iets bijzonders deelden. Je genoot ervan, toch?' Zijn hand glijdt af naar mijn hals, schouder, en lager. 'Die indruk had ik wel van je. God, wat werd je zacht... en nat. Vanaf het eerste moment dat ik je zag, wist ik dat we het samen geweldig konden hebben. Maar nu...', hij drukt zijn bekken tegen me aan en heft zijn kin, '...nu weet ik het niet meer.'

Mijn hersenen werken op volle toeren. Ik visualiseer de route die ik moet afleggen om in mijn appartement te komen: de gangen, de deuren, de trap naar boven... Het is te ver; hij zal me inhalen. Deon kan mijn deur intrappen en me proberen het zwijgen op te leggen voordat de politie hier is. *Heeft hij een loper?* Maar ook als ik het wel zou redden en de politie Deon weet te arresteren, blijft het gevaar voor mij en Vegas bestaan. Ik heb geen idee wie die mannen zijn, en zij weten wel wie ik ben. Bovendien komen ze er vast gauw genoeg achter dat Deon door mijn toedoen gearresteerd is.

'Ik vond het ook speciaal,' lieg ik. 'Maar er is veel gebeurd, te veel om te bevatten. Ik moet het laten bezinken.'

Hij kijkt me zwijgend aan.

'Het is koud op mijn dak gevallen,' ga ik verder. 'En... en ik vind het zo erg voor Vegas, ze is pas veertien, die ontvoering was een... echt een te zwaar middel.'

'Ontvoering?' Hij trekt zijn wenkbrauwen op.

'Ik heb mijn woord gegeven, ik zou er met niemand over praten, en –'

In mijn zak gaat mijn telefoon. Vrijwel tegelijkertijd wordt er voor aangebeld – een luide *tringgg* resoneert tussen de kale, strakke muren van de kliniek.

Deon sleurt me aan mijn pols mee de gang op. Hij stevent met grote passen in de richting van de entree. Ik volg hem half struikelend.

Er bonst iemand op de deur. 'Help! Alsjeblieft, is daar iemand?'

Deon laat me los en knikt naar mijn telefoon. Die zoemt nog steeds. Ik haal hem uit mijn zak.

Het geluid van de bel snerpt nogmaals door het pand.

Ik hoor mensen buiten, een vrouwenstem die paniekerig vanaf de parkeerplaats roept: 'Ze nemen niet op!'

Deon zoekt mijn blik alsof hij vraagt: wat doen we?

Dan schraap ik mijn keel, neem de telefoon op. 'Emma van Eerd, Kliniek De Bosrand.'

142

Ik ga rechtop in bed zitten en druk mijn wekker uit. Kwart over zeven; dat zijn toch geen tijden? Ik wil later een baan waarbij ik pas 's middags hoef te beginnen.

Ik check mijn berichtjes. Papa heeft nog steeds niet gereageerd en Wesley heeft me een link gestuurd naar een clip van een nummer van Bizzey, 'Dansen'.

wesley moet aan jou denke als ik da meisje zie

Ondanks alles moet ik glimlachen. Ik zou willen dat ik er zo uitzag als dat meisje dat met Bizzey in een busje door het bos rijdt. Ze heeft alles wat ik niet heb.

Ik vind het toch lief van hem, dus stuur ik een hartje terug. Verder niets.

Ik stap uit bed.

wesley zal k naar je toekome

k ken de weg nou

hey mis je babe

Ik schud mijn hoofd.

vegas scorro ☹

later

Hij blijft me appen. Ik zet het geluid uit, kleed me aan en poets mijn tanden. Dan ga ik voor de spiegel zitten en neem de tijd om me op te maken. Een secuur werkje. Als mijn wenkbrauwen niet goed zitten, is m'n hele dag naar de klote.

143

'Mam?'

Ik open mijn ogen.

Vegas staat naast mijn bed. 'Jij zou me toch naar school brengen?'

Ik sla het dekbed opzij en wrijf over mijn gezicht. 'Ik heb me verslapen.' Ik pak mijn telefoon erbij en zie een berichtje van Lisa.

lisa zal ik zo jou ophalen of kom jij hierheen?

'Boetseercursus,' mompel ik groggy voor me uit, en ik tik snel een antwoord:

emma ik kan vandaag niet, sorry

'Ik ga wel fietsen,' hoor ik Vegas zeggen.

'Nee, tuurlijk niet.' Ik graai snel mijn kleding van de vloer en begin me aan te kleden. Mijn bewegingen zijn schokkerig en ongecoördineerd. Ik heb nauwelijks kunnen slapen.

Deon en ik hebben zij aan zij staan knokken voor het leven van een labradoodle en haar ongeboren puppy's. Op het moment dat de hond de praktijk in werd gedragen, nam de dierenarts in me het over, en bij Deon gebeurde hetzelfde. We werkten naadloos samen alsof er niets was voorgevallen. Deon is een begenadigd arts, dat heeft hij vannacht opnieuw bewezen. Het is verwarrend. Hoe kan iemand zo in- en inslecht zijn, en zo vaardig en betrokken tegelijkertijd? Nadat de eigenaars met de moederhond en de puppy's naar huis gegaan waren, nam hij me in zijn armen. 'Ik ben geen monster, onthoud dat,' zei hij, en daarna drukte hij een kus op mijn voorhoofd. 'Je bent moe, ga slapen. Ik ruim de boel hier wel op.'

Ik heb een halfuur onder de douche gestaan, met mijn gezicht naar de stralen gericht, ik schreeuwde vanbinnen. Toen ik eronderuit kwam, zag ik Deons jeep niet meer staan.

Ik had terug de kliniek in kunnen gaan, foto's kunnen maken van de dossiers en formulieren. Ik had de politie kunnen bellen. Maar ik heb het niet gedaan.

Ik begrijp niets meer van de wereld.

En nog minder van mezelf.

Ik breng Vegas naar school en ga boodschappen doen. Mijn hoofd werkt niet echt mee; acuut slaapgebrek zorgt ervoor dat ik trillerig mijn lijstje afwerk en regelmatig niet kan lezen wat er staat omdat er blinde vlekken voor mijn ogen dansen. Ik denk terug aan het moment dat Jonathan Deon een psycho noemde, en hoe Deon naderhand tekeerging over Jonathan. *Voor je het weet sta je pitbulls op te lappen voor zijn matties.* Het heeft er alle schijn van dat die twee mannen elkaar die dag voor het eerst zagen. Haantjes die om elkaar heen draaiden en hun veren opzetten. Was dat werkelijk gespeeld?

Ik moet met Jonathan gaan praten. Maar eerst moet ik proberen een beetje helder te worden.

Terwijl ik groggy tussen het fruit in de Albert Heijn sta, word ik gebeld door Marleen.

'Ik weet dat je vannacht gewerkt hebt,' zegt ze. 'Maar kun je invallen? Bob staat er helemaal alleen voor en Rosalie is... nou ja, ik weet niet wat er met haar aan de hand is, en ik krijg Deon ook al niet te pakken.'

144

Mama zwaait naar me. Ik zwaai terug en doe alsof ik de school in loop. Als ik vlak bij de ingang ben, werp ik een blik over mijn schouder.

Ze is al weg.

Ik steek het schoolplein over en wandel de poort uit. Een paar straten verder schuil ik voor de regen onder de abri van de bushalte.

Mijn telefoon brandt in mijn zak. Ik haal hem tevoorschijn en kijk naar de selfie die ik heb gemaakt in het restaurant, samen met papa. Zijn mooie ogen, zijn arm om mijn schouder. Op de achtergrond zie ik mama zitten, mes en vork in de hand, haar blik een beetje afwezig.

'Je hebt me veertien jaar bij mijn vader weggehouden,' zeg ik zacht voor me uit.

Ik zoek papa's nummer en bel hem op.

145

Hoe ik de ochtend ben doorgekomen op nauwelijks anderhalf uur slaap is me een raadsel. Het is hectisch in de kliniek. Marleen heeft niet al Deons klanten te pakken kunnen krijgen en sommige zijn – terecht – boos omdat ze uren voor niets hebben gereden. De wachtkamer is eindelijk leeg en de kliniek gesloten voor de lunch als ik aan de balie sta bij te komen met een kop koffie. Mijn oren suizen.

'Is Deon nog steeds niet terecht?' vraag ik aan Marleen.

‘Nee. Gek hè?’ Ze wijst met haar kin naar buiten. ‘Bob is naar zijn huis. Misschien is hij van de trap gevallen of zo.’

‘Of hij heeft zich verslapen.’

Marleen kijkt me aan over de rand van haar leesbril. ‘Deon? Dat zou dan de eerste keer zijn.’

Ik loop met de mok in mijn hand naar de spreekkamers. Het voelt niet oké om die van Deon in te gaan, maar mijn nieuwsgierigheid wint het. Ik sluit de deur achter me, loop op een drafje verder, duw de glazen deur naar zijn privédomein open en glip naar binnen. Ik bekijk de wanden, het plafond. Deon maakte vannacht de indruk alsof hij onverwacht van een of ander diner of feestje was weggeroepen, nu besef ik dat dat ook het geval moet zijn geweest. Recht boven mijn hoofd is een wit apparaatje bevestigd. Een smal, plastic ding met een rood knipperend lampje. Ik herken de vorm, het is een bewegingsmelder. Zijn er ook camera’s? Als mijn blik even aan het antieke bureau blijft hangen, bid ik in stilte van niet. Ik kan er gelukkig geen ontdekken.

Ik ontgrendel mijn telefoon met trillende vingers. Mijn hoofd staat op ontploffen, maar voor ik naar huis ga om wat slaap in te halen, wil ik dit doen. Niemand hoeft erachter te komen dat ik foto’s heb genomen van de documenten. Mijn hart klopt in mijn keel als ik de archiefkast openschuif.

Hij is leeg.

Ik open de kast ernaast. Er liggen nog maar een paar mappen in. Ik pak er een en sla hem open. Artikelen over diergeneeskunde en krantenknipsels – niets bijzonders. Ik staar naar de lege kasten en realiseer me dat Deon dit vannacht nog moet hebben gedaan.

Ik ruim de boel hier wel op.

'Dat deed je wel heel grondig,' fluister ik voor me uit.

Dan valt mijn oog op de wandvitrinekast die achter zijn bureau hangt. Uit de groenfluwelen achterwand steken alleen nog de twee pinnen waar het cricketbat steeds op heeft gesteund. Het bat zelf is weg.

146

Papa zet het dienblad neer en schuift tegenover me in de bank. 'Zo,' zegt hij. 'En nou wil ik weten wat er allemaal aan de hand is.'

Toen ik hem door de telefoon zei dat ik op het station stond te wachten op de trein is hij meteen in de auto gesprongen en naar me toe gekomen. Onderweg heeft hij school gebeld om me ziek te melden.

Ik haal mijn McMuffin uit de verpakking en neem een hap. Eten kan ik altijd, hoe klote ik me ook voel.

Mijn vader eet niets. Hij steunt met zijn ellebogen op tafel en kijkt me aan over zijn verstrengelde vingers. 'Steek van wal, mevrouw Van Eerd. Ik luister.'

'Mama denkt dat je bij een bende zit.'

Hij fronst. Is even stil. 'Weet je ook waarom?'

'Ze denkt dat je de man kent die mij ontvoerd heeft. En ze ging het uitzoeken, zei ze.'

Zijn handen zakken naar het dienblad. 'Wát?'

Ik leg mijn broodje neer. Opeens heb ik geen honger meer. 'Ik weet dat jij niet zo bent, papa, dat jij er niets mee te maken hebt.'

Hij grijpt mijn pols over de tafel. 'Hoe komt ze daar nou bij? Zulke shit staat zo ver van me af!'

'Au.'

'Sorry.' Hij laat me los, blaast lucht uit terwijl hij nijdig van me wegkijkt. 'Sorry, schat.'

'Ik denk dat er iets is gebeurd in de kliniek,' ga ik verder.

'Waarom?'

Ik pak mijn telefoon, zoek de foto's op en laat ze hem zien.

Hij neemt mijn telefoon over. 'Wat is dit?'

'Mama's aantekeningenboekje. Ze heeft het in haar nachtkastje verstopt.'

'En dit?' Hij toont me de foto van de inhoud van de plastic box.

'Operatieafval. Dat bewaart ze onder in haar kledingkast.'

'Bewijsmateriaal,' zegt hij zacht, en dan vergroot hij een van de foto's met duim en wijsvinger. Hij vloekt binnensmonds.

'Wat is er?'

Hij steekt zijn been uit, half in het gangpad, trekt zijn joggingbroek tot aan zijn knie omhoog en draait zijn voet naar buiten. 'Dit is waarom je moeder denkt dat ik met die ellende te maken heb.'

Ik schrik ervan. Papa heeft een tatoeage van een rode M op zijn kuit, dezelfde als in mama's aantekeningen.

'Ironman,' zegt hij.

'Wat is Ironman?'

Hij geeft geen antwoord. 'Je moeder heeft onder dwang

iemand moeten opereren. Heb je daar iets van meegekregen? Heeft die kerel die jou heeft ontvoerd iets daarover tegen je gezegd?'

Ik schud mijn hoofd.

Hij buigt over de tafel naar me toe, kijkt me strak aan. 'Even voor de duidelijkheid, Vegas: hij heeft je verder niet aangeraakt, als je begrijpt wat ik bedoel? Of wel?'

Ik voel dat ik bloos. 'Eh, nee.'

'Kan ik deze foto's naar mezelf appen?'

'Ik weet niet...'

'Laat maar.' Hij maakt een wegwerpgebaar. '2018,' mompelt hij, en hij richt zich weer op zijn telefoon.

'2018?'

'In Romeinse cijfers, kijk.' Hij toont me de tekening van de tatoeage en wijst op het rijtje grijze streepjes dat ik eerder als een soort barcode had geïnterpreteerd. 'MMXVIII. Tweeduizend, tien, acht.'

'Wat is Ironman?' probeer ik nog eens.

'Een triatlon. Groot evenement, wordt over de hele wereld gehouden. Bijna vier kilometer zwemmen, honderdtachtig kilometer fietsen en ruim tweeënveertig kilometer hardlopen.' Hij buigt zich opnieuw over zijn telefoon en blijft scrollen en typen, met een constante fronsrimpel.

Ik eet verder. Mijn McMuffin is niet meer warm, maar ik vind hem koud ook lekker.

Hij houdt me zijn telefoon voor. 'Is een van deze twee jouw ontvoerder?'

Op zijn schermpje staan twee mannen met de armen om elkaars schouders geslagen. Opgeschoren blond haar, lichte ogen. Een beetje fitboys om te zien. Ze lachen, hebben allebei een blikje bier vast. Op de achtergrond een partytent en een betonnen schutting met bakken hanggeraniums en vlaggetjes. Onder de foto staat een zwart hart.

Ik schud mijn hoofd. 'Nee. Wie zijn dit?'

'Quincy en Marko Stroe.'

'Ken ik niet.'

Papa wijst op een van de twee mannen. 'Ik denk dat Marko degene is die door jouw moeder is geopereerd. In 2018 deed hij mee aan de Ironman. Net als ik.' Hij laat me een lijst met namen zien, scrolt erdoorheen.

'Dus jij kent hem?'

'Ik zou hem toen gesproken kunnen hebben, maar hij is me niet bijgebleven.' Papa richt zich weer op zijn telefoon. 'In mijn IM-app staan de gegevens van alle deelnemers. Er heeft in Nederland in 2018 één Marko meegedaan.' Hij wijst op een naam in een lange opsomming. 'Marko Stroe.'

Papa legt zijn telefoon voor zich op tafel en opent Facebook. 'Kom maar even hier zitten.'

Ik sta op en schuif naast hem in de bank.

'Marko is in november afgelopen jaar overleden,' zegt hij.

Op de Facebook-pagina van Quincy Stroe staat een foto van Marko tijdens een sportwedstrijd, met zijn vuist in de lucht, zwetend en lachend. Een krantenberichtje erbij.

LICHAAM AANGETROFFEN IN UITGEBRANDE AUTO

Kerkdriel – Het lichaam dat zondagochtend in de uitgebrande auto in natuurgebied De Lieskampen is aangetroffen, is dat van de 24-jarige triatleet Marko Stroe uit Zaltbommel. De auto, een Audi A5, was eerder die dag in Vuren gestolen. Het is onbekend hoe Stroe, die werkzaam was als stukadoor en in zijn woonplaats bekendstaat als zeer sportief, in de auto terecht is gekomen. De politie is bezig met een onderzoek. Getuigen wordt verzocht contact op te nemen met de politie, en als u liever anoniem blijft, via Meld Misdaad Anoniem.

Onder het krantenbericht staan meer dan honderd reacties. De meeste mensen zijn geschokt, ze willen dat het tot de bodem wordt uitgezocht. Iemand schrijft: *Sorry hoor, maar waar rook is, is vuur. Letterlijk* ☺ Die wordt aan alle kanten aangevallen. Er wordt heen en weer gescholden met ziektes.

Papa leest sneller dan ik, hij gaat er vlot doorheen. Hij diept nog een foto op van de broer van Marko, vergroot hem. 'Dus je weet honderd procent zeker dat die Quincy niet diegene is die jou van je fiets heeft getrokken?'

'Ja,' zeg ik. 'Heel zeker. Dat was iemand anders.'

147

Imre heeft zijn auto in de berm geparkeerd en is achter het stuur blijven zitten. Het is een mooie laan, in een chic buurtje met volgroeide bomen. In de zomer fluiten hier de vogels en hoor je af en toe het geplof van een tennisbal op een van de privétennisbanen. Nu loopt een enkeling weggedoken in zijn parka zijn hond uit te laten.

Dat het slecht weer is komt Imre prima uit. Hoe rustiger op straat, hoe minder getuigen.

Het is payday voor die verwaande kwast met zijn praatjes.

'Uitstel hè, geen afstel,' had Imre tegen die kerel gezegd toen hij hem voor het laatst sprak, en hij porde met zijn vinger onnodig hard tegen diens jukbeen. 'Dus ga maar vast sparen voor de dag dat ik voor je neus opduik. Die dag komt, zorg dat je voorbereid bent.'

Imre speurt de straat af. Er is nauwelijks verkeer en de meeste huizen liggen verscholen achter beukenhagen en hoge poorten. Het huis van zijn doelwit niet: een grote rietgedekte twee onder een kap die relatief dicht aan de weg ligt. Je kunt door de erker naar binnen kijken. Op de oprit staat een felrode Mini, aan het kenteken te zien vrij nieuw.

Dus daar had je wel geld voor, lul.

148

'Drie mannen,' concludeert papa. 'Marko is dood, de ander, die zichzelf Mike noemde, zou zijn oudere broer Quincy kunnen zijn. En dan nummer drie, geen naam.'

Ik lees mama's beschrijving nog eens door. 'Donker haar, donkere, kleine ogen... v-vormig litteken op neus.' Ik kijk op. 'Ik weet bijna zeker dat dit de man is die me ontvoerd heeft.'

'Was hij alleen?'

'Ik geloof van wel.'

'Maar je weet het niet zeker?'

'Ik heb niet alles gezien, misschien reed iemand anders.'

Papa tikt met een vinger tegen zijn mond, denkt na.

'Hoe ver is Zaltbommel?' vraag ik.

'We gaan daar niet naartoe.'

'Waarom niet?'

'Ik wil dit eerst met je moeder bespreken.'

Ik rol met mijn ogen. 'Mama denkt dat je een crimineel bent.'

'Kan best, maar ik ga dit niet zonder haar doen. We weten niet precies wat er aan de hand is.' Hij geeft me een zetje, knipoogt. 'We zijn samen toch al een heel eind gekomen, hè?'

Ik knik.

'Dan zet ik je nu af op school.'

'Die hele school boeit me niet. Ik blijf toch wel zitten.'

Hij klopt een paar keer op tafel. 'En toch breng ik je erheen. En flik het niet om me voor de gek te houden.'

In tegenstelling tot mama blijft papa wel wachten tot hij me de school in heeft zien gaan. Ik zwaai naar hem en verdwijn door de klapdeuren, wacht een paar minuten en loer dan door het glas naar de straat. Hij is weg.

Snel loop ik terug naar buiten en trek een sprintje. Ik kan alleen maar hopen dat de conciërges me niet hebben gezien. Door dat gedoe met de decaan en later nog die inbraak ben ik een bekend gezicht geworden.

Het is maar tien minuten lopen naar het station.

149

Bob staat bij Marleen aan de balie en wrijft over zijn kale schedel. Zijn uitdrukking doet het ergste vermoeden.

'En?' vraag ik, en ik kijk van de een naar de ander.

Marleen schudt haar hoofd. 'Hij was niet thuis.'

'Er is vast een goede reden voor,' zegt Bob.

Buiten het zicht van Marleen wenkt hij me.

Ik volg hem het keukentje in.

'Marleen weet dit niet,' fluistert hij als we buiten gehoorsafstand zijn. 'En dat laten we even zo. Maar ik heb Deons buurvrouw gesproken en ze heeft hem om halfnegen zien wegrijden.'

'Halfnegen... dan was hij sowieso al niet van plan om te komen werken,' zeg ik. 'Raar, hij had de hele ochtend afspraken.'

'Precies. En hij heeft Marleens telefoontjes genegeerd. Als je het mij vraagt, is hij ervandoor. Alleen begrijp ik niet waarom.'

'Ik ook niet,' zeg ik, net iets te hard en te snel.

Bobs blik haakt zich vast in de mijne. 'Emma, wees eens eerlijk. Is er iets gebeurd?'

'Wat zou er gebeurd moeten zijn?'

'Jij woont hierboven. Ik neem aan dat jij meer meekrijgt van wat zich hier afspeelt dan ik.'

Het lukt me niet hem nog langer aan te kijken. Ik loop langs hem heen naar het koffieapparaat en zet mijn mok eronder. 'Jij ook?'

Hij negeert mijn vraag. 'Heb je iets gezien, gehoord, heeft Deon je iets verteld?'

'Dat kan ik beter aan jou vragen,' zeg ik. 'Jullie zijn dikke maatjes, dus als er iets zou zijn, dan zou hij dat eerder met jou bespreken.'

'Niet, dus... Dit is zo atypisch voor hem.'

Ik pak mijn mok onder het apparaat vandaan. 'Wil je echt geen koffie?'

'Nee.' Bob staat er totaal verloren bij.

'Hoe goed ken jij Deon?' vraag ik voorzichtig.

'Ik beschouw hem als een vriend, daarom snap ik er geen moer van.'

'Ben je al op zijn kantoor geweest?'

Hij fronst. 'Nee.'

'Ik wel. Zijn cricketbat is weg.'

Hij draait zich abrupt om en beent de keuken uit. Ik volg hem naar Deons kantoor, waar hij eerst de lege vitrinekast inspecteert en daarna op de archiefkasten afloopt. Ik heb er eentje open laten staan, zie ik tot mijn schrik. Bob legt zijn hand erop, bukt om erin te kijken, lijkt in gedachten verzonken. Daarna schuift hij de andere kast open. Secondelang staart hij naar de lege planken, zoekt dan mijn blik. 'Het lijkt erop dat hij met de noorderzon is vertrokken en zijn complete administratie en cricketbat heeft meegenomen.'

'De administratie wordt toch door Marleen gedaan?'

‘Niet alle.’

‘Wat stond er dan in die kasten?’

Ik wil weten of jij het ook weet, Bob. Of ten minste een vermoeden hebt.

Hij kijkt van me weg. ‘Ik probeer het te begrijpen,’ zegt hij zacht. Ik hoor zijn telefoon in zijn zak overgaan. Hij negeert het.

‘Je hebt nooit iets aan hem gemerkt?’

‘Gemerkt?’ Hij gaat rechtop staan en krabt op zijn borst. Zijn hand doet me soms denken aan een vogelpoot; een duim, drie vingers.

‘Ik heb het idee dat hij dingen doet die –’

‘Het daglicht niet kunnen verdragen?’ vult Bob aan, met een blik van herkenning. ‘Jij vermoedde dat dus ook?’

Ik knik opgelucht.

Bob wrijft in zijn nek. ‘Ik heb me wel eens afgevraagd waar hij het allemaal van doet. Ik bedoel, we hebben geen klagen, maar zó hoog is de omzet hier nou ook weer niet. En hij woont echt prachtig.’

‘Zijn ouders?’

Bob tuit zijn lippen alsof hij die mogelijkheid overweegt, maar niet overtuigd is. ‘Het lijkt me stug dat die zijn horlogeliefhebberij sponsoren. Dat zijn dure klokjes hoor, die hij draagt.’

‘Tegen mij zei hij dat ze niet veel waard zijn.’

Bob glimlacht vreugdeloos. ‘Alleen al die Zenith van ’m doet minstens tien mille.’

‘Voor een horlóge?’

‘Het is niet eens z’n duurste.’

'Zou het iets met die mappen te maken hebben?' probeer ik nog eens. 'Iets met... fraude?'

'Misschien.' Hij richt zijn blik op de vloer, worstelt overduidelijk met zijn loyaliteit. 'Maar dat is wel een stevige beschuldiging. En ik weet niet of –'

'We ontkomen er denk ik niet aan om de politie te bellen.'

Hij zet grote ogen op. 'Nu al? Deon is niet op zijn werk komen opdagen. Dat lijkt me niet verboden, wat moet de politie daarmee?'

'En die mappen dan?' vraag ik, met een knikje naar de lege archiefkasten.

Hij haalt zijn schouders op. 'Tja, die zijn weg.'

Bobs telefoon blijft overgaan. Net als ik Bob wil vragen naar Deons relatie met Rosalie pakt hij het apparaat verstoord uit zijn zak en kijkt erop.

Hij schrikt. 'Shit. Floris zijn feestje. Ik moet naar huis.'

'Dacht het niet. Ik wilde net gaan slapen.'

Hij trekt een ongelukkig gezicht. 'Alsjeblieft, wil je dit voor me doen? Ik heb het Thérèse plechtig moeten beloven.'

'Sorry, Bob. Ik heb een zware nachtdienst achter de rug en ben alleen even bijgesprongen omdat Deon en Rosalie totaal onverantwoordelijk bezig zijn. Ik ben bekaf.'

Zijn ogen lichten op. 'Weet je wat? We gooien gewoon de tent dicht. Je hebt gelijk, dit is niet ons probleem.'

'We zijn een ziekenhuis. Dat kun je niet zomaar dichtgooien.'

'Nood breekt wet, toch?'

'Een kinderverjaardag zou ik geen nood noemen.'

'Dan ken je Thérèse nog niet. Die vraagt een echtscheiding aan als ik niet kom opdagen.'

We kijken elkaar zwijgend aan. Op een of andere manier heb ik met hem te doen.

'Oké, dan,' zeg ik. 'Op voorwaarde dat jij morgen mijn dienst overneemt. De hele dag.'

Zodat ik mijn handen vrij heb om naar mijn ouders te verhuizen.

Bobs gezicht klaart op. 'Super, bedankt, een kanjer ben je.' Hij slaat me vriendschappelijk op de schouder.

Even later hoor ik hem wegrijden.

Ik stuur mijn vader een berichtje met de vraag of hij Vegas vanmiddag van school wil halen. Hij reageert zoals altijd met een enkel duimpje. Ik laat Vegas weten dat ze wordt opgehaald door haar opa en stop mijn telefoon weg.

Daarna zet ik opnieuw koffie, extra sterk deze keer, en vraag de stagiaire of ze een paar blikjes Red Bull voor me wil gaan kopen.

150

De riemen van mijn rugzak striemen in mijn schouders. Eigen schuld. Ik had mijn boeken in mijn kluisje op school moeten opbergen. Nu sjouw ik al die kilo's de hele tijd met me mee. Gelukkig is het niet ver van het station van Zaltbommel.

Ik druk me tegen een koude muur aan, achter een verzameling kliko's, en probeer op adem te komen. Er komen wolkjes uit mijn mond.

Papa dacht vast dat ik het adres niet had gezien, maar hij heeft me onderschat. Het stond in de rouwadvertentie op Facebook, en nu ben ik er al. De straat is smal en de huisjes staan dicht op elkaar. Geen voortuinen, wel brandgangen tussen de achtertuinen en huizenblokken. Betonnen schuttingen, schotels tegen de gevels. Schuin tegenover de kliko's is huisnummer 83. Daar wonen, als het goed is, Riek en Quincy Stroe, de moeder en de broer van de man die door mama is geopereerd en die nu dood is. De man van het bloed in de plastic bak in mama's kast. Van Ironman. Geen motorbende, maar een sportevenement.

Er staan planten in de vensterbank en goudkleurige vazen, een paar poezenbeeldjes. Het ziet er best gezellig uit.

Mijn tas begint nu echt te zwaar te worden. Ik maak de draagriemen losser en laat hem van mijn schouders glijden. Juist als ik mijn tas op de grond zet, beweegt er iets achter het raam. Ik duik in elkaar. Tussen de bloemen en vazen is het gezicht van een vrouw verschenen. Mager en met veel rimpels, grijzend blond haar. Even lijkt het alsof ze me recht aankijkt.

Ik deins naar achteren en verberg me achter het gladde, natte kunststof van een van de kliko's.

Het volgende moment word ik vastgegrepen. Een mannenhand sluit zich om mijn mond.

151

Ik trek me terug op het toilet, de enige plek in de kliniek waar ik niet word gestoord. We zijn een paar uur verder en hebben van Deon nog steeds geen teken van leven ontvangen. Zijn telefoon lijkt uit te staan. Waar is hij naartoe?

In de mappen die hij heeft weggehaald zat keihard bewijs dat hij zich heeft ingelaten met illegale dierenhandel en fraudeert met papieren. Dat hij die gewoon hier in de kliniek bewaarde en niet elders in een kluis of zo, zegt me genoeg over hoe onaantastbaar hij zich moet hebben gewaand. Het kan ook zijn dat hij thuis nog veel meer bewaart en deze mappen nog maar het topje van de ijsberg zijn.

Ik heb er tijdens mijn opleiding en in mijn werkzame jaren nauwelijks mee te maken gehad, maar nu ik googel op 'illegale handel exotische diersoorten' schrik ik van de informatie die ik vind. Nederland is blijkbaar een belangrijk doorvoerland van allerlei exotische, vaak met uitsterven bedreigde diersoorten zoals bepaalde soorten hagedissen, papegaaien, slangen en schildpadden. Die worden in eigen land verkocht en aan rijke verzamelaars in het Midden-Oosten, de VS, China en Japan. Het is een lucratieve business, want de pakkans is klein en de opbrengsten zijn duizelingwekkend hoog. Waarom is dit niet vaker in het nieuws? *Wildlife crime* bezet blijkbaar de vierde plek in de ranglijst van criminele inkomsten, direct na drugs-, wapen- en mensenhandel. Het zijn meestal betrekkelijk kleine, hechte bendes die wereldwijd opereren. Onderdeel van zulke circuits kunnen vogel- en reptielenkwekers zijn die de illegaal geïmporteerde dieren voor veel geld doorverkopen nadat ze die op papier hebben weten te legaliseren. De locals die de bestellingen voor een fractie van de uiteindelijke verkoopprijs wegvangen uit de natuur verdienen er het minste aan, net als de mensen die ze naar het Westen smokkelen. In een van de artikelen lees ik dat er kolibries in een soort dwangbuisjes van textiel in de boxershort van een smokkelaar zijn genaaid, en dat er schildpadjes zijn aangetroffen in dubbele bodems van transportkisten. Dat soms negen van de tien dieren zo'n barre overtocht niet overleven, is een ingecalculeerd risico.

Hoe kan Deon zulke dingen goedpraten? Het is in alle opzichten fout en verwerpelijk. Er staan bovendien behoorlijk hoge straffen op, dus ik begrijp dat hij het niet op zijn beloop heeft durven laten en zijn hele administratie heeft weggehaald.

Maar dat hij ook zijn cricketbat, een familiestuk, heeft meegenomen, zou kunnen betekenen dat hij niet van plan is om terug te komen. Hij is aan dat ding gehecht.

Waar zou hij kunnen zijn?

Voor zover ik weet is Deon een workaholic die leeft voor zijn kliniek en heeft hij, op een aantal booty calls na, geen relatie. Vrienden heeft hij volgens mij ook nauwelijks – met zijn complexe karakter niet zo verwonderlijk. Maar familie heeft hij wel: een grote, invloedrijke familie die in het bezit is van een uitgestrekt wijngoed en een vogelpark.

Ik hijs mijn broek op en ga op de wc-klep zitten. Mogelijk is de grond te heet geworden onder zijn voeten. Rosalie was boos en emotioneel en heeft plotseling ontslag genomen, wat weet zij van zijn illegale praktijken? De vriend van Teun van Dam vond dat zij nu wel lang genoeg hun mond hadden gehouden – Teun kan aangifte hebben gedaan, of daarmee dreigen. En ik mag mijn eigen invloed ook niet uitvlakken.

Ik googel op 'vluchten naar Zuid-Afrika' en ik moet grimlachen om de woordspeling. Er gaan er vandaag verschillende. Zojuist is er vanaf Schiphol nog een vliegtuig vertrokken naar Kaapstad. Ik maak een snelle rekensom. Volgens Bob hebben Deons buren hem om halfnegen zien wegrijden. Hij zou dan tegen tienen op Schiphol kunnen zijn aangekomen – precies tweeënhalf uur voor vertrek van deze vlucht.

In een opwelling bel ik de klantenservice van de luchtvaartmaatschappij. 'U spreekt met Astrid Jansen, de personal assistant van Deon Niekerk, Kliniek De Bosrand. Mijn werkgever zit momenteel in de lucht en heeft me gevraagd om zijn terugvlucht voor hem te boeken, bij voorkeur voor overmorgen.'

'Vrijdag? Ik kijk even voor u.' Het blijft even stil aan de lijn. 'Deon Hendrikus Niekerk?'

'Ja.' Mijn hart klopt in mijn keel.

'Mag ik ter verificatie zijn geboortedatum?'

'2 november... eh... 1981.'

Ik hoor haar iets typen.

Ik knijp mijn ogen dicht, probeer mijn ademhaling onder controle te krijgen. Deons geboortedatum weet ik, maar als ze zijn paspoortgegevens nodig heeft, val ik door de mand.

‘Mevrouw Jansen? De heer Niekerk vliegt nu business-class, wil hij daar ook voor de terugvlucht van gebruikmaken?’

Ik druk abrupt de verbinding weg.

152

‘Néé!’ Ik probeer me los te trekken, trap naar achteren.

De man is een kop groter dan ik. Hij doet opnieuw zijn hand over mijn mond en trekt me vloekend met zich mee naar de brandgang. Daar zet hij me met mijn rug tegen de muur en pakt me bij mijn schouders.

Zijn ogen schieten vuur. ‘Jij zou op school zitten! Wat doe je hier?’

Ik hijg, hap naar lucht.

‘Dit is geen computerspelletje, Vegas!’

‘H-het leek net als... alsof...’

Papa slaat zijn armen om me heen en drukt me tegen zijn ski-jack. ‘Sshhh...’

‘...die m-man die me van m’n fiets...’

Hij kust me op mijn kruin. ‘Ik snap het. Ik snap het helemaal.’

‘Ik schrok zo...’

‘Terecht. Sorry, lieverd. Sorry dat het niet anders kon.’

We blijven staan, zeggen allebei niets.

Geleidelijk wordt mijn ademhaling rustiger. Ik probeer me van hem los te maken, maar hij blijft me vasthouden.

‘Dit is een domme actie van je. En gevaarlijk ook.’

'Sorry, papa.'

Hij werpt een blik over zijn schouder. Ik kijk met hem mee. Er is iemand bij die vrouw achter het raam komen staan. Een man met heel kort haar in een zwart shirt. Quincy, denk ik. Hij lijkt in elk geval op de foto's.

Papa ziet hem ook. Hij blijft geconcentreerd kijken, beweegt zich niet.

Quincy schudt een groot kussen op. Ik geloof dat er een bed of zo bij het raam staat. Hij helpt de vrouw erin te gaan liggen.

'Wat gaan we nu doen?' vraag ik.

'Niks. Ik zet je thuis af.'

'Opa komt me van school halen.'

'Dan breng ik je naar school.'

153

Imre heeft zich verdekt opgesteld achter een struik waar bruin, halfverteerd blad aan hangt. De capuchon van zijn camouflagejas heeft hij ver over zijn hoofd getrokken. Iemand die vlak langs hem loopt zou hem kunnen opmerken, maar met dit druilerige, koude weer is die kans klein.

Het doelwit is zojuist thuisgekomen in een tamelijk bescheiden Volkswagen. Tegelijkertijd stopte er een andere auto, waar twee kleine meisjes uit kwamen rollen. Vrijwel meteen kwam de vrouw des huizes naar buiten; blond, gekleed in beige en wit, gevolgd door drie kinderen. Een van hen draagt een kroon van kleurige papierstroken over zijn in een zijscheiding gekamde, rossig-blonde haar. Het doelwit omhelst het mannetje, neemt een van de jongere kinderen op de arm en maakt samen met zijn vrouw een praatje met, vermoedelijk, de moeder van de twee meisjes.

Nadat de auto is weggereden verplaatst het gezelschap zich naar binnen. Algauw worden er meer kinderen gebracht. Imre telt er zeven, ze hebben cadeautjes bij zich. Hij blijft wachten. Tien minuten, een kwartier. Er komt niemand meer. Het feest lijkt compleet.

Zijn mond krult zich in een glimlach als hij zich losmaakt uit het struikgewas en op het huis afloopt.

Bob verwacht hem hier niet, al zeker niet tijdens het verjaardagspartijtje van een van zijn kinderen. Alle eerdere contacten zijn op het werk geweest, in die dierenkliniek.

Imre ziet een bewakingscamera bij de voordeur hangen, maar hij is er niet van onder de indruk. Hij doet zijn capuchon af en belt aan.

154

Mijn vaders pick-up brult bij het optrekken. We zijn bijna bij school.

'Misschien kunnen we beter naar mama gaan,' zeg ik.

Papa schudt zijn hoofd.

'Maar we moeten haar vertellen wat we allemaal te weten zijn gekomen.'

'We weten veel ook nog niet.'

‘Dat kunnen we toch uitzoeken? Als we –’

‘Niet nu.’ Hij kijkt stuurs voor zich uit. ‘Voor jouw moeder hoor ik bij die mannen, dus zal ze het logisch vinden dat ik ze ken.’

‘We kunnen het toch uitleggen?’

‘Gaan we zeker doen, zodra ik meer weet.’

‘Maar mama –’

‘Jij en je moeder moeten je hier niet mee bezighouden. Dit is te gevaarlijk.’

‘Want vrouwen zijn zwak en zielig zeker? Die Marko is dood, dat was een man, en mama en ik leven.’

‘Gelukkig wel.’ Papa stopt op de hoek bij school, hij laat de motor draaien.

‘Ga je terug naar Zaltbommel?’

Hij negeert mijn vraag, kijkt even van me weg en zegt dan: ‘Het kan zijn dat ik vanavond al bij jullie langskom, maar het kan ook morgen worden.’ Hij slaat een arm om me heen en trekt me tegen zijn jack aan. ‘Ik ben heel trots op je,’ zegt hij zacht. ‘Onthoud dat goed. Maar je moet me iets beloven.’ Hij laat me weer los.

‘Wat dan?’

‘Luister naar je moeder, blijf thuis, praat nergens over, en wacht tot ik je bel.’

155

Imre belt nog eens aan en loert door het erkerraam de woonkamer in, met een gebogen hand boven zijn ogen.

Daarbinnen is het feest. Slingers, ballonnen, harde muziek.

De deur wordt opengedaan door Bobs vrouw. Duur gekleed, perfect gekapt. Zo'n type dat elke week in de salons van zijn moeder te vinden is. Eerst kijkt ze verheugd, alsof hij een genode gast is waarop ze heeft gewacht, dan enigszins verward, en vervolgens tuurt ze langs hem heen de straat in. 'Ben jij de chauffeur van de limo?'

Ze heeft vast geen chauffeur in waterbestendige camouflagekleding besteld, denkt hij. 'Nee, ik kom voor de Mini.' Hij wijst naar de rode auto op de oprit.

'Wat is daarmee?'

Bob komt de hal in gelopen. Hij schrikt zichtbaar.

'Weet jij hier iets van, Bob? Deze meneer komt voor mijn Mini?'

'Eh ja, ik eh...' Bobs ogen schieten alle kanten op, als die van een dier in de val, maar hij herpakt zich snel. 'Kom maar even mee naar mijn werkkamer.'

'Moet dat nu?' vraagt de vrouw.

Vanuit de woonkamer klinkt gejoel en muziek van Lil' Kleine.

'Mijn zoontje is jarig,' verklaart Bob.

'Gefeliciteerd.' Imre negeert Bobs uitnodigende gebaar en loopt precies de andere kant op, de woonkamer in.

Die is licht en ruim en ingericht in beigetinten. Aan het plafond hangen slingers en metallic ballonnen. Er rennen kindjes rond een eettafel met schalen vol cupcakes en fruitspiesjes en in het midden een enorme taart die uit legosteentjes lijkt te zijn opgebouwd. Het kunstwerk ziet eruit alsof iemand het lukraak met een hamer heeft bewerkt.

Imre pakt een cupcake van een schaal, bekijkt hem fronsend. Er staat een foto van de jarige op.

'Hé, wie ben jij?' schreeuwt een van de kinderen, hees van opwinding. Op zijn gezicht vlekken van de taart en chocolade.

Imre doet alsof hij het niet hoort. Hij steekt de cupcake in zijn mond en neemt de ruimte in zich op. In de keuken staat een slanke, jonge vrouw bordjes in de vaatwasser te zetten.

'Eh, mijn werkkamer is daar,' hoort hij Bob zeggen.

Imre richt zich op het jongetje met de papieren kroon. 'Dus jij bent het feestvarken?'

Het jongetje kijkt hem verwonderd aan, een beetje onzeker ook. Het weet niet goed wat hij aan moet met deze onbekende man die inbreekt op zijn feestje.

'Hoe heet je?'

'Floris van den Bosch.'

Imre steekt zijn hand uit. 'Dag, Floris van den Bosch. Gefeliciteerd. Jij boft maar met zulke ouders.'

Het weifelend toegestoken handje voelt plakkerig en week.

Imre knijpt erin, hard genoeg om het jongetje te laten schrikken, kort genoeg om hem te laten twijfelen of het wel met opzet was. Hij glimlacht vriendelijk – dat werkt niet alleen bij volwassenen. 'Vertel eens, Floris, wat heb je voor cadeau gehad van je ouders?'

Het jongetje wijst op een doos die op een zwevend dressoir staat. 'Een brandweerkazerne van LEGO!'

'Zo, zo...' Imre loopt erop af en pakt de doos op, weegt

het gewicht en zet hem terug. 'Dat zal wat gekost hebben. Je ouders moeten wel heel veel van je houden.'

Floris kijkt lichtjes verbouwereerd naar zijn vader en moeder. De andere kinderen kletsen en spelen, rennen door de kamer, zich onbewust van het spanningsveld.

Imre laat zich op zijn hurken zakken, zodat hij op ooghoogte van het jongetje komt. 'Mooi is dat, hè, een brand. Als de vlammen uit een huis slaan... de hitte, de rook...' Hij glimlacht nog eens. 'Heb je wel eens een brand in het echie gezien, Floris?'

156

'Lig jij nou te slápen?'

Mijn vader staat in de woonkamer met Vegas naast zich. Haar schooltas hangt over haar schouder.

Ik ga rechtop in de bank zitten en kijk op de klok. Het is bijna zes uur – ik ben dwars door twee Red Bulls heen geslapen. 'Wat zijn jullie laat.'

'Heb je mijn appjes niet gehad? We zijn nog even langs huis gegaan, je moeder had vegan kwarktaart gemaakt. Nog lekker ook.' Hij houdt een bakje omhoog. 'Ik heb wat voor je meegenomen.'

Ik controleer mijn telefoon. 'Sorry, ik zie ze nu pas.'

'Gaat het wel goed met je?'

'Ja, hoor,' mompel ik. 'Nachtdienst, en vanochtend moeten invallen.' Ik sta op om mijn vader te omhelzen. 'Koffie?'

Vegas verdwijnt naar haar slaapkamer en mijn vader

loopt met me mee de keuken in. Hij zet het bakje in de ijskast.

'Zijn jullie straks thuis?' vraag ik, en ik pak koffiepads uit een blik.

'Vanavond niet. Je moeder en ik gaan naar een uitvoering van een paar van haar leerlingen.' Hij wrijft over zijn arm. 'Nogal officieel gebeuren, ik moet in pak.'

'Leuk toch?' zeg ik zonder enthousiasme. Dat gesprek over tijdelijk weer thuis komen wonen zal moeten wachten. Ik wil niet dat mijn ouders doorkrijgen hoe urgent het is.

Mijn vader neemt de koffie van me aan. 'Je ziet er moe uit, Em. Sorry dat ik het moet zeggen.'

'Ik ben ook moe.'

'Zal ik mama vragen of ze zondag wat lekkers voor ons vieren kookt? Ze maakt nu veel recepten uit een boek van een Israëlische kok, heerlijk.'

'Klinkt goed,' mompel ik. 'Maar eh... ik denk dat jullie me wel eerder zien dan zondag.'

157

Quincy valt languit achterover in het gangetje. Hij maait met zijn arm een stapel post van de trap en komt met een smak op de vloer terecht.

De kerel voor wie hij de deur opendeed komt met gebalde vuisten over hem heen staan. 'Als ik jou of een van je maten nog één keer in de buurt van mijn ex of mijn dochter zie, stomp ik het licht uit je ogen!'

'Over wie heb –'

Een stoot in zijn maagstreek.

Quincy klapt dubbel. Hoest.

'Je maat! Hoe heet hij, waar woont hij?'

'Rustig aan,' weet Quincy uit te brengen.

'Naam!'

Een trap in zijn zij.

Meteen gevolgd door een tweede.

Quincy kan amper denken, laat staan antwoord geven. Hij hapt naar adem, probeert weg te kruipen. Tot voor kort zou hij zijn opgeveerd en die gast zijn aangevlogen, hij zou zich nooit hebben laten overrompelen, maar nu is hij verzwakt door het slaapgebrek, de drank en de GHB, gesloopt door die carrousel in zijn hoofd met beelden van Imre die wegduikt voor de kogel, van Emma die haar bloed geeft, van zijn stervende broertje.

Er vonkt iets in zijn brein. Zijn moeder zit in de woonkamer met een bord eten op schoot. De tv staat loeihard.

Schokkerig trekt hij zijn knieën naar zijn borst. 'Je hebt de verkeerde,' zegt hij, met een stem die uit een dunne buis lijkt te komen. Hij kucht. 'Ik... ik ken je ex en je dochter niet.'

'Ik zal je even helpen. Mijn ex is dierenarts,' zegt de man, en hij komt op zijn hurken bij hem zitten.

'Émma?' Quincy komt half overeind. 'Wat is er met Emma?'

De man kijkt Quincy secondelang aan, zwijgend, met ogen die dwars door hem heen boren.

Quincy laat zijn hoofd weer naar de grond zakken, hij ademt zwaar. 'Ze is... toch wel oké?'

'Waarom zou jou dat boeien?'

'Ik heb respect voor haar.'

'Die maat van je niet.' De man staat op.

'Mijn maat?' Hij probeert te focussen op de gespierde gast die boven hem uittorent. Die is op volle oorlogssterkte.

Quincy weet hoe het werkt. Dit soort klussen deed hij met Imre. Binnenvallen, intimideren, tikken uitdelen – en erger, als het nodig was. Hij krimpt in elkaar bij de herinnering aan wat hij die mensen heeft aangedaan. 'Ik... ik wil je helpen, echt, geloof me. Maar ik weet niet waar je het over hebt.'

De man trekt hem aan zijn shirt omhoog alsof hij niets weegt en werpt hem van zich af, tegen de gangdeur aan. Die klapt open. Quincy schampt in zijn val het tafeltje in de keuken. Een stoel klettert op de vloer.

'De naam van die vuile kinderontvoerder, nu!'

Kinderontvoerder? 'Ik weet daar niets van!'

'Niet?'

Quincy schermt opnieuw zijn gezicht af. 'Nee, nee, alsjeblieft.' Zijn stem slaat over.

Even is het stil.

Seconden tikken weg.

Dan zegt de man: 'Je maat heeft mijn dochter ontvoerd terwijl ze naar school fietste. Dat kind heeft een hele dag vastgebonden gelegen in een of ander klotebusje.'

'Wát?' Quincy haalt zijn handen weg. Hij kijkt stomverbaasd omhoog. Even is er een blik van verstandhouding. ‘Heeft hij dat écht gedaan?’

De man knikt.

‘Sorry,’ zegt hij schor. ‘Hij is doorgedraaid. Ik heb hem al maanden niet meer gezien. We... we zijn geen maten meer.’

Het geluid van de tv verstomt.

‘Quince, ben jij dat? Wat gebeurt daar?’

De vreemdeling fronst even en stapt dan zonder aarzeling de woonkamer in. Quincy haast zich achter hem aan.

Zijn moeder ligt nog steeds in het verhoogde bed aan het raam, mager en bijna doorzichtig, met op schoot een bord met een onaangeroerde gehaktbal en aardappelen. Naast haar het altaartje op de schouw, de brandende waxinelichtjes, Maria.

Riek tikt tegen haar slaap. ‘Wat heb je daar, Quince?’

Quincy legt zijn hand op zijn voorhoofd, dat doof aanvoelt. Vers bloed kleeft aan zijn vingertoppen. ‘Niks, mam.’

‘En wie is hij?’ vraagt ze, met een knikje naar de man.

Die loopt naar het altaartje en bestudeert de foto van Marko.

Hij staat met zijn rug naar Quincy gekeerd.

Quincy schat zijn kansen in, speurt om zich heen. Een stevige asbak, een zware vaas. Hij kan hem neerslaan, van achteren.

‘Marko,’ hoort hij de man zeggen. ‘Mooie naam. Gecondoleerd, mevrouw.’

Riek glimlacht. ‘Hij was een heel goede zoon. Marko werkte veel, was altijd aan het sporten. De lelijke dingen die ze over hem zeggen, daar is niets van waar.'

'Ik geloof u,' zegt de man, en hij draait zich om naar Quincy, die zijn ogen neerslaat en zijn bebloede duim en vingertoppen tegen elkaar aan wrijft.

'Emma heeft geprobeerd hem te redden,' zegt Quincy zo zacht dat zijn moeder het niet kan verstaan. 'Onze Marko is gestorven met een halve liter bloed van haar in zijn lijf.' Hij blijft naar zijn vingers staren. 'Ik zou Emma en haar dochter nooit iets kunnen aandoen.' Hij kijkt op. 'Je moet Imre hebben.'

158

'Nog nooit een brand in het echt gezien?'

Het jongetje schudt zijn hoofd. Zijn feestkroon zakt een beetje naar voren over zijn strakke scheiding.

Een kuch, naast hem. 'Loop je even mee naar mijn werkkamer?'

'Maar natuurlijk.' Imre gaat rechtop staan en knijpt de jarige speels in zijn plakkerige wang. 'Fijne dag nog, knul. En voorzichtig met aanstekers, hè.'

Terwijl hij Bob de kamer uit volgt, voelt hij de ogen van Thérèse in zijn rug.

'Ik verwacht de limo *any minute*,' hoort hij haar zeggen. 'Als we te laat komen, mogen we de bioscoop niet meer in.'

'Vijf minuten, lief.'

Bob opent de deur van een kleine, donkere werkkamer

met een raampje dat uitziet op een heg. Draait zich naar hem om. 'Wat doe jij hier? Ik wil die shit niet bij me thuis, we hadden een afspraak.' Hij duwt de deur achter hen dicht.

'Daar had je eerder aan moeten denken.'

'Ik heb hier niets,' sist hij.

Imre loopt door de kleine ruimte. Een bureautje, een stoel, obligate foto's van de kinderen en een trouwfoto van een slankere Bob – toen al flink kalend, maar nog zonder bril – met een gelukkig ogend bruidje. Bobs *home office* is al even triest en nietszeggend als de man zelf. 'Maar eh... knap karretje, waar je vrouw in rijdt. Daar had je dus wel geld voor. En voor een limo, een feestje...'

'De auto is van Thérèse.' Bob heeft rode vlekken in zijn nek gekregen, zijn oren zijn vuurrood.

'Mooi cadeau.'

'Ze heeft hem zelf betaald.'

'Toe maar,' zegt Imre, en hij buigt wat naar voren om de foto's beter te bekijken. 'Ik hoop wel dat jij zo verstandig bent geweest om mijn wijze raad op te volgen.'

Hij ziet hoe Bob zijn vuisten balt. Een ader klopt bij zijn slaap. Imre is niet onder de indruk. Dit is zo'n kerel die zijn hele jeugd met zijn neus in de boeken heeft gezeten en heeft lopen brallen in het studentencafé, en nu geeft hij prikjes aan hondjes en katjes.

Hem een beetje stangen geeft wat kleur aan de dag. 'Je had me zeker niet meer verwacht?'

'Jawel.'

'Mooi. Dan zijn we zo meteen van elkaar verlost, toch?'

'Ja,' zegt Bob. Het klinkt mechanisch.

'Dus je hebt de centen?'

'Eh... ja, ja. Het meeste wel.'

Imre kijkt Bob zijdelings aan. Die dierenarts is zo overrompeld dat het lastig is in te schatten of hij liegt of alleen maar bloednerveus is. Hij wijst met zijn duim naar de voorkant van het huis. 'Zo niet, dan moet je vrouwtje maar gaan fietsen. Dan neem ik dat rode ding dat hier voor de deur staat mee. Een opkoper geeft er –'

'Bob?' klinkt het vanaf de gang. 'De limo is er.'

Er wordt aangebeld. Verheugde kinderstemmen.

'Waar heeft iedereen zijn jas? *Sienna, where are the coats?*'

'Kan dit alsjeblieft morgen?' vraagt Bob. 'In de kliniek? Dit komt zo, zo ontzettend slecht uit. Mijn vrouw hoeft er niets van te –'

'Ik heb lang genoeg gewacht.' Imre pakt een zwarte stift van het bureau, trekt de dop eraf en loopt naar de foto's aan de muur.

'Bób...?'

Imre hoort de kinderen opgetogen door elkaar heen roepen. 'Róze! Een roze limo!'

Bob ziet nu lijkbleek en zijn ogen zijn groot achter zijn brillenglazen. 'Alsjeblieft, doe dat niet.'

Imre zet de punt van de stift op Thérèse, maakt zwarte kooltjes van haar ogen. Tekent in een paar lijnen een penis met ballen over haar jurk, met een fontein van zwarte streepjes aan het uiteinde.

'Niet doen!' roept Bob. 'Dat is niet nodig.' Zijn handen grijpen in elkaar en hij wrijft over het lelijke litteken op de plaats waar zijn middelvinger heeft gezeten. 'Ik weet het, oké? Ik weet dat je het meent.'

Imre grijnst, kijkt met een schuin oog naar Bobs gehavende hand. 'Heb je er nog last van? Je weet dat ik het zo clean mogelijk heb gedaan, je hoefde niet te overlijden aan een infectie.' Daarna verplaatst hij zijn aandacht naar de kinderfoto's en brengt de punt in de buurt van de ogen van de jongste.

'Morgen,' stoot Bob uit. 'Morgen heb ik het, dan heb ik alles.'

Imre trekt een wenkbrauw op. 'Tachtig ruggen?'

'Eh bijna... bijna alles.'

'Bob, ben je daar nog?' Thérèses stem klinkt gedempt door de deur.

'Eén minuut, lieverd!'

Imre tekent zwarte oren aan weerszijden van elk kinderhoofd. 'Bijna alles? Dat is vaag. Zullen we je vrouw erbij halen en haar vertellen met wat voor kerel ze getrouwd is? Of weet ze het al?'

'Nee!' Bob zet een stap in de richting van Imre. 'Als Thérèse erachter komt zet ze me buiten. En dan zie ik mijn kinderen nooit meer. Haar broers...'

Imre drukt de dop terug op de stift. 'Ga door.'

'Haar vader en haar broers runnen een advocatenkantoor, ze maken me af. Dat weet je, ik heb jullie dat al eens verteld, ze bijten m'n strot af als ze de kans krijgen.'

'Deed je vrouw ook niet zoiets?'

'Ze is bedrijfsadvocaat.' Er staan zweetdruppels op Bobs voorhoofd. 'Alsjeblieft, geef me één extra dag. Kom morgenavond naar de kliniek, ik geef je alles wat ik heb.'

Imre zwijgt.

'Tien uur, goed? Na mijn avonddienst, dan is er verder niemand.'

'Behalve dan die meid met dat grietje die erboven wonen.'

'Die zijn eraan gewend dat ik of Deon af en toe 's avonds komen werken.'

'Maar misschien zijn ze ook wel een beetje snel gealarmeerd, dezer dagen.' Imre werpt de stift in de prullenbak. 'Morgen is goed. Neem die Mini mee, onderpandje.'

De deur zwaait open. 'De kinderen zitten al in de limo!'

'Ik zal jullie niet langer ophouden.' Imre loopt langs Thérèse de gang op, draait zich om naar Bob en knipoogt. 'Fijne dag nog verder.'

159

Mama komt bij me op bed zitten. 'Hoe gaat het?'

Ik haal mijn schouders op. 'Gewoon.'

Ze strijkt mijn haar van mijn voorhoofd. 'Nou, echt gewoon is het allemaal niet, hè, wat we hebben meegemaakt. Slaap je wel goed?'

Ik knik.

'Het kan zijn dat we weer een poos bij opa en oma gaan wonen. Dat wil ik morgenvroeg met ze bespreken. Vind je dat iets?'

'Beter dan hier,' zeg ik mat.

'Je hebt het toch altijd fijn gevonden bij opa en oma?'

'Hm-hm.'

Ze stopt een pluk haar achter mijn oor. 'Niet meer dan?'

'Ik moet zo opletten met wat ik zeg.' *En niet alleen bij opa en oma.* Als mama wist wat papa en ik vandaag hebben meegemaakt, zou ze gek worden. Ik had gehoopt dat hij vanavond hierheen zou zijn gekomen, of ten minste iets van zich had laten horen.

'Sorry, lieverd. Het gaat niet lang meer duren.' Ze neemt mijn hand in haar beide handen. 'Het komt goed.'

Dat zegt ze vaker, dat het goed komt. Nu wil ik het geloven.

'Wij moeten samen meer praten over wat er allemaal is gebeurd, jij en ik.' Mama's ogen zijn een beetje rood, het lijkt of ze elk moment kan gaan huilen. 'En ook met andere mensen. Wat wij hebben meegemaakt is te extreem, te zwaar om weg te stoppen.'

'Geloof je nog steeds dat papa bij die mannen hoort?'

Ze kijkt even omhoog, naar het visnet met lampjes dat boven mijn bed hangt. 'Ik weet het oprecht niet, lieverd. Maar ik denk wel dat hij ons voldoende respecteert om een eerlijk antwoord te geven als ik het hem op de man af vraag.'

Anubis komt de kamer in. Hij heeft zijn staart omhoog en springt snorrend op bed.

'Papa is juist heel erg tegen geweld buiten de sportzaal,' zeg ik.

Ze werpt me een meewarige blik toe, wrijft met haar duim over mijn vingers. 'Ik wil het liever ook niet geloven.

Het is fijn, met je vader in de buurt.' Ze perst haar lippen op elkaar en wendt haar hoofd af.

Mama huilt zonder geluid te maken.

Zal ik haar vertellen dat ik papa vandaag heb gezien en wat we allemaal te weten zijn gekomen? Dat ze ernaast zit met haar ideeën?

160

Quincy heeft zijn moeder naar boven gebracht. Hij heeft haar ingestopt, een sprei over het dekbed gelegd, de tv aangezet en haar de afstandsbediening gegeven. Pijnstillers, een glaasje water. Meer kan hij niet doen. Natasja neemt het van hem over zodra ze klaar is met haar werk bij Van der Valk. Eigenlijk kan het niet langer zo, denkt hij als hij de trap af loopt. Zijn moeder gaat te hard achteruit. Maar familie laat je niet in de steek – en je moeder al helemaal niet.

In het keukentje zit Jonathan op hem te wachten met een blik bier voor zich op tafel. Ze hebben een valse start gehad, maar elkaar in de afgelopen uren beter leren kennen. Jonathan is wel een chille gast.

Quincy schenkt een glas cola voor zichzelf in en laat er stiekem een dopje GHB in glijden. Alles is beter te behappstukken met een g'tje in je donder.

'Wat wil je gaan doen?' vraagt hij aan Jonathan, als hij tegenover hem gaat zitten.

'Ik wil met hem praten.'

De drug begint te werken. Niet meer zo heftig als toen hij er ooit mee begon, maar het doet tenminste nog iets. Hij wordt er een beetje relaxter van. 'Praten...' herhaalt hij, en dan wendt hij hoofdschuddend zijn blik af. 'Imre is gek geworden, man. Crazy.'

'Waar woont-ie?'

Quincy perst zijn lippen op elkaar. Hij is geen snitch.

'Die maat van je heeft Emma bedreigd, haar dochter ontvoerd.'

'Ik weet het.'

Jonathans ogen staan helder. 'Ik vrees voor wat hij hen nog meer zal aandoen.'

'Ja, ja...' prevelt Quincy. Hij is al een beetje aan het wegzakken. Zal hij Jonathan ook wat aanbieden?

'Veertien jaar!' roept Jonathan, en hij beukt met zijn vuist op het tafelblad. 'Die maat van je plukt een kínd van haar fiets terwijl ze op weg is naar school. Dan ben je geen mens, dan ben je een godvergeten psycho.'

'Hij heeft zelf alleen maar een moeder,' zegt Quincy zacht. 'Verder niks. En die moeder van mij, nou, die heeft fouten gemaakt, maar ze was er tenminste. Die van Imre was er nooit.'

'Is dat zo?'

'Imre heeft zichzelf opgevoed. Weet je wat hij altijd zegt? "Ik ben niet geboren, ik ben opgericht." Hij heeft schijt aan mensen gekregen.' Quincy staart naar zijn glas. 'Familie is het allerbelangrijkste. Meer heb je niet. Een bloedband, snap je, die heb je niet met vrienden.' Hij kijkt fronsend op, alsof hem plotseling iets te binnen schiet. 'Bloed.'

'Wat is daarmee?'

'Mijn broertje is gestorven met het bloed van Emma in zijn lijf. Is ze daarmee een soort van familie geworden?'

'Zeker weten. En die oude maat van jou...' Jonathan laat een stilte vallen. 'Begrijp je waarom ik me zorgen maak?'

Quincy begrijpt het.

Hij begrijpt het helemaal.

Hij staat op, wankel. 'Zoiets groots als wat Emma voor mijn broertje heeft gedaan, heeft nog nooit iemand voor ons gedaan.' Hij zoekt steun bij het aanrecht. 'Ik ga met je mee, man. We gaan samen naar Imre toe.'

161

We liggen in mama's bed, met twee opengeslagen dozen met restjes pizza aan onze voeten. Anubis is tussen ons in gekropen, je ziet hem in de schemer niet liggen, maar ik hoor hem wel.

Het was mama's idee om een logeerpartijtje in haar slaapkamer te houden, zomaar midden in de week. Ze heeft het gezellig gemaakt met extra kussens en er staan kaarsjes in de vensterbank. Het glas wijn dat ze voor zichzelf heeft ingeschonken, is leeg.

We hebben een serie aan staan die voor ons allebei nieuw is. Het voelt goed om zo dicht bij mama te zijn. Af en toe pakt ze mijn hand en knijpt erin, zegt dat ze van me houdt en trots is op me. Ik zou dit vaker willen doen, samen met mijn moeder chillen.

Papa heeft nog steeds niets van zich laten horen. Ik weet niet of dat goed is, of slecht.

162

Jonathan rijdt een rondje om het huizenblok, maar Imres auto is nergens te zien.

'Hij is er niet.' Quincy wrijft constant in zijn handen, alsof hij ze wast.

'Wat nu?' vraagt Jonathan.

'Misschien is hij op z'n project.'

'Op dit tijdstip?'

'Hij is een bouwval voor zichzelf aan het opknappen. Daar is hij vaker dan thuis.'

'Is dat in de buurt?'

Quincy wijst met zijn kin naar de weg. 'Halfuurtje hiervandaan.'

163

'Bob? Niet ophangen! Luister naar me.'

'Waar zit je, man? We zijn hier in alle staten. Je buren zagen je vanochtend wegrijden en –'

'Ik sta op het vliegveld en word zo opgehaald. Hierna zul je niets meer van me horen, luister goed. Ze zijn erachter. Onze business is voorbij.'

'Onze? Het zijn jóuw zaken, ik –'

'Jij hebt meegedaan. Als ik nat ga, ga jij met me mee. En mij kunnen ze niet vinden, dus pakken ze jou... Ben je er nog?'

'Is het Teun?'

'Ja, hij gaat alsnog aangifte doen, maar –'

'Niemand gelooft die gek.'

'Hij is niet de enige. Rosalie is ook aan het doorslaan, ze wil bloed zien. En ik ben niet zeker over...' Het blijft even stil.

'Wie? Niet zeker over wie?' vraagt Bob.

'Doet er niet toe.'

'Het doet er álles toe.' Bobs stem slaat over. 'Kom terug, man.'

'Sorry, ik heb hier geen antwoord meer op. Face it. Het is klaar.'

'De hele kliniek stort in als jij weggaat.'

'Ik ben al weg. Ik besta niet meer. Vannacht heb ik alle mappen weggehaald, maar er moet meer gebeuren.'

'Deon, je –'

'Er staat versleutelde informatie op de server. Alle bestanden digitaal, jouw naam, jouw handtekeningen. Tot zes jaar terug.'

'Godverdomme, wat is dit voor verrotte nachtmerrie?'

'Haal die server daar weg en pak gelijk wat medicatie mee, laat het op een inbraak lijken.'

'Hoe dan?'

'Gebruik je hersens. Ik ben veilig, maar jou gaan ze pakken. Zorg dat je die server vernietigt. Grondig, oké? Het ga je goed, Bobbemans.'

'Deon, je –'

Stilte.

'Deon?'

...

164

Langs de weg hangt een brievenbus scheef aan een paal. De koplampen van Jonathans pick-up verlichten het begin van het karrenspoor ernaast. Modderig, met hoog gras aan weerszijden.

'Hierin?' vraagt Jonathan.

Quincy komt een beetje naar voren. 'Ja. Het huis ligt daarachter, je ziet het niet vanaf de weg.'

Jonathan zet de pick-up in de berm en stapt uit. 'Dan kunnen we beter gaan lopen.'

165

Van papa hoor ik niets, maar Wes appt me constant. Hij vraagt waarom ik hem de hele dag al negeer en hij schrijft dat hij er spijt van heeft dat hij me heeft meegenomen om die wiet te stelen. Misschien is hij geschrokken door de nachten in de politiecel, of mist hij me echt, of misschien hebben mijn appjes over het kickboksen met mijn vader hem geïnspireerd, maar hij wil zijn leven beteren. Hij heeft al twee dagen niet geblowd en nou verwacht hij dat ik dat helemaal geweldig ga vinden.

Maar er gebeurt nu zoveel tegelijk dat ik niet aan Wesley wil denken. Niet aan hem kán denken, ook.

Mijn telefoon zoemt weer.

wesley k kom naar je toe

vegas nee dat gaat nou niet gek

Geen blauwe vinkjes.

vegas doe ff normaal k slaap bij me moeder

Hij reageert niet meer. Zou hij onderweg zijn? Nee toch?

vegas blijf thuis!!!!

Ik kijk met een half oog verder naar de serie en controleer af en toe mijn berichten. Wesley heeft mijn berichtjes nog steeds niet gelezen. Komt hij echt hierheen? Dat kan ik er niet bij hebben. Het gaat gewoon niet.

Ik kruip tegen mama aan, net als vroeger, toen ik klein was, en leg mijn arm om haar heen. Ze is al in slaap gevallen.

166

Quincy's schoenen zuigen zich steeds vast in de modder terwijl hij met Jonathan rond de boerderij en de schuren loopt. Het regent aan één stuk door en hij moet goed oppassen waar hij zijn voeten neerzet; overal ligt hout en ander afval tussen het onkruid. Er staat geen auto op het erf, in de schuren is niets te zien en in het huis lijkt Imre ook niet te zijn.

Quincy maakt een kommetje van zijn handen en loert door een raampje. Het is aardedonker daarbinnen.

Jonathan staart naar de regenplassen op het erf, die zwak worden verlicht door een lamp die hoog aan de schuur hangt. 'Waar kan hij nog meer zijn?'

'Weet ik veel wat hij tegenwoordig doet op woensdagavond. Mensen martelen of zo.' Quincy schudt zijn hoofd. 'Hij is parra geworden.'

'Kom, we gaan,' zegt Jonathan.

Hij heeft zijn besluit genomen.

167

M'n schermpje licht op. Ik draai me weg van mama en open WhatsApp.

wesley hey vegas?

Wat nou weer?

vegas ja?
wesley er rijd hier een waggie met gedoofde lichte
fokking raar

Ik frons mijn wenkbrauwen.

vegas waar?

wesley bij jou thuis

vegas hoezo?

wesley k sta bij je huis in het bos

‘Mafkees,’ mompel ik.

vegas mafkees

wesley ff serieus dit is fokking raar
een volkswagen
hij is doorgerede tot aan jullie deur
er stapt een vent uit

Ik ga rechtop zitten.

Mama ademt nog steeds rustig.

vegas hier? bij ons?

wesley ja
dit klopt niet echt niet

168

De ruitenwissers zwiepen heen en weer over de voorruit. Op de provinciale weg rijdt nauwelijks ander verkeer.

‘Waarom gingen jullie eigenlijk naar die kliniek?’ vraagt Jonathan. ‘Toeval?’

‘Nee. We waren er vaker geweest ’s nachts.’

‘Waarom?’

'Om te innen.' Quincy krabt met zijn duim een moddervlek van zijn broek. 'Die dierenarts heeft gokschulden, Imre en ik haalden er af en toe geld op.'

Jonathan fronst zijn wenkbrauwen. 'Is die Zuid-Afrikaan gokverslaafd?'

'Nee, hij niet. Bób.'

'Die vrolijke gast bedoel je, die kale?'

Quincy knikt.

Jonathan laat het even op zich inwerken. Vraagt dan: 'En die opereerde vaker mensen, begrijp ik dat goed?'

'Niet dat ik weet. Maar Imre heeft de eerste keer dat we ernaartoe gingen een vinger bij hem afgesneden, en toen hebben we erbij staan kijken hoe hij alles ging hechten en verzorgen, en we hebben het er later nog over gehad, dat mensen en dieren weinig van elkaar verschillen, het komt allemaal zo'n beetje op hetzelfde neer.' Hij haalt zijn schouders op. 'Zo kwam het. Marko was neergeschoten, we waren in paniek, want we konden niet naar een ziekenhuis. Naar Bob gaan was het enige wat in me opkwam. Het was vlakbij, ik heb er verder niet bij nagedacht.'

'Maar Bob was er niet.'

'Nee,' zegt Quincy zacht. 'Als ik iets zou kunnen doen om hem terug te halen, zou ik het doen. Ik mis hem.'

'Sorry, man.' Jonathan remt af voor een stoplicht. Als het verkeer begint te rijden, vraagt hij: 'Je zei dat je vaker geld ging ophalen bij Bob. Steeds weer nieuwe schuld?'

Quincy schudt zijn hoofd. 'Het was te veel voor alles ineens. Hij had die centen gewoon niet, dus dan gaat het ook niet helpen om er nog meer druk op te zetten.'

'Wat versta jij onder druk zetten?'

'Beetje bang maken, een paar tikken geven. Meer niet, snap je? Dat wil de klant ook niet, die wilde dat we het netjes hielden. Het is een legaal bedrijf, en die gokverslaafden zijn vaak gewoon sukkels.' Quincy zet zijn petje af en haalt zijn hand over zijn gemillimeterde schedel. 'Maar ja, toen flipte Imre ineens en sneed hij dus die gast z'n vinger eraf.'

'Zomaar?'

'Imre trok dat accent niet, hij vond hem te bijdehand. Dat ligt gevoelig bij hem. Maar ja, het werkte wel, want daarna betaalde hij ons braaf elke keer wat hij kon missen. We gingen het gewoon ophalen.'

'Waarom in de kliniek?'

'We wisten niet beter dan dat hij daarboven woonde, dat adres stond ook op de lijst van de opdrachtgever. Zo hield hij het verborgen voor z'n vrouw.'

Ze zijn bijna bij Quincy's huis.

'Op die avond dat je broer doodging, waren jullie toen ook aan het werk?' vraagt Jonathan.

'Nee. Bob had ons getipt. Hij wist van een transactie die eraan zat te komen. Tweehonderd doezoe, cash, dat lag daar voor het grijpen.'

Jonathan trekt zijn wenkbrauwen op. 'Twee ton? Waarom zou hij dat aan jullie vertellen?'

'Wij hadden nog tachtig van 'm tegoed. Met die tip kocht hij zijn schuld bij ons af.'

'*Fair enough.* Maar het lijkt me sterk dat je zo'n bedrag zomaar kunt ophalen.'

Quincy haalt verontschuldigend zijn schouders op. 'Bob zei van wel. Twee ouwetjes met een bedrijf in dierenhokken aan huis. Die man kweekte vogels als hobby en hij kocht en verkocht ook wel eens papegaaien die je officieel niet mag hebben. Daar regelde die Zuid-Afrikaan dan de papieren voor. Met de juiste stempels doen zulke beesten algauw drie, vier doezoe. Per stuk.'

Jonathan fluit tussen zijn tanden.

'Ik heb er een dag gepost. Het zag er rustig uit. Van die simpele lui, weet je wel. Maar toen we naar binnen gingen, trok dat wijf een gun.'

'Dus Bob heeft jullie erin willen luizen,' concludeert Jonathan. 'Die wilde van jullie af.'

Quincy schudt zijn hoofd. 'Nee, man.'

'Zeker weten?'

'Heeft-ie de ballen niet voor. Ik geloof echt dat hij ons heeft verteld wat hij wist. Zelfs Imre gelooft dat, en die is zo parra als de neten.' Zachter: 'Het was mijn schuld, ik dacht te makkelijk.'

'Hoe kwam Bob eigenlijk aan die tip?'

'Ik denk via z'n baas.'

Jonathan stuurt de pick-up Quincy's wijk in. Hij gaat langzamer rijden. 'Deden ze het samen, Bob en die Zuid-Afrikaan?'

'Die papieren vervalsen? Het fijne weet ik er niet van,' zegt Quincy. 'Maar ik geloof niet dat Bob er veel mee bezig was. Die had het veel te druk met zijn eigen shizzle.' Hij plukt aan het touwtje van zijn hoody.

'Wist zijn baas van Bobs gokschulden?'

Quincy stoot een geluid uit dat het midden houdt tussen een lachje en een kuch. 'Nee, echt niemand weet daarvan. Zijn eigen vrouw weet het niet eens. Het is een verslaving. Hij schaamt zich kapot, die gast zit vol complexen. Die vrouw van 'm, z'n zwagers, die verdienen allemaal meer dan hij en dat laten ze hem merken ook.' Hij gaat rechtop zitten, wijst. 'Hé, ik woon daar. Je rijdt verkeerd.'

Jonathan mompelt iets en gooit zijn stuur om. Met tegenzin brengt hij de pick-up tot stilstand.

Quincy duwt het portier open, maar hij blijft nog even zitten en kijkt zwijgend naar zijn huis. Door een kier in de dichtgetrokken gordijnen zie je het kaarslicht flakkeren. 'De kaarsjes branden altijd,' zegt hij. 'Dag en nacht.'

'Sterkte.' Jonathan legt een hand op Quincy's schouder.

Quincy omhelst hem kort. '*Thanks.*'

Jonathan rijdt langzaam de straat uit. Zodra hij de wijk achter zich heeft gelaten, drukt hij het gaspedaal dieper in.

169

'Mam? Mám?'

Ik schrik wakker uit een levendige droom, en het duurt even voor het tot me doordringt dat ik in mijn eigen bed lig.

Vegas staat naast me in de schemer, haar gezicht wordt deels beschenen door de televisie. 'Er is een auto met de lichten uit naar de zijingang gereden.'

Ik schiet rechtop. 'Wat?'

'Moeten we de politie bellen?'

'Wacht nog even. Heb je gezien wat voor auto het is?'

'Een Volkswagen.'

'Die van Bob?'

Ze haalt haar schouders op.

Ik stap uit bed, loop naar het raam en schuif het gordijn een stukje opzij. 'Ik zie niks.'

'Aan de zijkant.' Vegas' stem klinkt geknepen.

We haasten ons door de gang naar haar kamer. Ze springt op bed en drukt haar neus tegen het raam. 'Kijk, daar staat-ie. Is het een inbreker?'

Er valt iets zwaars om in de kliniek beneden.

'Hoor je?' fluistert Vegas. 'Hij is al binnen.'

Ik ben ineens klaarwakker. Eigenlijk wil ik de politie bellen, maar ik zal eerst moeten weten wat er aan de hand is. Waarschijnlijk is het gewoon Bob. Of zou het Deon zijn? Misschien heb ik de dame van de luchtvaartmaatschappij niet goed begrepen, en is hij nog in Nederland.

Ik stap naast Vegas op haar bed.

'Da's Bob,' zeg ik. 'Ik ga wel even bij hem kijken.'

Ik trek snel m'n joggingpak aan en schiet in mijn klompen. Uit gewoonte doe ik mijn haar in een knot.

Halverwege de trap merk ik dat Vegas me volgt. Ik stop, draai me om. Achter haar, helemaal boven in de deuropening, staat Anubis naar ons te kijken, zijn irissen gloeien op, de punt van zijn staart beweegt langzaam heen en weer.

'Blijf boven,' fluister ik tegen Vegas.

Haar oogwit glinstert. 'Wat als het Bob niet is? Vind je het niet raar, zonder licht?'

'Dat is wel een beetje raar, ja. Maar als ik het niet vertrouw ben ik snel genoeg weer boven.'

Ze toont me haar telefoon, haar duim raakt bijna het schermpje. 'Ik volg je, oké? En dan bel ik meteen 112 als het toch dieven zijn.'

Ik kijk haar zwijgend aan. Onze ademhaling gaat snel en oppervlakkig – we zijn allebei even bang.

'Nee,' zeg ik. 'Jij blijft boven. Ik check even wat er aan de hand is en ik ben zo terug.'

170

Quincy loopt de trap op en duwt zachtjes de deur van zijn moeders slaapkamer open. Natasja heeft haar al op bed gelegd. Hij hoort Rieks rustige ademhaling, ze wordt niet wakker. Die slaappillen werken fantastisch voor haar – hij zou ze zelf ook eens kunnen proberen. Beter dan steeds die g'tjes en de drank. Maar de roes is fijn. De uren waarin hij gebruikt vormen eilanden van rust en vrede in dat woelige kloteleven van hem.

Hij loopt de trap af. Een van de waxinelichtjes is uitgegaan. Gewoontegetrouw pakt hij een nieuw uit het dressoir, steekt het aan en plaatst het bij de rozenkrans. Met zijn armen over elkaar staart hij naar Maria, die hem zo sterk aan Emma doet denken.

Emma, die bedreigd wordt door Imre.

Haar dochter, ontvoerd door Imre.

Imre die hem negeert, die hem heeft afgedankt.

Het doet zo'n zeer.

Onder in de koelkast ligt nog wat GHB, herinnert hij zich. Verdoving binnen handbereik.

Nee. Niet nu.

Hij moet iets doen.

Iets om het allemaal een beetje goed te maken, of tenminste toch iets minder verrot.

Quincy blijft staan nadenken, roerloos, secondelang, en komt dan in beweging. Hij rent naar zijn kamer, haalt een sealzakje uit de la en propt het in zijn broekzak. Coke. Hij wil niet wegzakken in een roze wolk; hij heeft lef en energie nodig voor wat hij wil gaan doen. Zachtjes loopt hij de trap weer af, plukt zijn jas van de kapstok en gaat naar buiten.

171

Het licht in de praktijk is uit. Ik hoor gekletter, het scheuren van papier, er vallen dingen. Met mijn telefoon tegen me aan gedrukt loop ik verder de gang in, vechtend tegen de aandrang om alsnog de politie te bellen. Want wat als het niet Bob is, maar ordinaire inbrekers met eenzelfde soort auto?

Bij de balie brandt licht. Ik zie Bob staan.

'Hé, toch aan het werk?' vraag ik, opgelucht. Als ik dichterbij ben, zie ik dat hij bezig is om kabels uit de centrale computer te trekken. Hij bukt, haalt de computerkast onder de balie vandaan. Zijn schedel glanst en hij transpireert zichtbaar.

'Hé, wat doe je?'

Hij reageert nauwelijks.

'Bob?'

Nu kijkt hij op, met een verwilderde blik, de computer in zijn armen. 'Dit moet weg.'

'Wat moet weg?'

'De server. Deon belde me, hij is gevlucht. Ik wil hier niet voor opdraaien.'

'Voor wat?' Ik stap naar voren. 'Je kunt dat niet meenemen. Daar zit alles in, ons hele klantenbestand, alle afspraken, de facturering.'

Bob zet de computer op de balie en loopt de ruimte erachter in. Daar staan stellingen met zakken voer, shampoo en antivlooienmiddelen. Verder naar achteren is de toegangsdeur van de medicatiekluis, een paneeltje met cijfertoetsen ernaast. Bob tikt de code in. De deur opent met een klik, gevolgd door een zachte brom. Het licht gaat er vanzelf aan.

Verbijsterd kijk ik toe hoe Bob lukraak medicijnen in een papieren tasje begint te stoppen. Hij doet het zo ongecoördineerd dat de helft op de grond terechtkomt. Bob grist een tweede tasje uit een doos en gooit er de morfine in, ketamine.

'Bob, wat doe je? Dat kan niet zomaar!'

'Help me liever,' zegt hij hijgend. Er zijn rode vlekken in zijn hals en gezicht verschenen.

'Wat is er aan de hand?'

'Deon heeft dingen gedaan die... die strafbaar zijn, en dat zijn ze nu te weten gekomen. Hij is gevlucht, weg.' Bob schudt zijn hoofd, kijkt me wezenloos aan. 'Hij komt niet meer terug.'

'En wat doe jij nu dan?'

'Ik... ik heb ook wel eens wat voor hem gedaan. Dus dit moet allemaal weg, begrijp je? Je moet me helpen.' Hij heft zijn kin, alsof hij ineens tot zijn positieven komt. 'Emma? We zijn toch vrienden?'

'Ja, natuurlijk,' zeg ik, zonder veel overtuiging.

'Je hebt me hier niet gezien, dit is een inbraak. Ik doe morgen aangifte. Dan komt alles goed.'

'Ik weet niet of –'

'We gaan het wel redden. We zetten de praktijk gewoon door, jij en ik. We bedenken wel iets.'

'Bob, dit gaat te ver.'

'Te ver?'

'Ik weet wat Deon heeft gedaan,' zeg ik.

Hij blijft als bevroren staan.

'En als het uitkomt, Bob, sorry, maar dan ga ik er niet over liegen.'

Bob laat de tassen vallen en het volgende moment staat hij bij me. Hij torent boven me uit, zijn vuist dreigend in de lucht. 'O, nee?'

Ik duik weg en zet het op een lopen. In mijn vlucht ontgrendel ik mijn telefoon, maar voordat ik 112 kan bellen heeft Bob me al ingehaald. Hij geeft me een zet in mijn rug en ik struikel over mijn eigen voeten, val voorover. Hij grijpt me bij mijn arm en trekt me omhoog.

'Blijf van me af!'

'Je moet doen wat ik zeg!' Zijn oogwit is bloeddoorlopen,

de rode vlekken zijn groter geworden. 'Ik draai hiervoor de bak in, dan is het afgelopen. Thérèse... De kinderen, ik raak ze kwijt.'

Zijn hand klemt als een bankschroef om mijn onderarm. Ik hoop vurig dat Vegas niet terug naar boven is gegaan, maar op de trap is blijven wachten, en dat ze dit hoort en hulp inschakelt. 'Alsjeblieft, je doet me pijn!'

'Ook jij gaat niet vrijuit, Emma van Eerd.'

'Ik?'

Zijn ogen vernauwen zich achter zijn brillenglazen. 'Ik heb de beelden van je mislukte operatie. Ik heb ze bewaard.'

Ik voel me koud worden. 'Wát?'

'Ik heb het allemaal gezien. Jullie worden in de gaten gehouden, onder druk gezet. Maar maak je geen zorgen, ik zal er nooit over praten. We zitten in hetzelfde schuitje, Emma, jij en ik, ze hebben ons allebei in de tang. We moeten dit samen...'

De rest hoor ik niet meer. Mijn hart bonst hoog in mijn borst, in mijn keel, achter mijn ogen. Ik hap naar adem. *Hij heeft het al die tijd geweten.* Bob is degene die de beelden heeft gewist. Hij staat in contact met die vreselijke lui.

Zijn greep om mijn arm verslapt. '...verstandig...', gaat hij verder, '...dus als je dit nou...'

'Gore klootzak!' Ik grijp Bob bij zijn schouders en plant mijn knie in zijn kruis.

Hij slaat dubbel, en ik zet het op een rennen, de gang door, naar de veiligheid. Voorbij de klapdeuren voel ik een luchtverplaatsing. Iets zwaars raakt mijn nek en ik kom languit op de tegels terecht.

‘Ik laat me niet kapotmaken!’ briest hij. ‘Niet door hem, en al zeker niet door jou.’

Bob heeft een metalen voorwerp in zijn vuist, een soort hamer. Hij schreeuwt naar me en zijn blik is als bezeten, zijn pupillen zijn zo groot dat zijn ogen zwarte gaten lijken. Ik herken hem nog nauwelijks.

Hij haalt opnieuw uit.

Ik probeer hem af te weren, weg te rollen, houd mijn armen voor mijn gezicht.

De hamer raakt mijn arm.

Ik voel iets kraken.

172

Imre ligt languit op de bank *Scarface* te kijken. Zijn hoofd rust op zijn onderarm en met zijn vrije hand graait hij in een zak chips. Sommige scènes kent hij vanbuiten, toch vervelen ze nooit. *Scarface* is natuurlijk niet toevallig een klassieker geworden. Die film gaat over het echte leven. Over hard werken, genaaid worden, de waarheid.

Over verstoten worden door je moeder, omdat je dingen doet die haar niet aanstaan.

Zijn moeder was al teleurgesteld toen het atheneum te hoog gegrepen bleek voor haar enige zoon. Een zak vol gebreken en teleurstellingen was hij, en zo behandelde ze hem ook, totdat ze haar bedrijf verkocht en met een of andere arrogante lul naar Aruba vertrok en hem hier alleen achterliet. Nooit meer wat van gehoord.

Nee, dan Bob, met zijn misselijkmakende gezinnetje. 'Ik kom voor de auto.' Hij moet er nog om grinniken. Die eikel zal heel wat uit te leggen hebben gehad aan zijn vrouw. '*Fuck 'em*,' zegt hij hardop. En fuck Emma van Eerd. Alles over voor haar Vegas – wie noemt zijn kind nou zo? *Zijn* moeder heeft hem nooit opgehaald uit de politiecel. Imre graait nog eens in de zak, propt een handvol chips in zijn mond. Dat kleffe gedoe bij Quincy thuis trok hij op het laatst ook niet meer. Zijn oude maatje verafgoodt die verlepte moeder van hem, en zij draagt hem net zo goed op handen, ook al zijn die twee allebei als baby in het vat met mankementen gelazerd.

Nee, hij snapt Montana helemaal.

'*You think you can take me? You need a fucking army if you gonna take me!*' zegt hij tegen de flatscreen met zijn mond vol chips, net voordat Tony Montana het zegt.

Morgen wordt een mooie dag. Dan krijgt hij zijn geld. Alles, zei Bob, maar dat trok hij ook weer snel in, dus Imre ziet het wel, hoever die kale kakker de afgelopen maanden is gekomen. Het zal hoe dan ook een aardig bedrag zijn. Zeventig procent draagt hij af aan de schuldeiser, een online gokimperium. Dertig procent is voor Imre. De volle mep, nu Quincy niet meedoet. Dus kan hij dit weekend die badkamer gaan bestellen. Bubbelbadje, een sauna.

Er wordt aangebeld.

Imre zet de film op pauze, legt de zak chips op de salontafel en loopt de gang in.

173

Bob zit boven op me, met zijn gezicht vertrokken in een grimas. Hij perst met zijn gewicht de lucht uit mijn longen en sluit zijn handen om mijn hals.

Ik kan niemand meer waarschuwen.

Niet meer ademen.

Zwarte vlekken.

Met zijn duimen drukt hij mijn luchtpijp dicht. Hij houdt zijn hoofd afgewend en zijn ogen gesloten, distantieert zich van zijn afschuwelijke handelingen.

Geen lucht.

Zijn knie drukt nu op mijn arm. Ik probeer tevergeefs de andere te bewegen. Alles is zo zwaar.

Lichtflitsen.

174

Wesley komt door mijn raam naar binnen geklommen, hij is koud van de buitenlucht. 'Weet je al iets?'

'Mijn moeder dacht dat het haar collega was. Ze is gaan kijken.'

'En?' Hij ritst zijn jas open, schudt hem van zijn schouders.

'Ze is nog steeds beneden.'

'Ik weet niet, hoor. Die gast deed fokking vaag.'

Had ik nou toch beter beneden op mama kunnen wachten? Maar als ze Bob ergens mee moet assisteren, dan is ze daar algauw een uur of langer zoet mee. 'Vind je dat we moeten gaan kijken?'

'Eh... alleen jij, dan.' Hij laat zijn jas op het voeteneind van mijn bed vallen en stroopt de mouwen van zijn trui op. Ik ruik zijn geur. Fris, lekker. Geen wietwalm meer.

'Ik heb je gemist,' zegt hij.

Gedempt door de vloer hoor ik gestommel.

'Hoor je dat?'

'Ja.' Ik blijf luisteren, mijn mond een beetje open.

'Hé, het is míjn moeder niet, maar –'

'Kom!' roep ik, en ik trek hem aan zijn mouw mee de gang op.

175

Op het moment dat Imre de voordeur ontgrendelt, trapt Quincy er met kracht tegenaan. Imre springt achteruit, bloed op zijn gezicht. Te weinig, denkt Quincy, hij wil hem zien bloeden zoals zijn broer heeft gebloed.

'Achterlijke gek, blijf van me af!'

De angst in Imres stem geeft Quincy vleugels. Hij sprint achter hem aan de woonkamer in, reikt naar zijn shirt, maar Imre duikt over de bank heen en plaatst het meubelstuk als buffer tussen hen. De salontafel kantelt, het glas cola spat in stukjes uiteen op de vloer.

'Doe even normaal, bro!' schreeuwt Imre.

'Jij had normaal moeten doen!'

Quincy maakt een schijnbeweging en ziet tot zijn tevredenheid dat Imre terugdeinst. Hij weet dat hij de sterkste is, dat is hij altijd al geweest. Imre was degene met de grote bek en de beste plannen, maar met zijn vuisten speelde hij niet veel klaar.

'Wat kom je doen?' Imre staat nog steeds achter de bank, hijgend, zijn ogen flitsen alle kanten op.

Quincy springt over de rug van de bank en stort zich op Imre. 'Je had met je poten van Emma af moeten blijven!'

'We zijn vrienden, we zijn v–' Met afgewend hoofd incasseert Imre de klappen.

'O, ja?'

Rechts.

'Noem jij jezelf...'

Links.

'...een vriend?'

Rechts.

'Mij...'

Links.

'...negeren.'

'Stop, stop!'

'Nooit!' brult Quincy.

Er is iets in hem geknapt. Hij stopt niet meer, nooit meer; hij is een machine die op een zak vlees en botten inbeukt totdat die niet meer tegenstribbelt. Niet meer beweegt.

Geen geluid meer maakt.

Hij blijft hijgend boven zijn voormalige vriend hangen, beducht op een list, een plotselinge uithaal.

Er gebeurt niets. Imre blijft roerloos liggen.

Quincy staat trillend op, zijn handen zijn bebloed. Hij

staart ernaar alsof ze niet van hem zijn, of hij nauwelijks kan geloven wat hij er zojuist mee heeft veroorzaakt. Wankelend loopt hij naar de keuken. Hij zet de kraan open, houdt zijn handen en polsen onder het stromende water. Het water in de spoelbak blijft maar roze kleuren.

Wat heb ik gedaan?

176

'Mama!'

Bij de eerste glimp van de worsteling dacht ik dat mama en Bob samen iets gênants aan het doen waren midden in de praktijk, en had ik al spijt dat ik Wesley had meegesleurd. Maar toen zag ik mama's voeten heen en weer schokken en hoorde ik hoe benauwd ze was.

Mijn moeder ligt op haar rug voor de balie met Bob boven op haar. Hij heeft zijn handen om haar keel geklemd. Het lijkt wel een film. *Gebeurt dit echt?*

'Wesley, doe iets!'

'Geef je telefoon,' zegt hij.

'Wes! Hij vermoordt haar! Mám!' Ik duw Wesley voor me uit.

Hij blijft weifelend staan, heel even, rent dan op Bob af en springt op zijn rug. Slaat zijn armen om Bobs keel en probeert hem van mama af te trekken.

Bob maait met zijn elleboog naar achteren en geeft Wes een hoek, werpt hem van zich af. Maar Wesley vliegt hem opnieuw aan.

Mama kruipt onder Bob vandaan, ze hapt naar adem. Ik zie de wanhoop in haar blik, de shock.

Bob grijpt Wesley bij zijn kraag vast en geeft hem een kopstoot. Wesley zakt met weggedraaide ogen in elkaar.

Ik gil.

Bob draait zich om, hij zoekt mama, grijpt vloekend haar been en trekt haar naar zich toe. Mama probeert te schreeuwen, maar haar stem is kapot, haar gegil klinkt hees, ze maakt amper geluid.

Vlak bij me zie ik iets bij de balie liggen. Een soort ijzeren hamertje. Ik pak het op, voel het gewicht, spring op Bob af en laat het ding zo hard als ik kan op zijn achterhoofd neerkomen.

177

Quincy pompt een sliert zeep uit een dispenser en wast zijn handen. Zijn hele lijf pulseert.

Ik heb hem vermoord.

De knokkels van zijn rechterhand worden maar niet schoon. Ze zijn rauw van het vechten, het vel is er deels af. Vers bloed welt eruit op. Hij omklemt de rand van het aanrecht, staart in de spoelbak.

Mijn DNA is overal.

Hij gooit water in zijn gezicht, grist een theedoek van het blad en dept zijn gezicht droog. Donkere vegen op het textiel. Hij probeert na te denken. Wat bezielde hem in hemelsnaam? Hij wilde Imre te grazen nemen, hem pijn doen en zien bloeden, en hij wilde voor elkaar krijgen dat Imre voortaan uit de buurt van Emma en Vegas zou blijven. Maar dit was niet zijn bedoeling. Al die frustratie die een uitweg vond. Al die opgekropte haat.

Wie gaat er voor ma zorgen als ik vastzit?

Een abrupte, diepe pijnscheut in zijn rug haalt hem naar het hier en nu. Hij spert zijn ogen open, laat de theedoek vallen. Ademen wordt ineens moeilijk. De pijn is allesoverheersend. Wankelend draait hij zich om.

De geest van Imre zweeft op armlengte afstand bij hem vandaan. Bebloed, grotesk. Zijn neus staat scheef, en zijn bloederige grijns ontbloot een zwaargehavend gebit. 'Voel je het al, bro?'

Quincy wordt licht in zijn hoofd. Er glijdt warme vloeistof over zijn rug naar beneden. Hij kijkt naar Imres vuisten. In een ervan heeft hij een mes vast. Het lange lemmet is rood van het bloed.

'Net zo'n sukkel als je broer,' sneert Imre, en voordat Quincy kan reageren steekt hij hem nog eens, nu recht in zijn buik.

Quincy zakt zijdelings langs het keukenblok op de vloer. Daar blijft hij liggen, zwaar hijgend, het lemmet van het mes nog in zijn lichaam. Zijn vingers zoeken schokkerig het handvat, sluiten zich eromheen, maar moeten het weer loslaten. Geen kracht meer.

Imre is bij hem op zijn knieën komen zitten, zwaar ademend. Hij brengt zijn gezicht dicht bij het zijne. 'Doe de groeten aan je broertje,' fluistert hij. 'Jullie zien me daarboven wel over een jaartje of vijftig.'

Quincy hoort het al niet meer. Hij zweeft door de lucht. Hoog, hoger, geen zwaartekracht meer. Het is waar, wat ze vertellen over die tunnel. Aan het einde ervan is Marko, hij ziet hem duidelijk.

Quincy reikt naar hem uit, probeert Marko's hand te grijpen, maar hij graait in het luchtledige. Zijn broertje is weg. Hij kan niets meer zien, alleen licht en donker.

Is dit doodgaan?

Hij moet hoesten, het doet zo'n zeer. Koud. Zo koud.

Licht, donker.

Marko... má!

Daar is Marko weer, in een krans van licht. Hij herkent hem, lacht naar hem, steekt zijn hand naar hem uit. Quincy pakt hem vast en trekt zijn broer naar zich toe. Omhelst hem. Hij wordt overspoeld door een golf van liefde.

ACHT MAANDEN LATER

'Tot morgen!'

Ik steek mijn hand op naar mijn collega's bij Dierenartsenpraktijk De Eem en stap de buitenlucht in. Langs de straat verkleurt het blad van de jonge aanplant van groen naar rood. Er hangt regen in de lucht. Na een bloedhete en droge zomer is verkoeling meer dan welkom.

Ik haal mijn fiets van het slot en rijd de straat uit. De twee onder een kap die ik sinds enkele weken mijn thuis mag noemen, ligt op nog geen kwartier fietsen van de kliniek. Van de hele wijk is onze straat het eerste opgeleverd; om ons heen wordt nog steeds gebouwd. Zware vrachtwagens rijden af en aan en het zand en stof kleven aan alle oppervlakken. Ik hou ervan, de bedrijvigheid, de geluiden van zware machines.

Een nieuwe start.

Helemaal opnieuw beginnen was onoverkomelijk. Ik heb niets meegenomen van mijn oude spullen. Het liefst had ik ook alle herinneringen aan de tijd in Kliniek De Bosrand uit mijn geheugen gewist.

Ik zet mijn fiets tegen het schuurtje, loop over het klinkerpad naar het huis en ontgrendel de achterdeur. Binnen ruikt het naar verf en vers geschaafd hout.

Anubis komt op me af drentelen, hij spint en stoot met zijn kopje tegen mijn been. Van katten wordt gezegd dat ze zich meer aan het huis hechten dan aan hun eigenaars, maar voor hem gaat dat niet op. Zolang zijn etensbakje regelmatig wordt gevuld en hij bij Vegas op bed mag slapen, is hij tevreden. In de keuken geef ik hem wat te eten en daarna loop ik de trap op om een douche te nemen. Mijn arm is inmiddels genezen. Er zitten nog plaatjes in die er niet uit hoeven. Terwijl ik mijn haar uitspoel, moet ik hoesten. Af en toe heb ik ze nog, de hoestbuien waar geen einde aan lijkt te komen, maar ze worden al minder. Mijn stem is wekenlang zo hees geweest dat ik nauwelijks een gesprek kon voeren. Ik föhn mijn haar en trek de kleding aan die ik gisteren in de stad heb gekocht: beige pantalon, kaki blouse. In de slaapkamer maak ik me op; er zijn fotografen bij vanavond en iemand van de krant, ik wil er op mijn best uitzien.

Als ik mijn mascara aanbreng, hoor ik het zware geronk van Jonathans pick-up in de straat. De voordeur gaat van het slot en Jonathans voetstappen klinken op de trap, krachtig en licht tegelijk.

'Hé, je bent al thuis,' zegt hij als hij me ziet. Via de spiegel kijkt hij me aan, pakt me bij mijn heupen en drukt een kus in mijn nek. 'Hmm, lekker.'

'Je stinkt!' Ik duw hem lachend van me weg.

Als Jonathan van zijn werk komt heeft hij de geur van de sportschool om zich heen hangen, van talkpoeder en oud zweet dat in de vezels van zijn bandages en kniebeschermers is gaan zitten en zich er met geen mogelijkheid uit laat wassen.

Terwijl hij een douche neemt, maak ik beneden wat te eten klaar en dek de tafel. Vier borden, vier messen, vier vorken.

Klokslag zes uur zwaait de tuinpoort open. Vegas komt lachend en druk pratend naar binnen gelopen. Ze heeft Wesley van het station gehaald. Sinds de zomer is hun relatie officieel. Ze wonen meer dan negentig kilometer uit elkaar, maar dat maakt voor hen niet uit.

Ze zijn verliefd.

Die verliefdheid bracht Wesley naar de kliniek op de avond dat Bob zijn verstand verloor. Nog steeds kan ik er niet aan terugdenken zonder dat ik Bobs handen om mijn keel voel en die verdwaasde blik in zijn ogen zie. Ik geloof dat me dat nog het meest geschokt heeft. Dat de man die me wilde vermoorden geen vreemde was, geen doorgedraaide dief, verkrachter of overvaller, maar iemand die ik als vriend beschouwde. Een grappige kerel, met zijn 'wedjes' om flessen wijn en zijn gezang tijdens het opereren. Liefhebbende vader van vier kinderen. Thérèse wil steeds met me praten. Ze heeft me benaderd via een advocatenkantoor en ze heeft me pas nog een brief geschreven. Ik heb er niet op gereageerd. Uit haar schrijven bleek dat Bob aan het revalideren is. Hij heeft de verwonding aan zijn schedel overleefd, maar zijn huwelijk en zijn carrière zijn voorbij. En voorlopig komt hij ook niet op vrije voeten.

'Hoi mam.'

'Hé, lieverd.' Ik geef Vegas een kus, lach naar Wesley. 'Wat leuk dat je meegaat vanavond.'

Hij zet meteen zijn petje af, wrijft verontschuldigend

over zijn haar en grijnst, nog steeds een beetje onwennig. Hij zoekt oogcontact met Vegas.

'Eh mam, wij zijn even boven, oké?'

'Ja, hoor. Maar we eten over tien minuten. Papa wil er zijn voor de rest komt.'

Zijn ogen zijn onafgebroken gericht op het witte gebouw aan de overkant van de weg. Voor de entree staat een haag met ballonnen, rood en zwart. Feestelijk geklede mensen lopen eronderdoor, over de rode loper naar binnen toe. Sommigen laten zich fotograferen voor een muur van bloemen waarin het logo van Elysium City Gym is verwerkt. Er loopt een kerel rond met een filmcamera op zijn schouder en een journaliste met een microfoon. Dat de sportschool van Nathan de Wit na een ingrijpende verbouwing is heropend, zal niemand in de verre omtrek ontgaan.

Quincy klemt zijn vingers om het stuur van zijn auto. Hij zou willen dat hij erbij kon zijn, dat hij tussen de genodigden kon staan, maar Emma zou zich rot schrikken. Voor haar is hij een geest uit het verleden, en dat moet zo blijven.

Nadat hij bij zijn positieven was gekomen in het ziekenhuis kon hij nauwelijks geloven dat hij nog in leven was. In de dagen erna had hij koortsdromen waarin hij steeds dezelfde beelden zag. Jonathan de Wit die zich over hem ontfermde, bezorgd, gejaagd. Die hem tegen zijn gezicht sloeg en hem verzekerde dat hij het zou halen. Hulp was onderweg, het was nog te vroeg, zijn tijd op aarde zat er nog niet op.

Maar toen de ambulancebroeders en de politie Imres huis binnenvielen en ze Quincy meer dood dan levend aantroffen op de keukenvloer, was Jonathan verdwenen en bleek geen van de omwonenden hem of zijn auto gezien te hebben. Achteraf moest het dus wel een hersenschim zijn geweest. De coke, gecombineerd met de stress en de uitputting hadden zijn waarneming overhoop gehaald. Quincy heeft er met niemand over gepraat.

De ambulancebroeders troffen Imre aan in de woonkamer, maar voor hem hebben ze niets meer kunnen doen. Naar later is gebleken is hij door verstikking om het leven gekomen. Dat vindt Quincy nog het opmerkelijkst – hij kan zich niet herinneren dat hij Imre gewurgd heeft. Hij heeft hem wel geslagen, zo hard dat hij er littekens op zijn knokkels aan heeft overgehouden. Maar na die tikken is Imre nog bijgekomen en heeft hij kans gezien om hem neer te steken.

Op het moment dat Quincy het bewustzijn verloor was Imre er zonder twijfel beter aan toe dan hijzelf. Zijn oude vriend kon praten, ademen, had nog kracht in zijn lijf. Dat van hen beiden juist Imre het niet heeft overleefd, zal voor hem altijd een mysterie blijven. Andere mogelijkheden wil hij niet zien. Quincy denkt graag dat hij van boven een tweede kans heeft gekregen om alsnog iets van zijn leven te maken.

Jouw tijd zit er nog niet op.

De reservetijd die hem is toebedeeld, steekt hij in zijn

nieuwe doel. Hardlopen, zwemmen, fietsen; elk vrij uur wijdt hij aan de sport. Geen drugs meer, geen bier, zijn hoofd blijft helder. Jonathan en Marko gingen hem voor en volgend voorjaar zal ook hij klaar zijn voor die zware triatlon. Zijn persoonlijke pelgrimage ter nagedachtenis aan Marko.

Als je me een jaar geleden zou hebben gezegd dat ik met de vader van mijn dochter in een nieuwbouwwijk zou gaan wonen, negentig kilometer bij mijn geboorteplaats vandaan, zou ik je voor gek hebben verklaard. Vegas en ik waren gelukkig. We woonden op de mooist denkbare plek en Jonathan maakte geen deel uit van ons leven.

Inmiddels weet ik dat je je eigen daden en die van mensen in je omgeving nooit helemaal kunt voorspellen. Wanneer je denkt dat je leven beheersbaar is en dat je weet hoe volgend jaar, of alleen maar de komende maand eruit zal zien, ben je hardop aan het dromen.

Niets is zeker.

Flitslicht van de camera's ontneemt me even het zicht. Jonathan knijpt in mijn hand. Zijn handen voelen sterk en glad en zijn nagels zijn gemanicuurd, speciaal voor de gelegenheid. Diezelfde handen die hij nu, op aanwijzing van de fotograaf, om mij en Vegas heen slaat, hield hij die bewuste ochtend voor zijn gezicht, bebloed en vuil en met kapotte nagels, waarna ik hem meenam de kliniek in, waar ik hem heb geholpen met wassen, zijn wondjes heb verzorgd en naar zijn verhaal heb geluisterd.

Urenlang had hij staan wachten in het bos, starend naar de bedrijvigheid voor de kliniek, naar de ambulance en de politieauto's en de zwaailichten, roerloos en onzichtbaar, oppervlakkig ademend, met het zwaar drukkende besef dat hij een leven had genomen, en nog in het ongewisse of hij daarmee weg zou komen. Hij heeft toegekeken hoe Vegas en ik naar het ziekenhuis werden gebracht en hij stond er nog steeds, inmiddels bijna onderkoeld, toen we in de vroege ochtend weer werden thuisgebracht.

Hij zal jullie nooit meer lastigvallen.

Nog meer geheimen erbij.

Maar we dragen ze nu samen.

Dank

Berry
Annelies
Debby
Edwin
I.C.
Nini
Monique
Jamie
Marc
Jefta
Nina
Romy
Anouk
Bianca
J.S.
Laura
Leo
Jeanine
Mariska
L.I.
Conall

Ook dank aan Marieke, Sabine en Melinda en iedereen bij Prometheus.

Van Esther Verhoef verscheen eerder

RENDEZ-VOUS

Winnaar Zilveren Vingerafdruk 2006
Genomineerd voor de NS Publieksprijs 2006

'Je snakt naar adem.' NRC *Handelsblad*
'Een geloofwaardig, ijzersterk verhaal.' NBD Biblion
'Rendez-vous lees je bijna ademloos uit.' *BOEK*
'Geweldig.' *Sunday Times*

WONEN OP VAKANTIE

CLOSE-UP

Winnaar Zilveren Vingerafdruk 2007
Beste Vrouwenthriller Aller Tijden bij vrouwenthrillers.nl
Genomineerd voor de NS Publieksprijs 2007
Genomineerd voor de Gouden Strop 2007

'*Close-up* heeft alles in zich om de boekhandels uit te vliegen.' *de Volkskrant* ****

'Een diep doorleefde, donkere thriller. *Close-up* is slim, spannend, sensueel en sinister.' Crimezone.nl ****

ALLES TE VERLIEZEN

Genomineerd voor de NS Publieksprijs 2009
Genomineerd voor de Zilveren Vingerafdruk 2009

'Mooi geschreven met een plot dat staat als een huis. Een echte aanrader.' *Algemeen Dagblad*

'Blijft boeien en verrassen tot het einde.' *Nouveau*

'Een verademing om de nieuwe Verhoef in handen te krijgen. Verhoef blijft de standaard voor het genre.' *BOEK*

ERKEN MIJ

In samenwerking met de Stichting CPNB ter ere van Juni – Maand van het Spannende Boek 2009

'Een aangrijpend voorbeeld van misbruik en verraad.' *de Volkskrant* ****

'Een sterk doorleefd boek zoals Verhoef bij uitstek kan schrijven.' *nrc.next* ****

DÉJÀ VU

Winnaar NS Publieksprijs 2011
Genomineerd voor de Diamanten Kogel 2011
Genomineerd voor de Zilveren Vingerafdruk 2010

'Met *Déjà vu* toont Verhoef zich een ware meester in het schrijven van een intelligente thriller over vriendschap en verraad.' *JAN*
'Eindelijk weer een thriller waarbij je op het puntje van je stoel zit.' *Metro* *****
'De gelauwerde schrijfster schiet met dit psychologische horrorverhaal over een oude vriendschap weer helemaal raak. Trefzeker en razend spannend.' *LINDA.*

IS UW MAN AL AF?

'Rake, herkenbare en amusante observaties.' *Margriet*
'Esther schrijft haar columns met veel humor, en daarom zijn de columns waar ik om moest lachen ook niet op één hand te tellen.' Chicklit.nl

NOUVEAU RICHE & ANDERE SPANNENDE VERHALEN

'Stuk voor stuk goed geschreven, spannende verhalen met een verrassend einde. Esther is een kei in dit soort korte (en ook lange) verhalen.' vrouwenthrillers.nl ****

'Esther Verhoef bewijst dat ze niet veel woorden nodig heeft om een thriller te schrijven. Een bundel om in één ruk uit te lezen.' Crimezone.nl ****

TEGENLICHT

Genomineerd voor de NS Publieksprijs 2012

'Weer een ijzersterk staaltje van knap opgebouwde spanning, uitgekiende psychologie en een glasheldere vertelstijl.' *LINDA.*
'Een aangrijpende roman. Emoties als onmacht, verleiding en kracht beschrijft ze pijnlijk goed.' *VIVA*
'Meeslepend, met een thrillerachtige spanningsboog.' *JAN*
'Een verhaal dat je in een adem uitleest.'
Leeuwarder Courant

DE KRAAMHULP

Winnaar Hebban Crimezone Award 2014
Genomineerd voor de NS Publieksprijs 2014
Genomineerd voor de Gouden Strop 2014

'De kraamhulp is een onvervalste pageturner met een meesterlijke laatste plotwending.' *de Volkskrant*
'Beklemmend drama vol nagelbijtende spanning.'
Algemeen Dagblad *****

STIL IN MIJ, OVERLEVEN BIJ DE NONNEN

Co-auteur Daniëlle Hermans

'*Stil in mij* is een belangrijk boek, omdat het kan zorgen voor erkenning, heling en begrip – niet alleen voor de geïnterviewde vrouwen, maar vele tienduizenden als zij.'
Happinez

ERKEN MIJ & ANDERE WRAAKVERHALEN

LIEVE MAMA

Winnaar Gouden Strop 2016
Genomineerd voor de NS Publieksprijs 2015
Genomineerd voor de Hebban Crimezone Award 2015
Longlist van de Diamanten Kogel 2016

'Esther Verhoef heeft zichzelf overtroffen.' *Margriet*
'Esther Verhoef is een meester in zorgvuldig uitgewerkte plots (...) Maar het knapste is toch de manier waarop ze haar personages neerzet.' *Knack* ****
'*Lieve mama* is een van Verhoefs beste boeken.'
VN *Detective en Thriller Gids* ****

NAZOMER

Genomineerd voor de NS Publieksprijs 2018

'Leest als een trein. Verhoef slaagt erin haar personages beeldend tot leven te wekken.' *Noordhollands Dagblad*

'Het leven in de Brabantse volksbuurt en het tijdsbeeld van de jaren tachtig is door Verhoef raak getroffen.' *de Volkskrant*

'Een waarheidsgetrouwe inkijk in de branche en in het leven van een modeontwerper.' *Textilia*

'Onderhoudende roman over kunstenaarschap en keuzes, ambitie en offers, en de invloed van de buitenwereld.' *AD Magazine*

'Een flitsende roman. (...) *Nazomer* biedt een verbijsterend kijkje achter de schermen van de high fashion.' *Zin*

FAÇADE

Genomineerd voor de Gouden Strop 2020

'Ingenieuze pageturner in de categorie in-één-adem-uit.' *Margriet*

'*Façade* heeft me tot diep in de nacht wakker gehouden.' Frits Spits

'Esther Verhoef op haar best.' *Hebban*

'Niet weg te leggen tot de allerlaatste bladzijde is uitgelezen.' *Nederlands Dagblad*

LABYRINT – DE VERHALEN

Best verkochte verhalenbundel van 2020

‘Sommige verhalen zijn zo sterk dat ze doen denken aan de absolute meester van het genre, Roald Dahl.’
VN Detective en Thriller Gids ****

‘Ik had na het lezen het gevoel dat ik een hele stapel boeken uit mijn kast had gelezen, wat kan iemand veel in een kort verhaal stoppen.’ vrouwenthrillers.nl *****

Onder de naam Escober verscheen

ONRUST

Deel 1 in de Sil Maier-trilogie

Genomineerd voor de Gouden Strop 2004

'Vol wendingen in hoog tempo. Een veelbelovend debuut.' NRC *Handelsblad*

'Een sterk debuut dat doet denken aan de Jack Reacher-serie van Lee Child.' *Limburgs Dagblad*

'Een met veel vaart en spanning geschreven pageturner die beslist een aanwinst is voor de Nederlandse misdaadliteratuur.' VN *Detective en Thriller Gids*

ONDER DRUK

Deel 2 in de Sil Maier-trilogie

Winnaar Diamanten Kogel 2005
Genomineerd voor de Gouden Strop 2005

'IJzersterke thriller met pakkende actiescènes vol boeiende, levendige karakters. Is moeilijk weg te leggen.

De ontknoping is uitermate verrassend.'
Juryrapport Gouden Strop 2005
'Verhoef schrijft met een mitrailleur: ritmisch, afgebeten, effectief.' NRC *Handelsblad*
'De spanning giert van de pagina's.' *Vrij Nederland*

ONGENADE

Deel 3 in de Sil Maier-trilogie

Genomineerd voor de Diamanten Kogel 2008

'Escober schrijft voor het Nederlands taalgebied unieke thrillers. Snel, snoeihard en schrijnend.' *Het Parool*
'De kracht van het schrijversduo Escober is dat de hoeveelheid actie in hun romans gelijk is aan de hoeveelheid diepgang. En er is geweld, heel veel geweld, maar het is wel functioneel.' *De Telegraaf*
'Sil Maier is na De God Denkbaar de grootste *action hero* uit de Nederlandse letterkunde. Zijn avonturen behoren vanaf nu tot het verleden en dat stemt toch ietwat droevig.' NRC *Handelsblad*

CHAOS

Genomineerd voor de Diamanten Kogel 2007

'Escober kan zich zonder meer meten met buitenlandse collega's.' *De Limburger* *****

'Je raakt als lezer volledig opgeslorpt. Puur vakwerk, sterk filmisch en in razendsnel tempo.'
Juryrapport Diamanten Kogel 2007

'Snoeiharde en knap geschreven actiethriller. Overtuigend en stilistisch sterk.' *Friesch Dagblad*

OVERKILL

Genomineerd voor de Diamanten Kogel 2013
Genomineerd voor de Hebban Crimezone Award 2013

'Het eerste hoofdstuk van *Overkill* ramt er meteen in. Een waardige opvolger van de Sil Maier-trilogie en *Chaos*.'
de Volkskrant

'Geloofwaardig, rauw, hard en smekend om een verfilming.' *De Limburger* ****

'Een echte pageturner met een zeer verrassende en vernuftig in elkaar gezette ontknoping.'
Leeuwarder Courant

'Meeslepende en inventief geplotte thriller, klaar om verfilmd te worden.' VN *Detective en Thriller Gids*

Over de auteur

Esther Verhoef ('s-Hertogenbosch, 1968) is een van de succesvolste en veelzijdigste schrijvers van Nederland. Zij is Nederlands meest bekroonde en genomineerde thrillerauteur. Van haar psychologische thrillers en romans zijn in eigen land ruim 2,6 miljoen exemplaren verkocht en enkele boeken zijn verfilmd.

Naast haar solothrillers schrijft Esther Verhoef samen met Berry Verhoef psychologische actiethrillers onder het pseudoniem Escober. Deze samenwerking resulteerde in vijf romans: de Sil Maier-trilogie (*Onrust, Onder druk* en *Ongenade*), *Chaos* en *Overkill.*

Zowel Verhoefs solowerk als de Escobers zijn vertaald. Vertalingen zijn verschenen in onder meer Duitsland, Groot-Brittannië, de Verenigde Staten, Rusland, Litouwen, Spanje, Denemarken, Hongarije, Oostenrijk, Zuid-Afrika, Italië, Frankrijk, Korea en Taiwan.

In sommige landen komen Verhoefs boeken uit onder het pseudoniem Nova Lee Maier.

Voordat Esther Verhoef bekendheid verwierf als schrijfster van fictie schreef zij zestig populairwetenschappelijke en informatieve boeken over (huis)dieren, waarvan er wereldwijd circa 9 miljoen zijn verkocht.

Ook was zij hoofd- en eindredacteur van enkele veelgelezen tijdschriften in haar oude vakgebied. Daarnaast was Verhoef een gerespecteerd dierenfotografe en runde ze een beeldbank met uitgevers, reclamebureaus en dierenrechtenorganisaties als klant.

De media over Esther Verhoef

'Verhoef bewijst keer op keer dat zij in Nederland de koningin van het genre genoemd mag worden.' *Vrij Nederland*

'Als je de adrenaline van de recensent nog tot diep in de nacht laat stromen, is dat vakwerk.' *de Volkskrant*

'Verhoef blijft de standaard voor het genre.' BOEK

'Esther Verhoef hoort duidelijk tot de schrijvende elite in ons land.' *Algemeen Dagblad*

'De kracht van Verhoefs actiethrillers is zonder twijfel de stijl, die al even hoekig is als de personages. Je snakt naar adem.' NRC *Handelsblad*

'Verhoef schetst personages die uitstijgen boven de standaard thrillerstereotypen.' *Barnes & Noble Review*

Esther Verhoef op social media

estherverhoef
estherverhoefinsta
auteurestherverhoef